WORLD
토브욘
헤닝
카말 대사막
군나르
리안강
아르네
수도
스벤센
토레
부쿤 대산맥
바야크
바야크 저지선
홀리랜드
발루이
카롤

룬드
에룬
요르겐
맥클라우드
위그
마고
N

하라간

ORIGINAL FANTASY STORY & ADVENTURE

쥬논 판타지 장편소설

dream books
드림북스

하라간 6 결혼과 죽음

초판 1쇄 인쇄 2017년 7월 13일
초판 1쇄 발행 2017년 7월 24일

지은이 쥬논
발행인 오영배
기획 박성인
책임편집 이대용
일러스트 유진
표지 · 본문 디자인 권지연
제작 조하늬

펴낸 곳 (주)삼양출판사 · 드림북스
주소 서울시 강북구 도봉로 173
대표 전화 02-980-2112 팩스 02-983-0660
편집부 전화 02-980-2116 팩스 02-983-8201
블로그 blog.naver.com/dreambookss
출판등록 1999년 3월 11일 제9-00046호

ISBN 979-11-283-9203-0 (04810) / 979-11-313-0654-3 (세트)

+ 이 도서의 국립중앙도서관 출판시도서목록(CIP)은 서지정보유통지원시스템홈페이지(http://seoji.nl.go.kr)와 국가자료공동목록시스템(http://www.nl.go.kr/kolisnet)에서 이용하실 수 있습니다. (CIP제어번호: 2017016522)

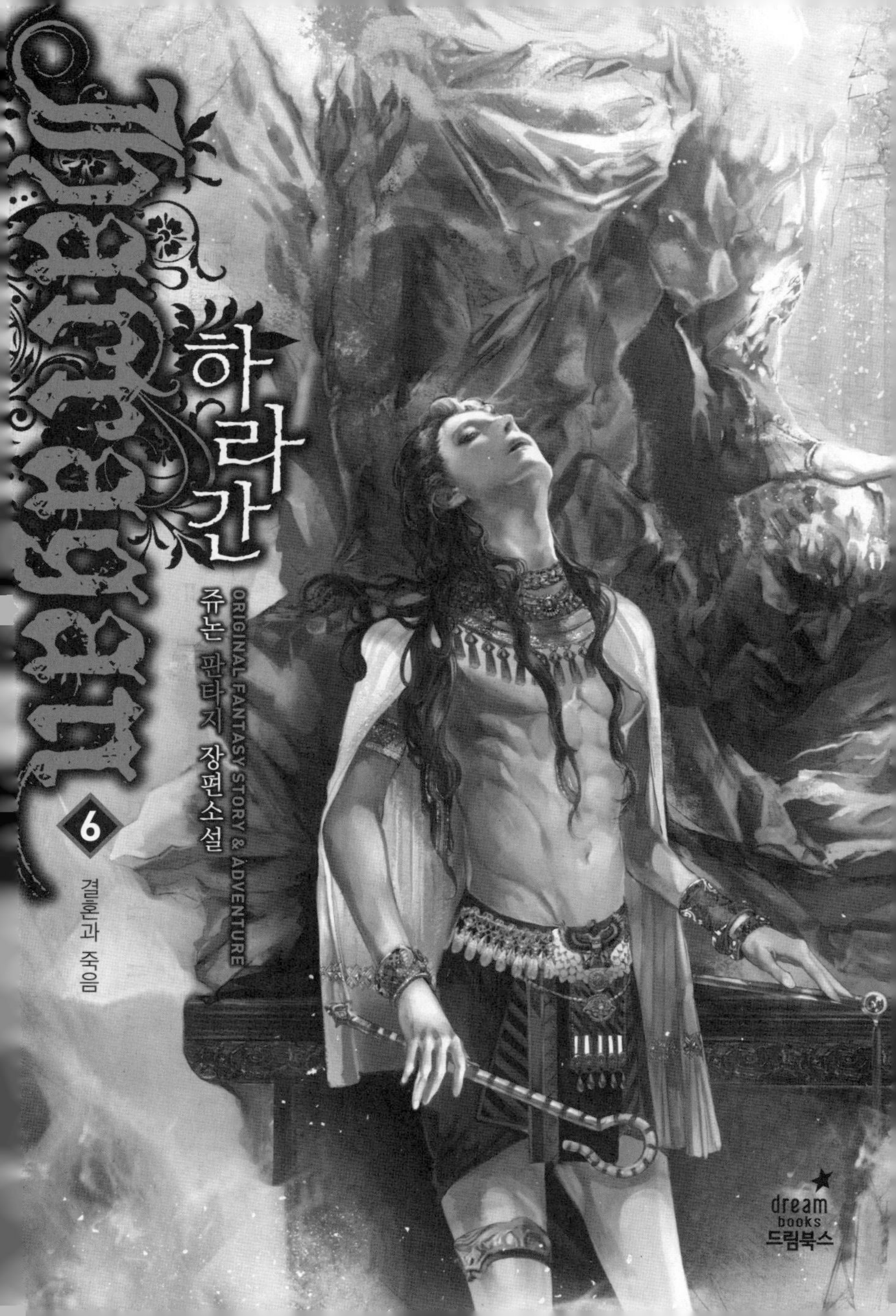
하라간
ORIGINAL FANTASY STORY & ADVENTURE
쥬논 판타지 장편소설
6
결혼과 죽음
dream books
드림북스

목차

사대신수 007

제1화 토브욘의 사신 009

제2화 하라간의 정치 059

제3화 왕세자빈 선발 107

제4화 클레이아 181

제5화 실보플레, 위험에 뛰어들다 223

제6화 전리품 279

제7화 성혼 321

제8화 노먼의 죽음 351

사대신수

『성혈의 바하문트』

—신수: 날개 달린 사자

—상징: 공포

—속성: 흙(土), 피(血)

『둠 블러드 이탄』

—신수: 냉혹의 뱀

—상징: 파멸

—속성: 금속(金), 빛(光)

『불과 어둠의 지배자 샤피로』

—신수: 광기의 매

—상징: 탐욕

—속성: 불(火), 어둠(暗), 나무(木)

『포식자 하라간』

—신수: 투명 마수

—상징: 타락, 나태

—속성: 얼음(氷), 균(菌), 물(水)

영멸을 원하는 자여
검푸른 마해(魔海)를 들여다보라
끝을 가늠할 수 없는 그 깊은 심해저 밑바닥에
괴물이 산다

제1화

토브욘의 사신

Chapter 1

깊고 깊어 그 한계를 알 수 없는 심해저 밑바닥.

금속보다 밀도가 높은 마해의 가장 하층부에 검보랏빛 물결이 거세게 일었다. 그 물결 사이로 하얗고 반투명한 구체가 꿀렁 지나갔다.

젤리를 뭉쳐 놓은 것처럼 보이는 구체는 숨을 쉬는 것처럼 신체의 수축과 이완을 반복했다. 녀석이 반투명한 몸을 크게 부풀릴 때면 수평선 저쪽 끝부터 이쪽 끝까지가 온통 하얀 젤리 막에 뒤덮이는 것처럼 느껴졌다. 반대로 녀석이 반투명한 구체를 쭈그러뜨릴 때면 심해저 물살이 확 쏠리며 거센 해류가 형성되었다. 반투명한 구체는 그렇게 수축과 이완을 반복하며 심해저 밑바닥을 자유롭게 쓸고 다녔다.

그러던 한 순간, 수평선 저편에서 둔중한 흔들림이 발생했다.

캬아악—!

반투명한 구체는 몸뚱어리를 크게 부풀려 수평선 전체를 가득 메운 다음, 진동의 근원지를 향해 빠르게 헤엄쳤다.

뿌우우우우—

적의 접근을 눈치챘는지, 수평선 저편에서도 거센 굉음이 울려 퍼졌다. 그 굉음은 금속보다 밀도가 높은 심해저 바닷물을 뒤흔들며 커다란 파문을 온 사방에 퍼뜨렸다. 심해저 밑바닥에 쿵! 쿵! 쿵! 쿵! 쿵! 잇단 진동이 발생했다.

이윽고 저 멀리서 거대한 마물이 그 모습을 드러냈다.

대륙을 통째로 옮겨 놓은 듯한 엄청난 몸체!

그 큰 몸뚱어리를 지탱하는 8개의 대형 다리!

산맥을 연상시키는 울퉁불퉁한 상아 6개!

기다랗게 뻗은 2개의 코!

온몸에 빳빳하게 돋아난 털!

코끼리를 괴상망측하게 변형시킨 다음, 그 체구를 수십억 배, 아니 수천억 배 뻥튀기해 놓은 듯한 팔족 보행 마물이 지축을 뒤흔들며 달려들었다.

팔족 보행 마물은 질주와 동시에 온몸에 돋은 털들을 바짝 곤두세웠다. 그러자 털들이 잘 정렬된 창처럼 변했다. 그 창 하나하나마다 악귀의 아가리가 뾰족한 이빨을 드러냈다.

그 상태에서 팔족 보행 마물이 머리를 흔들자 거대한 상아 6개가 위아래로 크게 일렁거렸다. 마물의 기다란 코 2개는 꾸불텅꾸불텅 심해저를 헤집더니 어느새 좌우로 갈라져 수평선 오른쪽 끝과 수평선 왼쪽 끝에 자리를 딱 잡고 무언가를 발사할 준비를 마쳤다.

뿌우우와악!

팔족 보행 마물의 입에서 상상을 초월하는 거대한 음파가 쏟아져 나왔다.

캬아아악!

그에 맞서 반투명한 구체도 몸뚱어리를 더욱 크게 부풀렸다. 심해저 전체를 다 뒤덮을 것처럼 크게 부풀어 오른 구체의 내부에서 하얀빛이 쏟아졌다. 그 빛 덕분에 반투명한 구체 내부의 장기들이 그대로 투영되어 보였다.

그 모습이 마치 전기와 독으로 무장한 거대 해파리를 연상시켰다.

마침내 두 거대 마물이 정면으로 맞부딪쳤다.

퓨퓨퓨퓨퓻!

팔족 보행 마물은 2개의 코에서 무려 1,000개의 마물 화살을 한꺼번에 발사했다. 기둥보다 훨씬 더 굵고 거대한 마물 화살들은 수평선 왼쪽 끝과 오른쪽 끝에서 동시에 쏘아져서 반투명한 구체의 좌우 양옆을 동시에 타격했다.

그게 끝이 아니었다. 팔족 보행 마물의 6개 상아가 쭈욱 늘어나 반투명한 구체를 그대로 들이받았다.

캬악!

정면과 좌우에서 쏟아지는 강력한 동시 공격에 반투명한 구체가 움찔 몸을 움츠렸다.

하지만 이미 때는 늦었다. 코앞에서는 어느새 6개의 상아가 날아와 콰앙! 들이받았고, 좌우에서 쏟아진 마물 화살들은 반투명한 구체의 표피에 닿자마자 정신없이 폭발했다. 1,000개의 화살이 연달아 폭발하면서 반투명한 구체의 표피에서 남보랏빛 피가 마구 흘렀다.

그때 반격이 터졌다. 반투명한 구체의 몸 내부에 맺혀 있던 하얀빛이 일시에 터져 나온 것이다. 에너지를 모으고 또 모았다가 일직선으로 한 방에 쏘아진 빛은, 빛이 아니라 엄청난 양의 전자 다발이었다.

쩌저저저적!

하늘에서 떨어지는 벼락 수만 다발을 모았다가 한꺼번에 터뜨린 듯, 어마어마한 에너지가 팔족 보행 마물의 얼굴을 정면으로 때렸다.

뿌억!

팔족 보행 마물은 황급히 털을 곤두세워 얼굴을 가렸다. 그것만으로 부족해 6개의 상아를 마구 내저어 얼굴을 보호했다.

둔중한 굉음과 함께 팔족 보행 마물의 상아 가운데 하나가 부러졌다. 나머지 5개의 상아에서도 새하얀 전기가 파파팍 튀었다. 불똥이 사방으로 비산했다.

뿌어억!

기습 공격을 받은 팔족 보행 마물이 순간적으로 휘청거렸다.

하지만 팔족 보행 마물은 다리에 힘을 꽉 주고 억지로 버텼다. 그러면서 2개의 코에서 다시 한 번 폭발형 마물 화살을 난사했다.

심해저를 뒤덮으며 좌우에서 날아든 마물 화살이 반투명한 구체를 융단폭격했다. 구체의 표면에서 연달아 폭발이 일어났다. 남보랏빛 피가 분수처럼 쏟아져 바다를 물들였다. 반투명한 구체가 바짝 위축되어 몸을 오그라뜨렸다.

뿌우우와!

팔족 보행 마물은 그 짧은 틈을 놓치지 않았다. 녀석은 5개의 상아를 아래서 위로 치켜들어 적의 몸을 사정없이 찔렀다.

반투명한 구체가 원반처럼 찌그러졌다가 뒤로 펑! 튕겨 나갔다.

팔족 보행 마물은 후퇴하는 적에게 마물 화살 1,000개를 다시 폭격했다.

연속 폭발에 상대가 정신을 못 차리면 그 틈을 노려 상아로 들이받고, 그 충격에 뒤로 쭉 밀려나면 기다렸다는 듯이 마물 화살을 퍼붓고!

팔족 보행 마물은 능숙하게 적을 공략했다.

기세 싸움에서 한번 밀리기 시작하자 이를 뒤집기가 쉽지 않았다. 반투명한 구체는 계속 후퇴하며 피를 흘릴 수밖에 없었다.

그렇게 밀리고 밀려 도착한 곳이 심해저 밑바닥에서도 가장 움푹 꺼진 분화구 영역.

반투명한 구체는 더 이상 밀릴 수 없다는 각오로 온몸을 크게 부풀렸다. 구체의 내부에서 새하얀 빛이 다시 영롱하게 맺혔다.

팔족 보행 마물도 여기서 싸움을 종지부를 찍으려는 듯 2개의 코를 부풀리고 온몸의 털들을 빳빳하게 세웠다.

그러던 한 순간, 팔족 보행 마물이 갑자기 머리를 돌려 쿵쿵쿵 도망치기 시작했다.

반투명한 구체는 어리둥절했다. 하지만 이 좋은 기회를

놓칠 수 없다고 생각했는지 도주하는 적을 향해 새하얀 빛을 발사했다.

쩌저저저적!

어마어마한 굵기로 날아간 빛의 다발이 팔족 보행 마물의 다리를 강타해 그대로 태워 버렸다.

뿌아아악!

팔족 보행 마물이 고통에 가득 찬 비명을 질렀다. 하지만 녀석은 나머지 7개의 다리를 정신없이 놀려 뒤도 돌아보지 않고 도주했다.

반투명한 구체가 승리를 자축하듯 몸을 크게 부풀렸다.

그때였다.

분화구 밑바닥에서 제3의 존재가 솟구쳤다.

완전히 투명해서 눈으로 볼 수 없는 제3의 존재는 젤리를 뭉쳐 놓은 듯한 반투명한 구체를 뒤에서 덮쳐 덥석 물었다.

캬악!

반투명한 구체가 기겁을 하며 몸을 뒤틀었다. 구체의 내부로부터 솟구친 새하얀 빛이 사방팔방으로 난사되었다.

쩌적! 쩌적! 쩌저적!

하얗게 백열된 전자의 다발이 심해저를 환하게 밝혔다.

하지만 투명한 존재는 이 강렬한 전기 다발을 맞고도 꿈쩍 안 했다. 오히려 반투명한 구체가 바람 빠진 풍선처럼 빠르게 쪼그라들었다.

심해저 밑바닥에 남보랏빛 피가 낭자하게 흘렀다. 반투명한 구체는 바닥에 축 늘어져 최후의 숨을 몰아쉬었다. 심해저에 우걱우걱 씹는 소리가 울렸다. 죽은 해파리가 눈에 보이지 않는 미지의 존재에게 뜯어먹히는 듯한 광경이었다.

마침내 포식을 마친 미지의 존재가 스르륵 자취를 감추었다.

심해저는 다시 적막에 빠졌다.

소름 끼치도록 고요한 마해 밑바닥에 범고래형 마물 한 마리가 나타났다. 마물은 살랑살랑 꼬리를 흔들며 물을 가지고 놀았다. 마물의 머리에 돋아난 나뭇가지엔 형광빛을 발하는 상어들이 열매처럼 주렁주렁 매달려 바닷속을 슥슥 유영했다.

그 모습이 마치 깜깜한 하늘에 찬란한 별이 뜬 것 같았다. 아름다운 빛이 조금 전 벌어졌던 끔찍한 살육의 흔적을 감춰 주었다.

Chapter 2

하라간은 평소처럼 새벽 3시에 일어나 검을 손에 잡았

다. 3시간 내리 검술을 연마해도 하라간의 몸에선 땀 한 방울 나오지 않았다.

새벽 6시까지 개인 훈련을 마친 뒤, 하라간은 레다와 아침 대련을 했다. 그다음 친위대원들과 함께 아침 식사를 먹었다.

이어서 하라간은 웃전에 들어 군나르에게 문안 인사를 올렸다.

“토브욘의 사신이 곧 방문을 한다지?”

하라간과 차를 한 잔 나누던 중에 군나르가 물었다.

하라간은 고개를 끄덕였다.

“네. 그렇게 들었습니다.”

“으허허! 북해의 곰탱이 녀석들이 몸이 바짝 달아올랐나 보구나. 우리에게 사신을 다 보내고 말이야. 흘흘흘흘.”

군나르는 재미있다는 듯이 웃었다.

토브욘 왕국에서 군나르 왕국에 사신을 파견한 이유는 뻔했다. 얼마 전 하라간이 납치해 온 데인 때문일 것이다.

하라간은 데인의 납치 직후 그 사실을 군나르에게 고백했다. 군나르는 처음에 걱정을 조금 했지만, 하라간의 과격한 행보를 나름 통쾌하게 여겼다.

물론 두 사람은 데인의 납치 사실을 철저한 비밀에 붙였다. 오직 군나르와 하라간, 칼리프를 비롯한 극소수의 대신들, 그리고 납치에 직접 가담한 풀문(Full Moon) 조직원들만 이 사실을 알 뿐이었다.

군나르가 찻잔을 내려놓으며 말을 이었다.

“어쨌거나 북해에서 사신을 보냈으니 한번 만나는 봐야겠지. 어떠냐? 할아비를 대신해서 네가 한번 사신을 접견해 보겠느냐?”

외국의 사신을 만나는 일은 군주의 주요 의무이자 권리 가운데 하나였다. 군나르는 군주가 해야 할 일들을 하나둘 하라간에게 넘기는 중이었다.

하라간이 그 요구에 선선히 응했다.

“알겠습니다. 할아버님을 대신하여 제가 토브욘의 사신을 만나겠습니다. 사실 말이 나왔으니까 드리는 말씀인데, 북해의 무식한 것들을 할아버님께서 직접 만나실 필요는 없지요.”

“오냐, 오냐. 네 말이 맞다.”

하라간의 대답이 마음에 들었는지 군나르의 얼굴에 흐뭇한 미소가 떠올랐다.

토브욘의 사신단은 마력함을 타고 날아왔다. 북해에서 출발하여 단 12시간 만에 군나르 왕국 수도 상공에 도착한 마력함은 4개의 추진체로부터 푸른빛을 형형하게 내뿜으며 그 찬란한 위용을 선보였다.

"와아! 저게 말로만 듣던 마력함이구나!"

"어떻게 저 무거운 배를 하늘에 띄우지?"

군나르 왕국의 솔샤르들은 부러움과 질투가 반반씩 섞인 눈빛으로 토브욘의 마력함을 올려다보았다.

그때였다. 마력함 밑바닥이 스르륵 열리고, 타원형으로 생긴 보드 11개가 뚝 떨어져 허공에 둥둥 부유했다. 토브욘의 사신과 보좌관들은 이 마법 보드를 타고 미끄러지듯 활강해 군나르 왕궁에 착지했다.

군나르 왕국의 솔샤르들은 하늘을 나는 보드에 한 번 더 놀랐으나, 애써 표정을 관리했다.

하지만 눈치가 빠른 토브욘의 사신이 그 표정 변화를 놓칠 리 없었다. 사신은 내심 비웃음을 흘렸다.

'후훗! 놀랐나 보구나. 하긴, 너희 같은 사막의 촌놈들이 이런 위대한 마법의 물품들을 언제 보았겠느냐? 눈이 휘둥그레질 수밖에 없지.'

사신은 이런 생각을 속으로 갈무리하며 목청을 가다듬었다.

"허허험! 나 베이루는 세상의 모든 얼음과 빙하의 제왕이시자 위대하시고 또 위대하신 분의 명을 받들어 이곳 군나르에 왔소. 군나르 님께 나를 안내해 주시오."

사신의 목소리는 우렁차면서도 당당했다.

군나르 왕국의 솔샤르들은 그제야 사신의 모습을 제대로 살펴보았다. 베이루라는 이름을 가진 토브욘의 사신은 얇은 옷 위에 두꺼운 털외투를 걸쳤으며, 키가 훤칠하게 크고 체격이 좋았다. 얼굴엔 밤색 수염이 가득했다.

군나르 왕국의 왕궁 수비대장 메렌레가 앞으로 나서서 사신을 맞았다.

“나는 군나르 왕국의 왕궁 수비대장 메렌레요. 대전으로 안내할 것이니 내 뒤를 따라오시오.”

메렌레는 일부러 딱딱한 태도를 보였다.

사신도 부드러운 환대를 기대하지는 않았다. 토브욘과 군나르 왕국은 오랜 적대 관계인 까닭이다.

메렌레가 앞장을 섰다. 토브욘의 사신과 그 보좌관 10명은 메렌레의 뒤를 따랐다. 군나르 왕국의 수비병들이 적국의 사신 일행을 빙 둘러 에워싼 채 척척 발걸음을 맞췄다.

군나르 왕국의 대전은 군주가 신하과 중요한 회의를 할 때 사용하는 장소였다. 그만큼 경비가 철저하고 건물이 웅장했다. 대전의 입구는 높고 뾰족한 문으로 막혀 있었는데, 메렌레가 가까이 접근하자 문을 지키던 수비병들이 발목을 척 붙여 군례를 취했다.

“수비대장님을 뵙습니다.”

"열어라. 토브욘 왕국의 사신 일행이다."

"넷! 명을 받들겠습니다."

메렌레의 말이 떨어지기 무섭게 대전의 문이 쿠르릉 열렸다.

토브욘의 사신은 대전 안쪽 풍경을 슬쩍 살폈다.

중앙의 계단을 중심으로 그 양옆에 줄지어 늘어선 대신들의 모습.

대전 오른편 조그만 탁자에 앉아 대화 내용을 받아 적는 기록관 2명.

대전 기둥 뒤에 빙 둘러 도열한 호위대 무사들.

대전 정면, 높은 계단 위에 드리워진 대나무 발.

은은하게 속이 비치는 그 대나무 발 뒤에 앉아 있는 권력자의 모습까지.

토브욘 왕국의 사신은 이 모든 장면들을 머릿속에 기억해 놓았다. 그러면서 털옷 벨트에 매달린 크리스털 단추를 슬쩍 쓰다듬어 방향을 조종했다.

이 크리스털 단추야말로 토브욘의 마법사들이 발명한 신기한 마법 물품 가운데 하나였다.

단추의 역할은 영상 녹화 및 전송.

지금 군나르 왕국의 대전에서 벌어지는 모든 상황들이 마법의 크리스털 단추에 녹화되어 마력함으로 실시간 전송되고 있었다. 그러면 군나르 왕궁 상공에 둥실 떠 있는 마력함이 영상의 질을 개선하고 압축하여 토브욘 왕국의 마법 타워 69층에 위치한 위치룸(Witch Room: 마녀의 방)으로 재전송했다.

토브욘 왕국의 주요 인사들은 위치룸에 모여앉아 크리스털 단추가 보내온 영상을 지켜보는 중이었다.

"잠깐."

메렌레가 사신의 발걸음을 멈춰 세웠다.

"왜 그러시오?"

사신 베이루가 물었다.

"대전에 들어가기 전에 신체 검사 좀 하겠소. 불쾌하더라도 참으시오."

메렌레가 턱짓을 하자 수비병 2명이 다가와 사신의 신체를 수색했다. 샅샅이, 꼼꼼하게.

Chapter 3

사신이 옆구리에 착용한 검은 일시적으로 압수.

다리에 숨겨 놓은 마법 단검도 압수.

하지만 벨트에 달린 크리스털 단추는 군나르 왕국의 수

색에 걸리지 않았다. 단순한 장식으로 여겼기 때문이다.

사신이 속으로 비웃었다.

'후훗! 그럼 그렇지. 너 같은 사막의 무식쟁이가 우리 왕국의 최첨단 마법 물품을 구별해 낼 안목이 있을 리 없지.'

"이제 되었소?"

신체 수색이 끝나자 베이루가 물었다.

메렌레가 고개를 끄덕였다.

"되었소. 하지만 그대가 데려온 보좌관들은 대전에 들어갈 수 없소. 혼자만 안으로 들어가고, 나머지는 밖에서 대기하시오."

"끄응! 알겠소."

베이루는 순순히 그 말에 따랐다.

보좌관 10명이 밖에서 대기 중인 가운데 베이루가 토브욘 왕국을 대표해 대전에 들었다.

쿠웅!

베이루의 등 뒤에서 육중한 문이 다시 닫혔다.

대전 안은 다소 어둑했다. 기둥 사이 군데군데 위치한 둥근 화로에서 불빛이 창백하게 일렁거리고 천장에서 쏟아지는 희미한 채광이 대전을 어슴푸레 물들이는 것이 전부였다. 이 정도의 빛만으로는 어마어마한 규모의 대전을 밝히기엔 역부족.

'주변이 어두워서 그런가? 기분이 착 가라앉는군.'

토브욘의 사신 베이루는 자신이 마치 고대 왕의 무덤 속에 들어온 듯한 느낌을 받았다.

'어쩐지 등골이 싸하군.'

베이루는 심호흡을 통해 긴장감을 떨쳐 내고는 가슴을 쫙 폈다. 그다음 당당하게 걸어 중앙 계단 앞으로 다가섰다. 베이루의 벨트에 매달린 크리스털 마법 단추가 대전 내부의 풍경을 토브욘 왕국으로 생생하게 전달해 주었다.

베이루가 계단 아래 10 미터 지점에 도착했을 때, 칼리프가 나서서 저지했다.

"그만. 더 이상 다가오지 마시오."

칼리프는 계단 바로 아래, 신하들 가운데 맨 앞에 자리했다.

베이루의 날카로운 눈빛이 칼리프를 훑고 지나갔다.

'이 늙은이가 군나르 왕국의 대신들 가운데 으뜸인가 보구나.'

칼리프를 중요 인물이라고 판단한 베이루는 크리스털 단추로 칼리프의 모습을 상세히 찍었다. 칼리프도 날카로운 눈으로 사신을 뜯어보았다. 두 사람 사이에 스파크가 튀었다.

먼저 시선을 돌린 사람은 토브욘의 사신 베이루였다. 그는 고개를 돌려 계단 위를 쳐다보았다. 높은 계단 위, 대나무 발로 가려진 곳 뒤에서 사람의 그림자가 어른거렸다.

'군나르겠지?'

베이루는 저 높은 곳에 앉아 대전을 굽어보는 이가 북부의 아홉 군주 가운데 한 명인 군나르일 것이라 여겼다.

북부에서 군주의 권세는 절대적!

베이루는 평소 자국에 대한 자부심으로 똘똘 뭉쳐 타국을 은근히 무시하곤 했지만, 막상 군나르 앞에 서자 가슴이 떨리고 등이 축축하게 젖어드는 것은 어쩔 수 없었다.

'안 돼! 기 싸움에서 밀려선 안 된다고. 난 우리 토브욘 왕국을 대표해서 이 자리에 왔어.'

베이루는 무너지려는 마음을 애써 다잡았다. 그러곤 배에 힘을 꽉 주고 입을 열었다.

"토브욘 왕국에서 온 베이루가 사막의 군주께 인사 올립니다. 저는 얼음과 빙하의 제왕이시자 위대하시고 또 위대하신 분의 명을 받들어 귀국을 방문했습니다."

대나무 발 뒤에선 아무런 응답이 없었다.

베이루는 입술을 꽉 깨문 다음, 한 번 더 자신을 소개했다.

"토브욘 왕국에서 온 베이루가 사막의 군주께 인사 올립니다. 저는 얼음과 빙하의 제왕이시자 위대하시고 또 위대하신 분의 명을 받들어 귀국을 방문했습니다."

두 번째 인사를 하자 비로소 답이 나왔다.

"발을 거둬라."

대나무 발 뒤에서 들린 음성은 선이 곱고 매끄러웠다.

"하라간 님, 하오나……."

대나무 발 뒤에서 또 다른 목소리가 들렸다.

사신은 귀를 쫑긋 세웠다.

'뭐? 하라간 님이라고? 그럼 저 위에 앉아 있는 사람이 군나르가 아니라 하라간이란 말인가?'

베이루가 머리를 굴리는 사이, 하라간이 한 번 더 명을 내렸다.

"대나무 발을 치우래도."

"네이!"

두 번째 명령에 대나무 발이 스르륵 위로 올라갔다.

베이루의 눈이 반짝 빛났다.

가장 먼저 베이루의 눈에 들어온 것은 황금과 보석으로 장식된 화려한 의자였다. 그리고 그 의자에 비스듬히 기대 앉아 나른하게 대전을 굽어보는 아름다운 미녀의 모습이 눈에 들어왔다.

미녀는 머리에 칠보관을 쓰고, 손목에 칠보 팔찌를 차고 있었다. 화려하게 장식된 신발과 목걸이, 핑크빛 다이아몬드가 박힌 지팡이도 베이루의 눈에 차례로 포착되었다.

베이루가 정신없이 눈알을 굴려 미녀를 위아래로 훑어보았다. 그러다 하라간의 가슴 부위에서 베이루의 눈이 멎었다.

'가만! 가슴 융기가 없잖아. 이자는 남자구나! 여자보다 더 아름다운 남자! 이 계집애처럼 생긴 애송이가 바로 군나르의 증손자 하라간이었어.'

베이루는 침을 꿀꺽 삼켰다. 베이루의 목울대가 위아래로 꿀렁 움직였다. 그러는 중에도 베이루의 벨트에 매달린 크리스털 단추는 하라간의 모습을 낱낱이 찍어 토브욘 왕국으로 전송했다.

'거참! 예쁘긴 정말 예쁘군!'

베이루는 잠시 넋을 놓고 하라간을 바라보았다. 그러다 정신을 퍼뜩 차리고 하라간의 주변을 살폈다.

Y자 모양의 막대기로 대나무 발을 올린 환관 2명이 우선 사신의 눈에 들어왔다. 이어서 하라간의 발밑에 엎드려 하품을 하는 알록달록한 무늬의 표범 한 쌍이 눈에 띄었다. 표범의 목에는 금속으로 장식된 가죽 목걸이가 채워져 있었는데, 하라간의 뒤에 서 있는 쌍둥이 소녀가 목걸이에 매달린 쇠사슬을 하나씩 움켜쥔 상태였다.

두 소녀의 정체는 바로 라티파와 레다였다.

하라간이 본모습을 드러내자 칼리프가 당황했다.

"하라간 님, 북해의 사신에게 굳이 용안을 보여 주실 필요는 없사옵니다."

"뭐 어때? 대나무 발이 앞을 가리니까 답답하단 말이야."

하라간은 칼리프에게 투정을 부리듯 대꾸했다. 이어서 토브욘의 사신에게 시선을 돌렸다.

"척박한 얼음 땅에서 온 베이루라고 했지?"

"큭!"

'척박한 얼음 땅' 이라는 말에 베이루의 얼굴이 살짝 굳었다. 하라간은 크게 신경 쓰지 않고 말을 계속했다.

"그래, 우리 군나르 왕국까지 무슨 일이지?"

일국의 군주, 혹은 군주의 대리인이 타국의 사신과 이렇게 직접 대화를 시도하는 것은 보기 드문 일이었다. 일반적인 경우 대신들 가운데 대표가 군주를 대신하여 사신과 대화하고, 군주는 침묵 속에서 그들의 대화를 듣고만 있다가 신하들에게 적당한 지침을 내려주는 것이 관례였다. 그렇게 대리인을 내세워야 군주의 위엄이 돋보이기 때문이다.

한데 하라간은 그런 관례를 깨뜨렸다.

'흣! 역시 애송이라 어쩔 수가 없구나.'

베이루는 속으로 이렇게 중얼거렸다.

하지만 겉으로는 담담히 답했다.

"위대하시고 또 위대하신 분께서 저를 이곳 사막 왕국에 보내신 이유는 명확합니다. 귀국에서 저희 토브욘의 귀한 혈통을 부당하게 억류하고 있는 바, 이 부당함을 해소하기 위해서 제가 왔습니다."

사신이 언급한 귀한 혈통이란, 다름 아닌 최근에 납치를 당한 데인을 의미했다. 데인은 북해의 군주 토브욘이 본처로부터 낳은 적자 가운데 한 명이었다.

솔직히 토브욘 왕국에선 데인을 납치한 범인이 누구인지 정확하게 파악하지 못했다. 그저 마법의 힘으로 데인의 흔적을 추적한 결과, 그 흔적이 군나르 왕국과 아르네 왕국 사이로 이어졌다는 사실만 밝혀냈을 뿐이다.

그러니까 지금 베이루는 하라간을 비롯한 군나르 왕국을 떠보는 중이었다.

'물론 하라간은 시치미를 뚝 떼겠지. 군나르 왕국은 전혀 모르는 일이라고 우기겠지. 하지만 우리 토브욘의 마법사들은 얼굴 표정만 보고도 사람의 속마음을 읽어 낼 수 있거든. 네놈들이 우리 데인 님을 납치했는지 아닌지 명백하게 밝혀내 주마!'

베이루는 주먹을 꽉 움켜쥐었다. 그는 하라간을 통해 데인의 납치 여부를 밝혀낼 자신이 있었다. 원래 사람이 거짓말을 하면 미세하게 얼굴 근육이 떨리고 혈관 속 피의 흐름이 조금이라도 빨라지게 마련 아닌가.

'크리스털 단추가 그 미세한 변화를 찍어서 토브욘 왕국의 위치룸으로 전송하면, 위치룸에 모인 마법사와 현자들이 정밀 분석을 통해 진실과 거짓을 구별해낼 것이야. 그러니 어서 가증스러운 거짓말을 해 봐라. 내가 다 까발려 주마!'

베이루는 허리를 쫙 펴고 하라간을 무섭게 노려보았다.

"하라간 님, 왜 아무런 말씀이 없으십니까? 저는 위대하시고 또 위대하신 분의 명을 받들어 이 자리에 왔습니다. 귀국에서 부당하게 억류하고 있는 분을 다시 토브욘 왕국으로 모셔 가기 위해 이 자리에 왔단 말입니다."

베이루의 재촉에 하라간이 붉은 입술을 열었다.

Chapter 4

"이거 참! 다 알고 왔다고 하니 부인하지 못하겠네."

하라간은 사신의 추궁에 순순히 고개를 끄덕였다.

칼리프를 비롯한 군나르 왕국의 대신들이 펄쩍 뛰었다.

"하라간 님!"

"컥! 어째서 그런 말씀을!"

베이루도 잠시 머리가 멍했다.

'엉? 이렇게 쉽게 시인을 해? 군나르 왕국은 데인 님을 납치한 적이 없다고 펄쩍 뛰면서 발뺌을 할 것으로 예상했는데, 이렇게 시인을 해 버리면 맥이 빠지잖아.'

대신들이 웅성거리는 가운데 하라간이 베이루를 빤히 굽어보았다.

베이루는 헝클어진 머릿속을 다시 가다듬었다.

"험험! 그, 그렇게 솔직히 시인을 해 주시니 이제 말씀을 드리기 한결 편해졌군요. 하면 강제로 억류 중인 분을 순순히 돌려주시지요."

베이루는 주도권을 쥔 김에 하라간을 몰아붙여서 데인을 돌려받을 생각이었다.

'거기에 덧붙여서 타국의 왕족을 납치한 책임을 물어 주동자를 처벌하게 만들고 금전적인 배상도 받아내야지. 이거 철없는 애송이 후계자 덕분에 일이 싱거워졌군. 후후후!'

베이루는 하라간의 어리석음을 속으로 비웃었다.

한데 이어지는 하라간의 대답이 베이루를 다시 멍하게 만들었다.

"싫어."

"네? 지금 뭐라고 하셨습니까?"

"우리가 억류 중인 토브욘의 왕자를 돌려 달라며? 그대가 조금 전 그렇게 말했잖아. 아니야?"

"분명 그리 요청했지요."

"싫다고. 못 돌려준다고."

하라간이 딱 잘라 말했다.

베이루의 얼굴이 와락 일그러졌다.

"아니! 하라간 님!"

베이루는 버럭 소리를 지르려다 꾹 참고는 논리적으로 따졌다.

"하라간 님, 침착하게 다시 말씀드리겠습니다. 부당하게 억류 중인 본국의 왕자님을 당장 풀어 주십시오. 당장!"

"싫어."

"허어! 그렇게 막무가내로 말하지 마시고 신중하게 답해 주십시오. 이건 양국 사이에 전쟁을 부를 수도 있는 심각한 사태입니다."

베이루가 전쟁을 입에 담자 군나르 왕국 대신들의 표정이 험악하게 바뀌었다.

"뭐얏?"

"저자가 감힛!"

칼리프가 베이루에게 호통을 쳤다.

"베이루! 한낱 사신 주제에 말을 함부로 하는구나! 우리 군나르 왕국이 전쟁을 두려워할 것 같은가?"

그래도 베이루는 눈 하나 깜짝 안 했다. 그는 오직 하라간만 똑바로 쳐다보았다.

"하라간 님, 정말 이번 일을 감당하실 수 있으십니까? 앞으로 우리 토브욘 왕국에서 귀국이 저지른 것과 똑같은 행동을 할 수도 있습니다."

베이루는 "앞으로 우리 토브욘 왕국에서 군나르 왕국의 왕자인 너를 납치해 버릴 수도 있다."라는 협박을 빙 돌려 말했다.

그래도 하라간의 표정은 느긋했다.

베이루가 한발 더 나갔다.

"게다가 만일 이번 일이 양국 사이의 전쟁으로 확대된다면, 군나르 왕국은 주변 왕국들로부터 큰 비난을 받게 될 것입니다."

"우리가 왜?"

하라간이 태연하게 되물었다.

베이루는 두 주먹을 불끈 쥐었다.

"아니, 몰라서 물으십니까? 당연히 주변국들로부터 비난을 받을 수밖에요."

"그러니까, 우리가 왜 비난을 받느냐고?"

하라간은 천연덕스러운 표정을 지었다.

화가 치민 베이루는 이곳이 적국임을 잊고 발을 세차게 굴렀다.

"크왁! 정말 몰라서 물으시는 겁니까? 당연히 비난을 받을 수밖에요. 위대하시고 또 위대하신 분의 핏줄을 납치하고도 비난을 받지 않을 것이라 생각하십니까? 좋습니다. 이것만 알아 두십시오. 앞으로 벌어지는 모든 일들은 다 하라간 님의 책임입니다."

"납치? 뭔 납치?"

하라간이 비스듬하게 기울였던 상체를 바로 세웠다.

"네?"

하라간이 보인 의외의 반응에 베이루는 한 번 더 멍하게 눈을 껌뻑였다.

하라간이 물었다.

"이봐. 지금 무슨 소리를 하고 있는 거야?"

"네?"

"작년 10월, 토브욘의 왕자 가림이 마력함을 이끌고 우리 군나르 왕국으로 쳐들어왔거든. 당시 우리 군나르의 용감한 전사들은 토브욘의 마력함과 맞서 싸우다가 큰 피해를 입었어. 심지어 가림, 그 미친 녀석은 신인을 섬기는 사원을 마력함으로 그대로 들이받아 사원을 통째로 날려 버렸지 뭐야. 그러고도 그 미친놈은 저 혼자 살겠다고 마력함에서 탈출을 했고, 결국 우리 전사들에게 붙잡혔거든. 그런데, 가림 왕자를 우리가 감옥에 가둬 두고 있는 것이 그렇게 큰 잘못인가? 주변 국가에서 우리 군나르 왕국을 비난할 만큼 이상한 일이야? 군단을 이끌고 우리 군나르 왕국을 침공한 사람도 가림이고, 마력함을 냅다 내리꽂아 신인을 섬기는 사원을 박살 낸 것도 가림인데, 뭐? 그런 범죄자를 돌려 달라고? 허어! 역시 얼음 땅의 야만인들답게 경우가 없구먼. 쯧쯧쯧!"

하라간은 속사포처럼 쏘아붙인 뒤, 혀를 차서 마무리했다.

베이루는 망치로 뒤통수를 한 대 얻어맞은 기분이었다.

"가, 가림 왕자님이라고요?"

그 말에 하라간이 곧장 반문했다.

"그럼, 가림 말고 또 있어? 마력함을 이끌고 우리 군나르 왕국에 쳐들어온 왕자가 또 있다는 소리야?"

"그건……!"

베이루의 눈동자가 파르르 떨렸다.

사실 군나르 왕국을 침범한 사람은 가림 혼자가 아니었다. 그 전에 가림의 동생 카를슨 왕자가 사막 도시 키약에 침투했다가 의문의 실종을 당했다. 가림 이후엔 토브욘의 적자 가운데 한 명인 그룬드가 마력함 선단을 이끌고 군나르 왕국 남쪽까지 횡단했었다.

하지만 베이루는 지금 이런 속사정을 털어놓을 입장이 아니었다.

"으허험! 그건 아닙니다. 우리 토브욘 왕국의 왕자님들이 왜 귀국을 침범하겠습니까? 험험!"

베이루는 헛기침과 함께 시치미를 떼었다.

"그래?"

하라간은 미덥지 못하다는 듯 고개를 갸웃했다. 그러다 다시 본론으로 돌아갔다.

"뭐, 그건 그렇다고 치고. 조금 전 했던 말을 다시 해 보지. 귀국의 왕자 가림이 군대를 이끌고 우리 군나르 왕국을 함부로 침입했어. 그리하여 아군 전사들 여럿을 죽였고, 감히 신전까지 폭파해 버렸잖아? 그런 중대한 범죄자를 우리가 억류하는 것이 뭐가 잘못되었나?"

Chapter 5

하라간이 베이루에게 따져 물었다.

"우리가 그런 중대한 범죄자를 감옥에 가두면 안 되나?"

"그게, 저……."

베이루가 진땀을 흘렸다.

하라간은 한술 더 떴다.

"그렇다면 만약 헤닝의 왕자가 귀국에 쳐들어가서 한바

탕 분탕질을 쳐도 귀국은 헤닝의 왕자를 붙잡아 가두지 못하겠네?"

"그것은…… 아, 저, 그것은……."

"조금 전에 그대가 말했잖아. 우리 군나르 왕국이 가림 왕자를 감옥에 가둔 것이 부당해서 한바탕 전쟁을 일으키겠다며? 그럼 어떻게 해야 전쟁을 막을 수 있을까? 감히 신인의 사원을 박살 낸 그 미치광이 왕자를 아르네 왕국의 성전으로 인계할까?"

"헙!"

베이루가 헛바람을 집어삼켰다.

아르네 왕국 수도에는 성전이 세워져 있었다. 이 성전은 북부의 모든 신전들을 이끄는 종교의 총본산이었다.

오래전 아르네 왕국의 군주인 오드 아르네는 "이 땅을 지배하는 것은 9명의 군주이지만, 솔샤르들의 영혼을 위로하는 이들은 성전의 종교인이다. 나 오드 아르네는 성전의 권위를 절대적으로 인정하며, 지지한다."라고 선포했다.

그 후로 성전의 종교인들은 북부 구석구석에 부속신전을 세우고 포교 활동을 펼쳤다. 북부의 아홉 군주들도 그들의 포교 활동을 적극적으로 지원했다. 아홉 군주 모두 따지고 보면 욘 아르네의 후손들이기 때문이다.

덕분에 북부의 아홉 왕국은 성전과 사이가 좋았다.

하지만 가끔 성전이 서슬 퍼런 종교 재판의 칼날을 휘두를 때가 있었다. 감히 신인을 모독한 자! 교리를 심각하게 위배해서 도저히 용서할 수 없는 자! 그런 자들은 아무리 신분이 높고 군주의 총애를 받는 왕족이라 할지라도 무사하지 못했다. 성전에서는 종교 재판을 통해 그런 자들의 목을 자르고 팔다리를 절단했다.

'만약 가림 왕자님의 신병이 아르네 왕국의 성전으로 인계된다면?'

베이루는 가슴이 철렁했다.

가림 왕자는 마력함으로 신전을 들이받았다. 토브욘 왕국에서 복원한 영상을 보면 그 장면이 똑똑히 기록되어 있었다.

'성전으로 인계되면 가림 왕자님은 분명히 종교 재판을 받으실 게야. 그러곤 결국 팔다리가 잘리고 목이 베여 성전 벽에 내걸리시겠지.'

베이루는 이 꼬인 상황을 어떻게 풀어야 할지 감이 잡히지 않았다.

하라간이 베이루를 윽박질렀다.

"왜 말이 없나? 그럼 할 수 없지. 우리가 가림을 감옥에 가둬 두면 주변국들이 우리 군나르 왕국을 비난할 거라고 하니, 성전에 그 범죄자를 넘겨 버리고 우리는 손을 털 수밖에.”

“안 됩니다!”

베이루가 펄쩍 뛰었다.

“왜 안 되는데?”

하라간이 물었다.

“끄으응!”

베이루는 제대로 대답을 못 하고 진땀만 흘렸다. 그는 군나르 왕국에서 혹시 데인을 납치했는지 떠보려고 했다가 혹만 떠안은 기분이었다.

베이루가 속으로 끙끙 앓을 때, 하라간이 손가락으로 의자 팔걸이를 톡톡 두드렸다.

“이제 되었겠지.”

하라간은 독백하듯 중얼거렸다.

“네? 지금 뭐라고 하셨습니까?”

베이루가 되물었다.

하라간은 대답 대신 하얗게 이를 드러냈다.

파삭!

어디서 날아왔는지 모를 단검이 베이루의 벨트 위 크리스털 단추를 정확하게 찔러 깨뜨렸다.

“큭! 이게 무슨 짓이오? 사신에게 무기를 던지다니!”

베이루가 버럭 화를 냈다.

하라간은 베이루를 무시하고 라티파에게 물었다.

“나 어땠어? 토브욘 왕국에서 나를 어떻게 보았을까?”

라티파는 조목조목 짚어 주었다.

“그들은 우선 하라간 님이 무척 화려하고 사치스럽다고 느꼈을 것입니다.”

“그렇지? 그런 인상을 주고 싶어서 이런 장신구들을 주렁주렁 매달았는데, 역시 효과가 있었겠지? 그리고 또?”

“하라간 님께서 대나무 발을 치우고 토브욘의 사신과 직접 대화를 나누셨지 않습니까? 이 장면에서 적들은 하라간 님을 철부지에 경험이 부족하다고 깔보았을 것 같습니다.”

라티파는 서슴없이 대답했다.

그 말에 베이루는 물론이고 군나르 왕국의 대신들도 깜짝 놀랐다. 물론 이 대화는 토브욘 왕국으로 전송되지 못했다. 크리스털 마법 단추가 이미 깨진 탓이었다.

하라간의 얼굴에 걸린 미소가 더욱 짙어졌다.

“그리고 또?”

“적들은 하라간 님께서 거짓말에 능숙하지 못하다는 인상을 받았을 것입니다. 제 생각에 토브욘에서는 하라간 님이 정치력이 떨어진다고 판단했을 것 같습니다.”

“그리고 또?”

“적들은 우리 군나르 왕국이 가림 왕자를 감옥에 가둬

두고 있다고 믿을 것입니다."

사실 가림은 죽었다. 폐사원 전투 당시 하라간이 직접 가림을 죽였다. 하지만 하라간의 연기가 워낙 능청스러워서 토브욘 왕국에선 가림이 살아 있다고 믿을 것이다.

"그리도 또 뭐가 전달되었을까?"

하라간의 물음에 라티파는 살짝 얼굴을 붉혔다.

"마지막으로…… 적들은 하라간 님의 아름다우신 외모에 놀랐을 것입니다. 외모만으로 사람을 평가하는 것은 참으로 어리석은 일이지만 사실 많은 경우 그런 오류에 빠지기 쉽지요."

크리스털 단추를 통해 하라간을 지켜본 토브욘 왕국의 수뇌부들은 분명 '군나르 왕국의 후계자가 참 계집 같구나.' 라고 생각했을 것이다.

그렇지 않아도 하라간은 '온실 속의 화초' 로 폄하된 상태였다. 그런 상황에서 하라간의 꽃 같은 외모를 보면 누구나 '역시 군나르 왕국의 후계자는 온실 속의 화초가 맞구나.' 라고 착각할 것이 뻔했다.

짝짝짝!

하라간이 손뼉을 쳤다.

"좋아! 우리가 계획한 대로 되었네. 토브욘 녀석들에게 내가 심어 주고 싶은 이미지를 그대로 심어 줬어."

지금 군나르 왕국의 대신들은 정신이 하나도 없었다. 하라간과 라티파의 대화를 들으면 들을수록 머리가 더 복잡해졌다.

하지만 이것 하나만큼은 확실했다.

'하라간 님께서 토브욘 왕국을 속였구나!'

다들 이렇게 확신했다.

베이루도 자신이 속았다는 사실을 깨달았다.

"이게 무슨 짓입니까? 사신인 나를 희롱한 것입니까?"

베이루가 하라간에게 따져 물었다.

하라간은 대답 대신 손가락을 까딱거렸다.

그 즉시 반응이 터졌다. 호위 무사들 사이에 섞여 있던 민치, 즉 하라간이 만들어 낸 괴뢰들이 유령처럼 움직여 베이루를 에워싼 것이다.

"뭐냣?"

베이루가 재빨리 뒤돌아 양팔을 벌렸다. 베이루의 양팔이 꾸물꾸물 변할 기미를 보였다.

하지만 그 전에 호위대장 무무가 움직였다. 무무는 단숨에 수십 미터를 날아와 팔꿈치로 베이루의 뒷목을 내리찍었다.

Chapter 6

"커헉!"

베이루가 앞으로 휘청거렸다.

마스크로 입을 가린 민치들이 기다렸다는 듯이 베이루의 품으로 파고들었다. 민치 둘이 베이루의 양팔을 붙잡아 그대로 꺾었다.

또 다른 민치들이 베이루의 등에 올라타 꽉 찍어 눌렀다.

민치들은 여러 명으로 보이지만 사실은 하나의 생명체였다. 자연히 움직임이 유기적이고 합이 척척 맞을 수밖에 없었다.

"크윽!"

베이루는 눈 깜짝할 사이에 대전 바닥에 엎어졌다. 그 상태에서 팔다리가 제압당해 일어서지도 못했다. 민치가 베이루의 입에 재갈을 물렸다. 그다음 팔다리와 머리, 몸을 동시에 꽉 붙잡아 꼼짝 못 하게 만들었다.

하라간이 칼리프를 향해 손가락을 까딱였다.

칼리프는 영문을 몰라 어리둥절해하다가 하라간의 부름을 받고 계단 위로 올라갔다.

"귀."

하라간이 손을 한 번 더 까딱였다.

"네, 하라간 님."

칼리프는 하라간에게 귀를 가까이 가져다 대었다.

하라간이 칼리프에게 뭐라고 속삭였다.

칼리프의 표정이 시시각각 변했다.

"알았지?"

하라간이 물었다.

"넷!"

칼리프는 심각한 표정으로 고개를 끄덕인 다음, 다시 계단을 내려와 베이루에게 다가갔다. 칼리프의 손에는 어느새 기다란 금색 침이 들려 있었다.

"으읍! 으으으읍!"

재갈이 물린 베이루가 발악을 했다.

하지만 민치들의 힘이 어찌나 셌던지 꼼짝도 하지 못했다.

민치 가운데 하나가 장갑을 벗고 손을 들었다. 20 센티미터나 되는 뾰족한 손가락이 쭝 튀어나와 날카로운 예기를 뿌렸다.

민치는 그 손톱 끝을 베이루의 뒷목에 대고는 정수리까지 단숨에 절개했다.

쭈왁—!

"끄읍!"

베이루가 눈을 치떴다.

멀쩡한 두개골이 쩍 갈라져 피가 철철 흐르는 고통은 상상을 초월했다. 그렇게 드러난 베이루의 뇌에 칼리프가 금색 침을 푹 꽂았다.

두뇌에 직접 침을 꽂아 사람의 행동을 제어하는 것은 칼리프의 주특기였다. 칼리프는 품에서 침을 몇 개 더 꺼내 차례로 시술했다.

잠시 후, 칼리프가 하라간을 돌아보았다.

"다 되었습니다."

"그래?"

그 즉시 하라간이 민치들을 움직였다.

민치들이 베이루를 놓고 우르르 비켰다.

"크우우."

베이루는 비틀비틀 일어나더니 대전 문을 향해 발걸음을 옮겼다. 그의 뒤통수에서 피가 줄줄 흘러 털옷을 적시고 대전 바닥을 더럽혔다. 살짝 벌어진 베이루의 입술에선 끈적끈적한 침이 떨어졌다.

그렇게 비틀비틀 문으로 이동하던 중, 베이루가 갑자기 고함을 빽 질렀다.

"가림 왕자님을 이대로 감옥에 놓아둘 수는 없다! 하라간! 내 너를 인질로 삼아 가림 왕자님을 구해 낼 것이야! 크아아아악!"

베이루의 목소리가 어찌나 컸던지 육중한 대전 문 바깥까지 쩌렁쩌렁 들렸다.

"헉!"

"이게 무슨 소리야?"

문밖에서 대기 중이던 베이루의 보좌관들이 깜짝 놀랐다.

중무장을 한 채 보좌관들을 지켜보던 메렌레도 흠칫 놀라 대전 방향을 바라보았다.

그 타이밍에 맞춰 레다가 창을 뽑아 라티파에게 휘둘렀다. 라티파는 미리 입을 맞춘 것처럼 검으로 레다의 창을 받았다.

까가강! 까깡! 챙챙!

날카로운 금속음이 대전 안에서 시끄럽게 들렸다.

"크아아아악! 하라간!"

대전 문을 향해 비틀비틀 걸어가던 베이루가 두 주먹 불끈 쥐고 다시 악을 썼다.

"베이루 님!"

베이루의 보좌관들이 대전을 향해 우르르 달려들었다.

"저들을 막앗!"

메렌레가 서슬 퍼렇게 호통을 쳤다. 군나르 왕국의 수비병들은 창을 곧추세우고 토브욘의 보좌관들에게 달려들었다.

그때였다.

꽉 닫혀 있던 대전 문이 활짝 열렸다. 피투성이가 된 베이루가 양손으로 문을 밀고 뛰쳐나와 악을 썼다.

“실패! 실패다! 하라간을 인질로 잡아 가림 왕자님을 구하려 했는데, 실패했어! 크아악!”

베이루를 바짝 뒤쫓아 나온 민치가 긴 팔을 휘둘렀다. 민치의 날카로운 손톱 4개가 베이루의 등을 쑤셨다.

“크악!”

베이루가 입에서 피를 뿜었다.

“베이루 님!”

보좌관들이 기를 쓰고 베이루에게 다가가려고 했다.

군나르 왕국의 수비병들이 방패와 창으로 보좌관들을 막았다.

대전에서 뛰쳐나온 또 다른 민치가 마스크를 벗고 입을 쩍 벌렸다. 상어의 이빨을 닮은 뾰족뾰족한 이빨 수십 개가 쩍 벌어졌다가 베이루의 어깨를 힘껏 물어뜯었다.

“크아악!”

베이루가 고통에 몸부림쳤다.

세 번째 민치가 달려들어 긴 손톱으로 베이루의 머리통을 내리찍었다.

세 민치의 움직임이 마치 톱니바퀴처럼 정교하게 맞물려

돌아갔다.

"커헉!"

베이루가 마침내 무릎을 꿇었다. 머리에서 피를 철철 흘리고 등과 어깨의 살점이 떨어져 나간 그의 모습은 처참하기 이를 데 없었다.

"크어! 가, 가림 왕자님을 구해…… 내지…… 못해서 죄송……."

베이루는 이 말을 끝으로 얼굴을 바닥에 처박았다.

"안 돼애애애!"

"이 개새끼들아!"

베이루의 보좌관들이 마정석을 개방했다. 그들의 신체가 마물로 변하기 시작했다.

그 즉시 메렌레가 고함을 쳤다.

"놈들이 변신을 시작한다. 피해가 커지기 전에 다 죽여랏!"

"넷!"

메렌레의 부하들도 즉각 마물로 신체 변형을 했다.

Chapter 7

양측의 솔샤르들이 무섭게 맞부딪쳤다. 대전 앞은 눈 깜짝할 사이에 치열한 전쟁터로 변했다.

하지만 싸움은 그리 오래가지 않았다. 토브욘에서 파견 나온 보좌관들은 하나같이 뛰어난 실력자들이었지만, 그 수가 너무 부족했다. 메렌레는 껍질이 단단한 포르키스 마물을 앞장세워 토브욘의 보좌관들을 빙 둘러싼 다음, 뒤에서 원거리 공격을 퍼붓도록 지휘했다.

토브욘의 보좌관들이 하나둘 피를 토하며 거꾸러졌다.

메렌레는 대전 앞 전투를 진두지휘하는 와중에 성벽 위에 미리 대기시켜 놓은 부하들도 움직였다.

"쏴라!"

메렌레의 명이 떨어지자 부관이 붉은 깃발을 들었다.

구구구구궁!

성벽 사이로 거대한 십자형 벌리스터가 그 모습을 드러냈다. 벌리스터에 걸린 마물 화살이 뒤로 힘차게 당겨졌다가 하늘로 쏘아져 나갔다. 태양을 관통해 버릴 듯이 위협적으로 솟구친 마물 화살들은 낮은 고도에 부유 중이던 토브욘의 마력함을 그대로 강타했다.

쿠왕! 쾅!

마력함의 추진체 2개가 눈 깜짝할 사이에 박살 났다. 마력함의 옆면에도 구멍이 크게 뚫렸다. 마력함은 기우뚱 기울다가 제자리에서 뱅글뱅글 맴돌았다.

마력함을 구동하는 토브욘의 마법사들이 깜짝 놀라 방향타를 틀었다.

"급상승! 급상승! 어서 하늘로 올라가야 해!"

"누가 그걸 몰라? 추진체가 깨져서 가동이 되지 않잖아!"

마력함 내부에서 마구 고함이 터졌다. 갑작스러운 타격에 지휘 체계도 허물어졌다. 당황한 마법사들이 우왕좌왕했다.

군나르 왕국은 그때를 놓치지 않았다.

"침투하라!"

메렌레가 다시 명을 내렸다.

이번엔 부관이 초록색 깃발을 들었다.

그러자 군나르 왕국 첨탑 곳곳에서 갈고리가 쏘아져 하늘을 날았다. 꼬리에 긴 밧줄을 매단 갈고리는 마력함 선체에 콱콱 틀어박혔다. 군나르 왕국의 최정예 호위 무사들이 갈고리에 묶인 밧줄을 타고 마력함으로 침투했다.

토브욘의 마법사들은 마력함으로부터 강력한 전기파를 방출해 군나르 왕국의 침투를 막으려고 들었다. 하지만 그전에 벌리스터에서 날아온 마물 화살이 마력함 선두를 강타했다. 그 바람에 전기파 공격이 무산되었다. 군나르의 정예병들은 낙오자 없이 모두 마력함 침투에 성공했다.

"옳거니!"

하라간은 대전 안에서 눈을 감았다.

눈으로 직접 보지 않아도 상관없었다. 하라간의 감각엔 첨탑에 숨어 있던 군나르의 정예병들이 마력함으로 파고들어 점령해 나가는 모습이 고스란히 들어왔다.

마력함 하단부 1층 점령 완료!

하단부 2층 점령 완료!

중단부 1, 2층 동시 점령 완료!

마력함 상단부 중앙 통제소 점령 완료!

드디어 토브욘의 마력함이 군나르 왕국의 손아귀에 떨어졌다.

"그렇지!"

하라간은 흐뭇하게 팔짱을 꼈다.

군나르 왕국의 입장에서 토브욘의 마력함을 한 척 나포한 것은 아주 뜻깊은 일이었다. 하지만 하라간은 마력함 획득보다 다른 점이 더 기분 좋았다.

'소소한 연극을 한 편 꾸민 보람이 있군. 토브욘 왕국에 거짓 정보를 제대로 심어 준 것 같아. 하하하!'

하라간은 속으로 웃음을 삼켰다.

조금 전 하라간은 칼리프에게 명령을 하나 내렸다. 칼리프가 그 명을 받들어 베이루의 뇌를 조작했다.

'라티파, 역시 똑똑해.'

하라간은 내심 라티파를 칭찬했다.

사실 이번 작전을 구상한 사람은 하라간이 아니라 라티파였다. 천재 소녀 라티파는 작전 수립과 계책에 능했는데, 이런 라티파의 두뇌에 데인에게서 캐낸 토브욘 왕국의 기밀 정보가 더해지자 아주 그럴듯한 작전이 나왔다.

군나르 왕국이 데인을 납치한 이후 획득한 가장 중요한 키워드(Key Word)는 바로 '마법 단추' 였다. 라티파는 이 마법 단추를 역이용하기 위한 작전을 수립하고 하라간에게 승인을 받았다.

[토브욘의 마법사들이 마법 단추를 고작 하나만 보냈을 리 없습니다. 베이루뿐 아니라 대전 밖에서 대기 중인 토브욘의 보좌관들도 몸 어딘가에 마법 단추를 숨기고 있을 것입니다. 그러니 계획을 실행하십시오.]

조금 전 라티파는 하라간의 뇌에 이렇게 속삭였다.

하라간이 곧장 행동에 나섰다. 대전 내부를 촬영 중이던 베이루의 마법 단추가 하라간이 던진 단검에 맞아 박살 났다.

그 단추를 통해 군나르 왕궁 내부를 엿보던 토브욘 마법사들은 아마도 깜짝 놀랐을 것이다. 그러곤 대전 밖을 촬영 중이던 제2, 제3의 마법 단추를 통해 지금 군나르 왕국에서 무슨 일이 벌어지는지 파악하려고 애쓸 것이다.

라티파는 단검을 던지기 전부터 이런 일이 벌어질 것이라 예측했다. 그래서 하라간에게 [베이루를 대전 밖으로 내보내 주세요.]라고 청했다. 물론 그 전에 칼리프를 움직여 베이루의 뇌를 살짝 조작해 놓는 것도 잊지 않았다.

라티파의 작전대로 베이루는 피투성이가 되어 대전을 탈출했다. 그다음 "실패! 실패다! 하라간을 인질로 잡아 가림 왕자님을 구하려 했는데, 실패했어!"라고 절규했다.

대전 안에서 민치들이 우르르 뒤쫓아 나와 베이루의 등을 찢고, 뾰족한 이빨로 어깨를 물어뜯고, 손톱으로 머리통을 내리찍었다.

그 끔찍한 장면이 보좌관의 옷에 달린 마법 단추에 생생히 담겼다.

하라간은 적국의 보좌관들이 정신을 차리지 못하게 몰아붙였다. 하라간의 명을 받은 메렌레가 즉시 수비병들을 움직여 토브욘의 보좌관들을 공격했다. 그와 동시에 마력함 탈취 작전도 전개되었다.

'토브욘의 마법사들은 마법 단추를 통해 이곳에서 벌어진 일련의 사건들을 똑똑히 목격했을 거야. 아마도 토브욘 왕국이 발칵 뒤집혔겠지'

하라간이 검지로 턱을 쓰다듬었다. 모든 일이 라티파의 작전대로 풀려 갔다. 하라간은 라티파를 칭찬해 주었다.

[라티파, 수고 많았다. 내 옆에 네가 있어서 다행이야.]

예상치 못한 과분한 칭찬에 라티파가 얼굴을 발그레 붉혔다.

[아닙니다. 아닙니다. 모두 하라간 님의 공이십니다.]

라티파는 겸손하게 공을 하라간에게 돌렸다.

하라간이 라티파를 향해 생긋 웃어 주었다.

라티파의 얼굴이 더 빨개졌다.

'픳!'

질투가 나는지 레다가 입술을 샐쭉 내밀었다.

하라간은 레다에게도 뇌파를 전달했다.

[레다, 너도 수고했다. 장단을 잘 맞춰 줬어.]

[네에? 아닙니다. 제가 무슨 일을 했다고…….]

레다가 펄쩍 뛰었다. 그래도 기분은 좋은지 레다의 얼굴에 배시시 웃음이 걸렸다.

한편 군나르 왕국의 대신들 사이에선 웅성웅성 파문이 일었다. 대신들은 이제야 돌아가는 상황을 파악했다. 그들도 나름 눈치가 빠르고 머리가 좋은 사람들이었다. 그러니까 대신의 자리까지 올랐던 것이다.

뒤늦게나마 앞뒤 정황을 파악한 대신들이 일제히 몸서리를 쳤다.

'으으으! 하라간 님은 정말 무서우신 분이시다. 타국의

사신을 이렇게 과감하게 정리해 버리시다니!'

'앞으로 하라간 님께 절대 충성을 바쳐야 해. 괜히 잘난 척하며 하라간 님을 떠보려고 했다간 그냥 골로 가겠어.'

대신들은 슬금슬금 하라간의 눈치를 살폈다. 앞으로 약간 숙였던 대신들의 머리가 한층 더 꾸부정하게 수그러들었다.

양손을 앞에 공손히 모으고, 머리는 45도 이상 절대 들지 말고, 허리는 15도 각도로 유지한다.

이것이야말로 절대 권력자를 영접하는 신하들의 기본자세였다. 군나르 왕국의 대신들은 누가 시키지 않아도 자연스럽게 이 자세를 취했다.

대신들의 변화에 칼리프는 가슴이 벅차올랐다.

'오오오! 신인이시여, 감사합니다. 우리 군나르 왕국에 이렇게 뛰어난 분을 내려 주셔서 정말 감사합니다.'

칼리프는 마음속으로 신인에게 감사의 기도를 올렸다.

그사이 하라간은 눈을 지그시 감고 빙그레 웃음을 지었다. 물결처럼 잔잔하게 퍼져 나가는 웃음이 아름다우면서도 섬뜩했다.

제2화

하라간의 정치

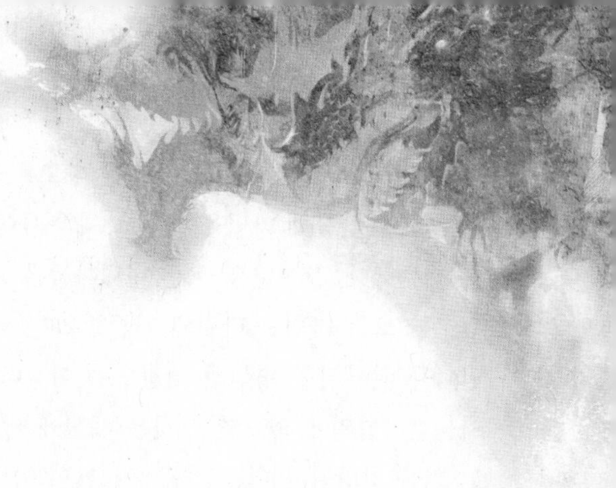

Chapter 1

토브욘 왕국 수도에서 100 킬로미터가량 떨어진 해안가 절벽.

구름을 뚫고 솟은 77층의 마천루가 북해의 차가운 바람을 정면으로 받으며 검푸른 바다를 굽어보았다.

이 높고 단단한 건물의 이름은 타워(Tower: 탑)!

타워는 토브욘의 상징이자 자랑이었다.

타워는 토브욘 왕국을 지탱하는 굳건한 기둥이었다.

타워는 토브욘 왕국 모든 마법사들의 집합체였다.

그리하여 타워는 오늘날 토브욘 왕국 그 자체가 되었다. 토브욘 왕국의 모든 것들이 타워를 통해 시작되었고, 타워를 통해 다시 수렴되었다. 토브욘의 모든 마법사들은 타워의 선배들을 통해 마법을 배우고, 후배들에게 다시 그 마법을 전수했다. 토브욘의 모든 마법사들은 죽기 전에 자신이 연구한 모든 마법을 타워에 기증했으며, 타워가 그 기증을 받아들이는 것을 평생의 영광으로 여겼다. 토브욘의 마법사들은 "타워에 없으면 그것은 세상에 없는 마법이다."라는 말을 자랑삼아 떠들었다. 토브욘의 마법사들은 로브 깃 안쪽에 타워를 상징하는 [∧] 표시를 새겨 넣어 자신들의 소속을 세상에 분명히 드러내었다.

오늘 그 타워의 69층에 9명의 사람들이 모였다. 참석자들은 사방이 온통 푸른색으로 가득 차 있는 위치룸으로 들어가 불규칙하게 자리를 잡았다.

잠시 후, 그와아앙! 소리와 함께 그들이 서 있던 자리가 솟구쳐 원기둥으로 변했다. 사람들은 각자의 원기둥을 타고 점점 더 상승하여 까마득히 높은 곳에 도달했다. 밑이 보이지 않는 이 아득한 곳이 바로 진짜 위치룸, 즉 마녀들의 방이었다.

토브욘 왕국을 통틀어서 이곳 위치룸에 들어올 자격이 있는 사람은 딱 9명뿐이었다. 이 9명이야말로 토브욘 왕국을 이끌어 나가는 실세 중의 실세였다.

'물론 실세라는 것이 전혀 의미가 없지. 저 꼭대기에 앉아 계신 위대하시고 또 위대하신 분께서 눈살 한 번만 찌푸리시면 우리 9명은 당장 교체가 되어 버릴 것인데 실세는 무슨 실세야.'

그룬드는 위치룸 천장을 힐끗 곁눈질하며 마음속으로 이렇게 중얼거렸다.

신비롭게도 위치룸에서는 천장이 보이지 않았다. 광활한 하늘이 뻥 뚫려 있어서 69층인 이곳 위치룸이 타워의 최상층인 것처럼 느껴졌다. 물리적으론 69층을 넘어선 그 어떤 상층부도 보이지 않았다.

하지만 타워는 분명 77층까지 존재했다.

70층, 71층, 72층, 73층…… 그리고 마지막 77층.

이 8개 층은 아무도 올라가 본 사람이 없었다. 오직 한 사람! 얼음과 빙하의 제왕이자 이 왕국의 군주인 토브욘만이 위치룸 위쪽 8개 층을 사용할 뿐이었다.

'언젠가는 내가 위치룸을 뛰어넘어 저 위로 올라갈 테다. 나 그룬드가!'

토브욘의 다섯 번째 적자 그룬드는 마음속으로 결의를 다졌다.

전혀 불가능한 일은 아니었다.

토브욘은 4명의 정식 부인으로부터 13명의 아들을 두었다. 팔뚝에 황금 팔찌를 착용하고 머리에 30 센티미터 길이의 황금 막대를 꽂은 이 13명의 아들을 토브욘 왕국에선 '적자' 라 불렀다.

물론 토브욘은 4명의 부인 외에도 여러 여자를 품었다. 그녀들이 낳은 자식도 무수히 많았는데, 그 가운데 아들만 66명이었다. 이들은 적자가 아니라 그냥 '왕자' 라고 불렸다. 일반 왕자들은 적자에 비해서 세력에서도 밀리고 실력도 뒤처졌다.

13명의 적자들도 서로 처지가 똑같지는 않았다.

군나르 왕국에 납치를 당한 데인은 권력 암투에서 밀려서 먼 영지로 낙향했다. 일부 적자들은 제대로 세력을 일구기도 전에 형제들의 손에 죽었다.

그 치열한 싸움을 뚫고 올라온 적자가 4명.

두 번째 적자 요나스!

다섯 번째 적자 그룬드!

여덟 번째 적자 뢴로트!

열세 번째 적자 베르!

오늘은 이 4명의 적자가 모두 위치룸에 모였다.

여기에 더해서 허리가 꾸부정한 노인 악셀리가 위치룸 회의에 참석했다. 악셀리는 토브욘 왕국 대신들 가운데 가장 지위가 높은 집정관이었다.

타워를 대표하는 현자 4명도 각자 자리를 지켰다.

아호!

카스트렌!

카티!

사투!

이 4명은 모두 나이가 지긋한 여성들이었는데, 이 가운데 카스트렌은 토브욘의 두 번째 왕비이기도 했다.

적자 4명, 현자 4명, 집정관 1명.

이 9명이 위치룸에 모여서 전면에 펼쳐진 넓은 화면을 바라보았다. 화면 속에는 먼 남쪽 사막의 군나르 왕궁이 넓게 펼쳐졌다.

웅장한 건축물과 광활한 대지, 높고 뾰족한 대전의 문! 그 문 안에 두 줄로 늘어선 군나르 왕국의 신하들! 그리고 높은 계단 위에 비스듬히 앉은 미녀!

"허허허! 저게 어떻게 남자야?"

화면에 하라간이 등장하자 룀로트가 기가 막힌다는 표정을 지었다. 그만큼 하라간의 미모는 비현실적이었다.

"하나밖에 없는 후계자가 저런 계집애 같은 녀석이라니, 사막의 군주 군나르도 참 말년이 딱하게 되었군. 쯧쯧쯧!"

사투 현자는 이렇게 혀를 찼다.

몸이 마르고 눈빛이 음침한 요나스는 뚫어져라 하라간을 응시했다.

그 모습에 륀로트가 히죽 웃었다.

'크크크, 요나스 형이 또 발동이 걸렸구나! 형도 참 취미가 고약해. 예쁘장한 미소년을 가지고 놀다가 망가뜨리는 것이 취미라니 말이야. 크큭!'

화면엔 한동안 하라간의 모습이 고정되었다. 아무리 보아도 하라간은 철이 없고 외모만 화려할 뿐, 위엄이나 무력이 느껴지지는 않았다.

'온실 속의 화초! 하라간에게는 이 표현이 딱 맞네.'

토브욘의 아홉 수뇌부들은 모두 공통된 생각을 품었다.

그 와중에 하라간이 베이루의 언변에 홀려 실수를 했다. "우리 군나르 왕국이 토브욘의 왕자 한 명을 억류하고 있다."라고 시인한 것이 바로 그 실수였다.

"역시 군나르 왕국에서 데인 적자님을 납치했구나!"

"드디어 꼬리를 잡았다."

카티 현자와 사투 현자는 동시에 주먹을 불끈 쥐었다.

"이거야 원! 일국의 후계자라는 놈이 저렇게 순진해서야! 쯧쯧쯧!"

2왕비 카스트렌은 하라간의 어리석음을 비웃었다.

"백치미를 줄줄 흘리는군. 으흐흐!"

적자 요나스는 화면에 눈을 고정한 채 뱀처럼 긴 혀로 입술을 스윽 핥았다.

"허헛! 이거 참! 이렇게 쉽게 납치범의 정체를 알아낼 줄이야."

그룬드도 어이가 없어 헛웃음을 흘렸다.

Chapter 2

토브욘의 아홉 수뇌부들은 입을 모아 하라간의 실수(?)를 비웃었다. 하지만 곧 그 웃음이 뚝 끊겼다. 위치룸 곳곳에서 심각한 웅성거림이 발생했다.

"뭐? 놈들이 잡고 있는 인질이 데인 적자님이 아니라 가림 왕자님이라고?"

아호 현자가 짓무른 눈을 동그랗게 떴다.

"가림 왕자님이 살아 있었단 말인가?"

사투 현자가 곤혹스러운 표정을 지었다.

"흐으음!"

의외의 전개에 2왕비 카스트렌도 눈을 찌푸렸다.

그러나 누구보다 큰 충격을 받은 사람은 바로 그룬드였다.

"가림! 끄으으응!"

그룬드는 주먹에 힘을 꽉 주었다. 지난 폐사원 전투 당시 가림 왕자에게 마력함을 내준 장본인이 바로 그룬드였다. 폐사원 전투 이후 그룬드는 책임을 추궁당해 무척 곤란한 처지가 되었다.

그런데 지금 다시 그 일이 화두에 올랐다. 그룬드의 얼굴이 벌겋게 물드는 것이 당연했다.

심지어 하라간은 "가림을 성전으로 보내 종교 재판을 받게 만들겠다."며 토브욘의 사신 베이루를 몰아붙였다.

"끙! 종교 재판이라니!"

요나스가 이마를 찌푸렸다.

가림이 마력함으로 사원을 박살 낸 것은 분명 사실이었다. 하지만 그 사원은 제대로 된 신전이 아니라 낡아서 방치된 폐사원이었다.

"그래도 일단 가림이 종교 재판에 넘겨지는 것은 막아야 해. 비록 모계 혈통이 미천하기는 하지만 어쨌거나 가림도 위대하시고 또 위대하신 분의 핏줄이다. 그런 가림이 종교 재판을 받아 목이 잘린다면 그건 우리 토브욘 왕국의 얼굴에 똥칠을 하는 셈이야."

요나스는 신경질적으로 말을 내뱉었다.

반면 뢴로트는 눈을 반짝 빛냈다.

"다섯째 형, 이거 어떻게 책임질 거요?"

불곰처럼 덩치가 큰 뢴로트는 겉보기에는 힘만 세고 둔

할 것처럼 보이지만, 실상은 형제들 가운데 몇 손가락 안에 꼽힐 정도로 머리 회전이 빨랐다. 뢴로트는 이번 사건이 앙숙인 그룬드를 궁지에 몰아넣을 좋은 기회라고 생각했다.

요나스도 눈이 번쩍 빛났다.

'그렇지! 이런 일이 발생한 것은 모두 그룬드 때문이었지? 아하하하! 이거 갑자기 짜증이 확 사라지는구먼.'

요나스도 뱀 같은 눈으로 그룬드를 쏘아보았다.

"그룬드, 어쩔 거냐?"

사람들의 시선이 그룬드에게 몰렸다.

요나스의 장인인 집정관 악셀리가 한 팔 거들었다.

"북해의 뱃사람들 사이에 떠도는 속담이 하나 있지요. 밧줄은 묶은 사람이 풀어야 한다라는 속담입니다. 그런 면에서 보았을 때 가림 왕자님의 일은 그룬드 전하께서 적극적으로 나서서 해결하셔야 합니다. 그래야 모양새가 보기 좋아요."

사투 현자도 이 기회를 놓치지 않았다.

"저도 집정관님의 의견에 동의합니다. 그룬드 전하, 뭐라고 한 말씀 하시지요."

요나스와 뢴로트, 악셀리, 사투는 한 패였다. 4명이 앞다투어 몰아세우자 그룬드의 얼굴이 험악하게 일그러졌다.

[그룬드 전하, 참으십시오.]

카티 현자가 그룬드에게 뇌파를 보냈다.

카티의 제자 실보플레는 그룬드의 약혼녀였다. 제자를 딸처럼 아끼는 카티는 그룬드의 편에 설 수밖에 없었다.

그룬드가 짜증을 내었다.

[이걸 어떻게 참으라는 거요? 저들은 틈만 나면 가림의 일로 나를 옭아매고 있소.]

[그러니까 더더욱 참으셔야 합니다. 전하, 눈을 딱 감고 대꾸하지 마십시오.]

카티는 현명한 조언을 했다.

그룬드가 반응을 보이지 않자 이번엔 2왕비 카스트렌이 나섰다.

"그룬드, 왜 대답이 없니? 가림이 종교 재판에 넘겨지는 것은 막아야 해. 이 일을 그냥 방치했다간 위대하시고 또 위대하신 분의 진노를 사게 될 게다."

토브욘의 진노!

적자들에게 있어서 이보다 더 큰 일은 없었다. 토브욘의 눈 밖에 나는 순간 후계자 자리는 물거품이 될 것이고, 결국 목숨마저 위태로워진다.

그룬드는 카스트렌을 무섭게 쏘아보았다.

"2왕비님, 제가 어떻게 하면 되겠습니까?"

"막아야지. 가림이 종교 재판에 넘겨지지 않도록 네가

지혜와 역량을 발휘해야지. 가림에게 마력함을 내줘서 이런 망신을 자초한 사람이 너니까 네가 책임을 져야지."

카스트렌이 그룬드의 속을 박박 긁었다.

2왕비 카스트렌과 3왕비는 앙숙 중의 앙숙이었다. 지금 카스트렌이 그룬드를 몰아붙이는 이유도 그 때문이었다. 그룬드가 3왕비의 친자식이기 때문.

궁지에 몰린 그룬드는 아호 현자를 바라보았다.

아호는 그룬드의 간절한 눈빛을 외면했다.

그룬드는 막냇동생인 베르에게 눈빛으로 도움을 요청했다.

'베르, 나 좀 도와줘.'

'…….'

열세 번째 적자 베르는 무표정한 회색빛 눈으로 그룬드를 마주 보았다.

결국 9명 중에 그룬드의 편은 카티 현자 단 한 사람뿐이었다.

'아 놔, 이런 씨발 연놈들!'

그룬드는 속으로 이를 갈았다. 하지만 겉으로 이런 욕을 퍼부을 용기는 없었다.

[그룬드 전하, 화가 나셔도 꾹 참으세요. 지금은 무조건 참을 때입니다.]

카티가 한 번 더 그룬드를 말렸다.

그룬드도 카티의 의견에 동의했다.

'그래. 참자. 참고 견디자.'

그룬드는 위기를 모면하기 위해 자존심을 버리기로 마음먹었다.

"허허허허! 2왕비님, 제가 어리석어 이 일을 어찌 해결해야 할지 모르겠습니다. 둘째 형님, 이 불쌍한 아우 좀 도와주십시오. 군나르 왕국에 붙잡혀 있는 가림을 어떻게 구출하면 되겠습니까? 가림이 종교 재판에 넘겨지기 전에 우리가 수를 쓰지 못하면 위대하시고 또 위대하신 분께 큰 민폐가 되겠지요? 저야 그분의 진노를 피하지 못해 낭패를 보겠지만, 여기 있는 나머지 분들도 상당한 추궁을 받을 겁니다. 위치룸에서 이런 일 하나 해결하지 못하고 뭐했냐고 호통을 듣겠지요. 허허허!"

카티가 기다렸다는 듯이 끼어들었다.

"그룬드 전하의 말씀이 옳습니다. 가림 왕자님이 이대로 종교 재판에 넘겨진다면 가장 큰 책임을 질 사람은 물론 그룬드 전하시겠지요. 하지만 그 후엔 우리 모두에게 지엄한 추궁이 뒤따를 것입니다. 지금 이 순간에도 위대하시고 또 위대하신 분께서는 우리의 말과 행동을 굽어보고 계십니다. 그분께서 지금 우리의 분열된 모습을 보시고 어떤 생각을 하실까요? 다들 한 사람에게만 책임을 몰고 협조하지 않는구나, 이렇게 판단하시지 않을까요?"

"흡!"

"그건!"

토브욘이 지켜보고 있다고 생각하자 다들 얼굴이 파르르 떨렸다.

뢴로트가 먼저 나섰다.

"험험! 어허험! 카티 현자의 말씀이 과하시구려. 우리가 언제 다섯째 형에게만 모든 책임을 몰겠다고 했소? 일이 꼬이게 만든 사람이 바로 그룬드 형님이니 먼저 발 벗고 나서야 한다, 이런 이야기였소. 만약 다섯째 형이 역량이 부족하다면 이 뢴로트가 얼마든지 돕겠소. 험험!"

뢴로트가 갑자기 태도를 바꾸자 요나스도 그냥 있을 수 없었다.

"그렇지. 그룬드가 먼저 앞장서고, 만약 그의 역량이 부족하다 싶으면 나도 도울 것이오. 으허험!"

"우리도 도와야지요."

"암요, 암요."

사투와 악셀리도 냉큼 말을 보탰다.

'이런 기회주의자들!'

2왕비 카스트렌이 입술을 꼭 깨물었다.

Chapter 3

그때 돌발 상황이 발생했다.

멀쩡하던 화면이 갑자기 뚝 끊긴 것.

“뭐야? 마법 단추가 고장 났나?”

“다른 화면이라도 연결해.”

현자들이 서둘러 명을 내렸다.

“알겠습니다.”

타워의 마법사들은 즉각 그 명령을 따랐다.

까맣게 죽은 화면이 사라지고, 군나르 왕국 대전 바깥쪽을 비추던 새로운 영상이 중앙 화면에 올라왔다. 영상이 어지럽게 흔들리는 가운데, 대전 안에서 베이루의 절규가 울려 퍼졌다.

“가림 왕자님을 이대로 감옥에 놓아둘 수는 없다! 하라간! 내 너를 인질로 삼아 가림 왕자님을 구해 낼 것이야! 크아아아악!”

베이루의 격노한 음성이 화면을 뚫고 튀어나올 듯 쩌렁쩌렁 울렸다.

그룬드가 눈을 동그랗게 떴다.

"어엉? 이게 무슨 개소리야? 고작 11명이서 어떻게 가림을 구출해?"

그들이 놀랄 사이도 없이 상황이 급박하게 전개되었다. 대전 문을 박차고 탈출한 베이루가 난생처음 보는 마물들에게 붙잡혀 등이 뚫리고, 어깨가 뜯기고, 머리통이 부서졌다. 그 끔찍한 장면이 위치룸 화면을 가득하게 채웠다.

뒤이어 다른 영상이 전개되었다. 군나르 왕국의 솔샤르들이 토브욘의 보좌관들을 공격하는 장면이었다. 그 와중에 마력함이 추진체를 잃고 허공에서 뱅뱅 맴돌았다.

"저, 저! 군나르 놈들이 마력함으로 침투한다!"

요나스가 손가락으로 화면을 구석을 가리켰다. 밧줄을 타고 마력함으로 침투 중인 군나르 정예병의 모습이 화면을 짧게 스쳐 지나갔다.

지금 군나르 왕국에선 한바탕 혼전이 벌어지는 중이었다. 그 탓에 화면이 무척 어지러웠다. 마법 단추가 갑자기 하늘을 비췄다가 180도 빙글 돌아 땅을 찍었다. 치열한 전투 장면이 잠시 이어지다가 벽을 쾅 들이받기도 했다.

토브욘의 수뇌부 9명은 숨도 제대로 쉬지 못하고 영상에 집중했다.

총 11개나 되던 마법 단추들이 하나둘 꺼지고, 결국 2개만 살아남았다. 그 2개도 군나르 왕궁 땅바닥과 병사들의 신발만 비춰 주며 더 이상 움직이지 않았다. 군나르 왕국으로 파견을 나간 보좌관들이 모두 죽거나 제압을 당해 땅에 쓰러졌다는 뜻이었다.

위치룸에 침묵이 돌았다.

한참 만에 뢴로트가 침묵을 깼다.

"망했군."

뢴로트는 굵은 손가락 10개를 자신의 머리카락 속에 콱 박아 넣고는 이렇게 뇌까렸다.

"끄흐흠!"

아호 현자는 주름진 눈을 꽉 감았다.

'이 상황을 어떻게 이용해야 내게 유리해질까?'

뢴로트는 빠르게 머리를 굴렸다.

요나스도 턱을 손으로 쥐고 곰곰이 생각에 잠겼다.

집정관 악셀리와 사투 현자는 입을 꾹 다물고 말을 아꼈다.

'이 심각한 상황에서 괜히 말실수를 했다가는 자리를 보전하기도 어렵지. 이럴 땐 가만히 있는 게 좋아. 그럼 중간은 가지.'

노련한 악셀리와 사투는 공통적으로 이런 생각을 품었다.

반면 그룬드와 카티는 표정이 그리 밝지 않았다.

'결국 사신 파견은 실패로 끝났구나! 데인 님의 행방은 찾지도 못했고, 엉뚱하게도 가림 왕자 사건이 부각되면서 그룬드 전하의 부담만 커졌어. 아아아! 이 일을 어쩐담? 실보플레야, 네 앞날이 순탄치 않겠구나! 휴우우우우.'

카티 현자는 속으로 긴 한숨을 삼켰다.

그룬드도 입술을 고집스레 다물었다.

'어떻게 이 일을 수습하지? 내가 직접 군나르 왕궁에 침투해서 가림을 빼 와야 하나?'

이건 불가능했다. 제아무리 그룬드가 강하다고 해도 적의 감옥에 갇혀 있는 가림을 구출하기는 어려웠다.

'그렇다고 손을 놓고 있을 수는 없어. 그랬다가는 후계자 자리는 끝이야. 뭐라도 액션을 취해야 해.'

한데 마땅한 방도가 떠오르지 않았다. 그룬드는 이러지도 못하고 저러지도 못하는 처지가 되었다.

위치룸에서 나온 그룬드는 넋 놓고 발걸음을 옮겼다. 그가 정신을 차렸을 때는 어느새 카티 현자의 방에 마주 앉아 차를 마시는 중이었다.

약혼녀 실보플레가 스푼으로 차를 저어 그룬드와 카티 앞에 놓아 주었다. 찻잔으로부터 따뜻한 김이 모락모락 피어올랐다.

"고맙구나, 실보플레."

카티가 생긋 웃었다. 곱게 늙은 카티의 얼굴 위로 인자한 표정이 떠올랐다.

"헤헤, 뭘요."

천재 마법 소녀 실보플레가 발가락을 꼼지락거렸다. 스승으로부터 고맙다는 말을 듣는 것이 쑥스러운 모양이었다. 그러면서 실보플레는 약혼자 그룬드를 살폈다. 그룬드의 입에서 "고마워."라는 말을 기대한 것인데, 실망스럽게도 그룬드는 아무런 반응이 없었다. 지금 그룬드의 머릿속에는 오직 가림만 가득했다.

"가림, 이 멍청한 녀석! 사막의 땅개들에게 붙잡혀 포로가 될 바에는 차라리 죽어 버리지! 그럼 이런 고민도 없었을 것인데."

그룬드가 속마음을 털어놓았다.

카티는 얼굴을 살짝 찌푸렸지만, 실보플레를 한 번 보고는 마음을 다잡았다.

"그룬드 전하."

카티의 부름에 그룬드가 고개를 들었다.

카티는 단호하게 말을 꺼냈다.

"가림 왕자님의 구출이 가능하겠습니까?"

"글쎄…… 군나르 왕국의 감옥이 한두 군데도 아니고,

지금 가림이 어디에 갇혀 있는지도 모르는데 어떻게 구출을 하겠소? 설령 내가 직접 간다고 해도 구출은 불가능하지."

그룬드가 솔직하게 대답했다.

"그나마 내가 몇 가지 방안을 쥐어짜고는 있는데, 딱히 이거다 싶은 방안이 없구려."

"어떤 방안들입니까?"

카티의 질문에 그룬드가 손가락을 3개 폈다. 그다음 하나씩 다시 접으며 말했다.

"첫째, 가림이 감옥에서 풀려나와 성전으로 이송될 때! 그때 급습을 해서 가림을 빼 오는 방법이 있겠소."

"그럴듯한 계책입니다. 계속 말씀하시지요."

"둘째, 군나르의 주요 인사를 납치해서 가림과 맞교환하는 방법이 그 두 번째요."

"이건 아닌 것 같습니다. 하라간을 납치하지 못하는 한, 그 누구도 가림 왕자와 맞교환되지 않을 것입니다."

카티의 말이 옳았다. 설령 토브욘 왕국이 군나르의 고관대신 한두 명을 납치한다고 해도 군나르나 하라간은 눈 하나 깜짝하지 않을 것이다.

Chapter 4

그룬드는 세 번째 방안을 이야기했다.

"마지막으로 저들과 평화 협정을 맺고 협상을 통해 가림을 구출하는 방법을 생각했소."

"군나르 왕국에서 과연 협상을 하려고 하겠습니까?"

카티의 반응은 부정적이었다.

그룬드가 쓰게 웃었다.

"후후후! 물론 협상이 쉽지 않겠지. 우리가 약점이 단단히 잡혔는데 무슨 협상이 되겠어? 아마도 사막의 땅개 녀석들이 요구하는 대로 질질 끌려다니기만 하겠지. 아마도 저들에게 영토를 상당히 내주어야 겨우 협상이 가능할 것이오. 젠장! 젠장! 젠장!"

그룬드는 두 주먹으로 탁자를 쾅쾅쾅 내리찍었다.

그 격렬한 반응에 실포플레가 화들짝 놀랐다.

카티는 그룬드가 진정할 때까지 가만히 기다렸다. 잠시 후 그룬드가 마음을 가라앉히자 카티가 다시 입을 열었다.

"전하, 제 생각에 세 번째 방안은 답이 아닌 것 같습니다. 군나르 왕국과 그런 굴욕적인 협상을 맺었다가는 위대하시고 또 위대하신 분께서 더욱 크게 진노하실 것입니다. 아니, 그 전에 협상 자체를 윤허 받지 못할 겝니다."

"하아! 그렇지. 그분께서 그런 굴욕적인 협상을 윤허하실 리 없지. 차라리 가림이 종교 재판을 받아 죽는 꼴을 보시고 말 거야. 끄으응!"

카티가 그 점을 지적했다.

"그렇습니다. 위대하시고 또 위대하신 분께서는 명예를 가장 소중하게 생각하시는 분이십니다. 가림 왕자님이 목이 베여 죽는 한이 있더라도, 우리 토브욘 왕국이 군나르 왕국에게 무릎을 꿇는 꼴을 두고 보지는 못하십니다."

"그건 나도 알고 있소. 하아아! 그래서 어쩌자는 거요? 결국 첫 번째 방법으로 가야 하는 거요?"

그룬드의 목소리에 짜증이 어렸다.

카티는 그룬드의 조급한 성격이 실망스러웠으나 겉으로 내색하지 않았다. 그저 담담히 제 할 말만 했다.

"그룬드 전하, 가림 왕자님을 구출할 방법을 찾으시려니 힘드시지요? 적국의 포로가 된 왕자님을 생환시키려 하시니까 답이 나오지 않지요?"

"카티 현자, 지금 나랑 말장난을 하는 거요? 당연히 힘이 들고 곤혹스럽지. 적국에 포로로 잡힌 가림을 대체 무슨 수로 빼내느냐고! 엉?"

그룬드가 더욱 심하게 짜증을 부렸다.

카티가 목소리 톤을 낮춰서 속삭였다.

"꼭 생환시키셔야 합니까?"

"뭐요?"

그룬드가 눈을 번쩍 떴다.

카티가 조곤조곤 속삭였다.

"가림 왕자님 말입니다. 꼭 생환을 시키셔야 합니까?"

"엇?"

"물론 가림 왕자님을 구출해 올 방법이 있다면 좋겠지요. 하지만 당장은 마땅한 수가 없지 않습니까? 이럴 경우 어느 편이 낫겠습니까? 성전으로 이송되어 종교 재판을 받고, 고문을 받고, 결국 팔다리와 목이 잘려 성전 벽에 내걸리는 편이 가림 왕자님께 낫겠습니까? 아니면 군나르 왕국의 감옥 안에서 편안히…… 아주 조용히 눈을 감으시는 편이 가림 왕자님께 더 낫겠습니까?"

"어어억!"

그룬드가 벌떡 일어났다.

카티가 으스스한 표정으로 그룬드를 올려다보았다.

"가림 왕자님의 입장을 생각하기 이전에, 우리 토브욘 왕국 입장을 먼저 생각해 보시지요. 물론 그룬드 전하께서 적국에 침투하셔서 가림 왕자님을 무사히 구출해 내신다면 가장 좋겠지요. 하지만 작전이 실패해서 적자이신 그룬드 전하마저 군나르 왕국의 포로로 잡힌다고 가정해 보십시오. 만약 그런 일이 벌어진다면 이는 우리 토브욘 왕국의 명예에 더 큰 똥칠을 하는 셈입니다. 설령 그룬드 전하께서 적의 포로가 되지 않더라도, 가림 왕자님이 성전으로 이송되어 재판을 받는 것이 우리 토브욘 왕국의 입장에선 더 큰 망신입니다. 그렇게 될 바에는 차라리 가림 왕자님이 폐사원 전투에서 명예롭게 전사하시는 편이 더 나았습니다. 혹은 감옥 안에서 자결하시는 편이 더 나을 수도 있습니다. 그것이 위대하시고 또 위대하신 분의 위엄을 지켜드리는 길이기도 하지요."

짝!

그룬드가 손뼉을 마주쳤다.

"맞아! 불명예스럽게 재판을 받느니 차라리 그 전에 가림이 감옥 안에서 자결하는 편이 더 낫지. 그게 가림에게도 더 좋아. 최소한 명예는 지킬 수 있으니까!"

"만약 가림 왕자님께서 명예를 모르신다면요? 종교 재판을 받는 수치를 당할 때까지 자결하지 않는다면요?"

카티가 그룬드의 의견을 은근히 떠보았다.

그룬드의 반응은 카팁의 예상을 벗어나지 않았다.

"형으로서 그런 불명예스러운 아우를 용납할 수는 없지. 아우가 바른길을 선택하도록 내가 도와줘야지."

그룬드의 음성에 낮게 살기가 깔렸다. 그는 가림을 구출하는 대신 죽이기로 마음먹었다. 솔직히 그편이 훨씬 더 수월했다.

'적국 깊숙한 곳에 갇혀 있는 가림을 어떻게 구출하겠어? 차라리 죽이는 편이 쉽지.'

결심을 굳힌 그룬드가 카티의 손을 꼭 붙잡았다.

"카티 현자! 그대의 충언이 정말 큰 도움이 되었소. 고맙소. 정말 고맙소."

그룬드는 연신 고맙다는 말을 반복했다.

카티가 그룬드에게 한 가지 충고를 덧붙였다.

"그룬드 전하, 드릴 말씀이 한 가지 더 있습니다. 부디 이번 일을 처리하실 때 단독으로 나서지 마십시오."

"응?"

"가림 왕자님의 명예를 지켜 주는 일 말입니다. 전하께서 혼자 결행하지 마십시오. 반드시 요나스 전하와 뢴로트 전하의 도움을 받아 함께 진행하십시오. 이것이 공이 되어도 세 분의 공통된 공이 되는 것이고, 이것이 화가 되어도 세 분이 함께 벌을 받으셔야 합니다. 자존심을 접으시고, 부디 제 충고를 따라 주십시오."

카티의 표정은 단호했다.

그룬드는 머릿속으로 앞뒤를 재 보다가 고개를 주억거렸다.

"어엉? 그래. 뭐, 그렇게 하지. 카티 현자, 그대의 충고를 따르겠소. 하하하!"

마음의 짐을 하나 덜어 낸 그룬드가 호탕하게 웃었다.

반면 카티의 표정은 밝지 않았다.

'하아아! 이건 정말 좋지 않아. 어쩔 수 없는 상황이라 내가 잔인한 해결책을 내놓기는 했지만, 그룬드 전하께서 한 번쯤은 이 방법을 거부하시리라 기대했거늘!'

사실 지난 몇 년간 가림은 그룬드를 위해 많은 일을 해 왔다. 그런데 그룬드가 가림을 이토록 쉽게 저버린다면 앞으로 그 누가 그룬드를 따르겠는가. 카티는 바로 이 점을 염려했다.

'아무리 보아도 그룬드 전하는 왕의 재목이 아니야. 그런데도 후계자 자리를 포기할 생각은 전혀 없으신 것 같아. 실보플레야, 이 일을 어쩜 좋으냐?'

카티는 복잡한 눈빛으로 제자를 돌아보았다.

카티의 제자 실보플레도 그리 밝은 표정은 아니었다. 어려서부터 마법에만 몰두하며 살아온 실보플레는 그룬드를 처음 만나자마자 곧장 사랑에 빠졌다. 아니, 그룬드가 세력 확보를 위해 계획적으로 실보플레에게 접근했고, 순진한 실보플레가 그 덫에 걸려들었다. 일단 한번 그룬드를 마음에 품은 실보플레는 일편단심 그만 바라보았다. 하지만 최근 그녀도 조금씩 약혼자에 대해 회의감을 느끼기 시작했다.

'그룬드 전하, 부디 저를 힘들게 만들지 말아 주세요.'

천재 마법 소녀 실보플레는 귀여운 앞니로 아랫입술을 꼬옥 깨물었다.

Chapter 5

하라간은 오랜만에 외조부에게 사람을 보냈다.

정계에서 물러난 카팁이 정중하게 복장을 갖추고 왕궁에 입궐했다. 하라간은 탁자를 사이에 두고 카팁을 맞았다.

"한 잔 드시지요. 향이 제법 괜찮습니다."

하라간이 카팁에게 차를 권했다.

"황공하옵니다."

카팁은 최대한 몸을 낮추고 고개를 돌려 차를 한 모금 머금었다.

하라간이 그런 카팁을 물끄러미 바라보았다.

"건강이 좋아 보이시네요."

"허허허! 그렇습니까?"

카팁이 민망한 듯 손으로 자신의 뺨을 쓰다듬었다.

"외조부께서 마음이 편해지신 것 같아 기쁘군요."

"잘 보셨습니다. 과욕을 내려놓으니 오히려 건강이 좋아진 것 같습니다."

한 차례 덕담이 오간 뒤, 하라간이 본론을 꺼냈다.

"외조부."

"말씀하십시오, 하라간 님."

"임무를 하나 맡아 주셔야겠습니다."

놀랍게도 하라간은 정계에서 은퇴한 카팁에게 임무를 내리겠노라고 말했다. 카팁이 고개를 갸웃거렸다.

"하라간 님께서 소신께 임무를 주신다는 말씀이십니까?"

"네. 외조부께서 맡아 줄 일이 있습니다."

"그게 무엇입니까?"

하라간은 몇 초간 뜸을 들였다가 카팁의 눈을 똑바로 쳐다보았다.

"외조부께서 토브욘 왕국에 사신으로 가 주셔야겠습니다."

"네에? 제가요?"

의외의 말에 카팁의 눈이 휘둥그레졌다.

하라간은 담담히 말을 이었다.

"토브욘 왕국의 사신이 감히 이곳 왕궁에 들어와서 제 목숨을 노렸어요. 모든 신하들이 듣는 앞에서 감히 저를 인질로 잡아 가림 왕자와 맞바꾸겠다고 고래고래 소리를 질렀지요. 그런 무례를 그냥 넘어간다면 우리 군나르 왕실의 체면이 서지 않습니다. 누군가 토브욘 왕국에 가서 이 일에 대해 저들을 꾸짖고 사과를 요청해야 합니다."

얼마 전 토브욘의 사신 베이루가 군나르 왕국 대전에서 난리 법석을 피운 것은 사실이었다. 베이루의 입에서 "실패다! 하라간을 인질로 잡아 가림 왕자님을 구하려 했는데, 실패했어!"라는 폭언이 튀어나온 것도 명백한 사실이었다.

군나르 왕국 입장에서는 이 무례를 그냥 넘어갈 수 없었다. 대신들 가운데 누군가가 토브욘 왕국에 가서 단단히 항의를 해야만 했다.

하라간은 그 대상자로 카팁을 찍었다.

"외조부께서 이 일을 맡아 주시지요."

하라간은 카팁에게 눈을 떼지 않았다.

처음에 카팁은 아득한 절망감을 느꼈다.

토브욘 왕국의 사신이 군나르 왕국에서 죽었다. 그러니 군나르의 사신도 토브욘 왕국에서 죽을 가능성이 다분했다.

'하라간 님께서 이 늙은이가 부담스러우셨단 말인가? 그래서 나를 북해로 보내 야만인들 손에 죽게 만들려 하시나?'

카팁의 머릿속에 이런 의구심이 스쳐 지나갔다.

하지만 카텁을 바라보는 하라간의 눈빛엔 단 한 점의 비열함도 보이지 않았다. 북해 야만인들의 손을 빌어 외조부를 제거하려는 정치적 술수도 전혀 느낄 수 없었다.

'아!'

카텁은 비로소 하라간의 의도를 깨달았다. 카텁의 등골을 타고 전율이 쫙 일었다. 카텁은 눈가에 스민 물기를 손바닥으로 찍어 낸 다음, 벌떡 일어나 하라간 앞에 무릎을 꿇었다.

"신 카텁, 하라간 님의 명을 받들어 북해에 다녀오겠나이다."

하라간이 빙그레 미소 지었다.

"역시 외조부께서는 이해가 빠르시네요."

하라간은 긴말하지 않았다.

카텁도 말이 필요 없었다. 무릎걸음으로 하라간의 친전에서 물러 나온 카텁은 뒷짐을 지고 하늘을 올려다보았다.

왕궁 수비대장 메렌레가 황급히 곁에 다가왔다. 메렌레는 카텁의 큰아들이었다.

"아버님, 하라간 님과 무슨 말씀을 나누셨습니까?"

"하라간 님께서 나더러 토브욘 왕국에 사신으로 다녀오라고 하시더구나."

카텁은 아무렇지도 않게 대답했다.

메렌레의 반응은 격렬했다.

"어헉! 그건 안 됩니다. 아버님! 지금 토브욘 왕국의 사신으로 가시면 죽습니다. 정치에서 물러난 아버님을 그 위험한 곳으로 보낼 수는 없습니다. 차라리 제가 가겠습니다. 지금 하라간 님을 만나 뵙고, 아버님 대신 제가 북해로 가겠노라고 청하겠습니다."

카텝이 머리를 가로저었다.

"아니다. 내가 북해에 다녀올 것이다."

"안 됩니다. 북해에 사신으로 가면 죽는단 말입니다."

"죽지 않아."

카텝은 자신 있게 답했다.

"네?"

"북해에 사신으로 가도 죽지 않는다고. 하라간 님은 나를 죽이려고 북해에 보내시는 것이 아니니라. 이 늙은이를 다시 쓰시려고 부르신 게야."

"네에에? 그게 무슨 말씀이십니까?"

메렌레가 눈을 껌뻑거렸다.

카텝이 메렌레를 위해 부연 설명을 덧붙였다.

"하라간 님의 눈빛을 보고 알았다. 이번 사신 행렬은 생각보다 위험하지 않을 게야. 토브욘 녀석들이 나를 해쳤다가는 가림 왕자가 곧장 종교 재판에 넘겨질 테고, 그럼 토브욘 왕국은 개망신을 당하는 셈이다. 그러니 저들은 나를 해치지 못해."

"하지만 만에 하나……."

"만에 하나도 걱정할 필요 없느니라. 하라간 님은 내가 무사할 것이라 확신하고 계셔. 그리고 그분의 예상이 빗나갈 리 없다."

카텁은 하라간의 판단을 전적으로 믿었다.

메렌레가 고개를 갸웃거렸다.

"그렇다고 해도 왜 하필 아버님입니까? 아버님은 이미 정계에서 은퇴하셨습니다. 게다가 가문의 업무까지 제게 넘기셨습니다. 우리 군나르 왕국엔 아버님 말고도 사신으로 갈 만한 인물들이 많습니다."

"하라간 님께선 내게 토브욘 왕국에 사신으로 가서 놈들을 꾸짖고 오라고 하셨느니라. 이게 무엇을 의미하느냐? 하라간 님께선 나를 다시 왕궁으로 불러들이시려는 게야. 큰 죄를 짓고 은퇴한 내가 정계에 다시 복귀하려면 최소한 이 정도 공은 세워야 해. 하라간 님께선 지금 내게 그 공을 세울 기회를 주신 게다."

"헉! 아버님께서 정계에 다시 복귀하신단 말씀이십니까?"

메렌레의 얼굴이 확 밝아졌다.

원래 카텁은 대학사 칼리프, 대사제 아바와 함께 군나르 왕국을 지탱하는 삼대 거목 가운데 한 사람이었다. 카텝이 은퇴한 이후 메렌레가 열심히 뛰고는 있지만, 그래도 칼리프나 아바와 어깨를 나란히 하기엔 역부족이었다.

이 상황에서 카텝이 다시 정계로 돌아온다면?

그럼 위축되었던 카텝의 가문이 다시 되살아날 뿐 아니라 남부의 세력도 그를 중심으로 다시 뭉칠 것이다.

Chapter 6

메렌레는 무척 기뻤지만, 한편으로는 걱정도 되었다.

"아버님, 그래도 저는 잘 이해가 되지 않습니다. 지금 하라간 님은 칼리프 대학사에게 권력을 몰아주고 계십니다. 그런데 아버님께서 다시 정계에 복귀하시면 그 구도가 깨지는 것 아닙니까?"

아들의 질문에 카텝이 슬며시 웃었다.

"허허허! 네가 하라간 님을 몰라도 한참 모르는구나! 하라간 님이 칼리프에게 권력을 몰아주신다고? 허허허! 너는 진정 그렇게 여기느냐?"

"아닙니까?"

메렌레가 조심스레 여쭸다.

카팁은 단호히 고개를 가로저었다.

"아니다. 칼리프 그 친구가 워낙 욕심이 없어 하라간 님께서 가까이하시는 것은 사실이다만, 하라간 님께선 결코 그의 가문에 권력을 몰아주지 않으신다. 심지어 하라간 님은 외할아버지인 내게도 권력을 몰아주실 분이 아니시다. 왕궁 대사제 아바는 말할 것도 없지. 큰 애야, 하라간 님께서 진짜로 원하시는 것이 무엇인 줄 아느냐?"

"무엇입니까?"

"우리 신하들끼리 적당히 협력하고 적당히 견제하면서 모든 권력이 오로지 왕실에만 집중되는 것! 오직 왕실만이 권력을 독점하는 것! 절대 왕권! 이것이 바로 하라간 님께서 바라시는 것이니라."

"아아!"

"그래서 하라간 님께선 칼리프의 가문이 홀로 우뚝 서는 것을 원치 않으신단다. 이 오묘한 시점에 나를 다시 정계에 복귀시키는 것도 바로 이 때문이니라."

"아아아!"

카팁이 다시 물었다.

"만약 내가 정계에 다시 복귀한다면 대신들이 무슨 생각을 하겠느냐?"

메렌레는 선뜻 대답하지 못했다.

"아버님, 저는 머리가 아둔하여 잘 모르겠습니다."

"하라간 님은 외조부인 나도 단숨에 쳐 낼 만큼 단호한 분이시다. 게다가 게브의 환관들과 호위대를 이미 장악하셨지. 이 때문에 신하들은 모두 하라간 님을 두려워하고 경외한단다. 이 상황에서 한 번 내쳐졌던 내가 다시 복귀했어. 그럼 신하들은 생각할 게다. 하라간 님은 두렵고 무서운 분이시지만, 충심으로 따르기만 한다면 언젠가 다시 불러서 쓰시는구나! 영영 버려지지는 않는구나! 무서움과 자상함을 함께 갖추신 분이시구나! 아마도 신하들은 이런 마음을 품을 게야."

"아!"

"큰 애야, 너는 군주가 가져야 할 두 가지 덕목이 무엇인 줄 아느냐?"

"무엇입니까?"

"첫째, 신하들로 하여금 두려움을 느끼게 하는 것! 둘째, 신하들로 하여금 자비를 느끼게 만드는 것! 뛰어난 군주는 이 두 가지 서로 다른 얼굴을 모두 갖춰야 한다. 그런데 하라간 님께선 이미 이 두 가지 얼굴을 모두 갖추셨구나. 허허허! 어리신 나이에 어찌 이렇게 뛰어날 수가 있단 말인가? 허허허허! 정녕 군주의 자질을 타고나신 게야. 어허허허!"

카텁은 연신 웃음을 터뜨렸다. 그다음 깡마른 손으로 메렌레의 어깨를 꽉 잡았다.

"큰 애야."

"말씀하십시오, 아버님."

"북해에 사신으로 다녀온 이후 나는 정계에 복귀할 게다. 하라간 님께서 그리 예측하셨다면 분명 그렇게 될 게야."

"네."

"하지만 내게 더 이상 가문의 부흥이나 남부 지역의 구심점 역할을 기대하지 말거라."

"네에?"

메렌레가 눈을 크게 떴다.

"지금까지 이 아비는 왕국보다 가문을 앞에 두었단다. 그리고 왕실보다 남부 지방을 먼저 챙겼지. 내 역할이 다른 대신들과 맞서서 우리 가문과 지역의 이권을 지키는 것이라 생각했기 때문이다. 하지만 오늘 하라간 님을 알현한 이후로 생각이 바뀌었다. 나는 앞으로 오로지 하라간 님만 보고 가기로 결심했다. 하라간 님은 이 아비가 평생 처음 보는 군주의 재목이시다. 나는 장차 그분께서 얼마나 크게 성장하실지 감도 잡히지 않는구나. 대체 그분께서 어디까지 올라가실지 그 끝을 보고 싶어졌어. 그래서 미리 네게 경고하는 거다. 앞으로 내게 기대지 마라. 나는 앞으로 가문을 돌보지 않을 게다. 남부 지방의 이익도 머릿속에서 지울 게다. 오로지 하라간 님만 보고 갈 것이고, 그 와중에 그분의 앞길에 방해가 된다 싶으면 가문도, 그리고 남부의 토후들도 치워 버릴 결심을 했느니라."

카팁의 표정은 더할 나위 없이 진지했다.

"아버님!"

그 박력에 메렌레가 부르르 몸을 떨었다.

카팁이 사신이 되어 토브욘 왕국으로 파견 나간다는 소문이 빠르게 퍼졌다.

"카팁 님이 사신으로 가신다고? 그분, 은퇴하신 거 아니었어?"

"하라간 님께서 손수 카팁 님을 불러 사신으로 가라고 권하셨다는데?"

"진짜? 이 살벌한 상황에서 토브욘 왕국으로 가면 죽는 것 아냐?"

"그렇지. 죽을 가능성이 높지. 북해의 야만인들이 어디 가만히 있겠어? 지들이 보낸 사신이 이곳 왕실 대전 앞에서 목이 잘렸는걸."

대신들은 삼삼오오 모여 이렇게 수군거렸다.

하지만 다른 의견을 피력하는 사람도 있었다.

"만에 하나 카팁 님이 무사히 이 일을 수행하신다면?"

"뭐?"

"만에 하나 카텁 님이 토브욘 왕국에 사신으로 파견 나갔다가 무사히 돌아온다면? 그럼 그 공이 만만치 않잖아?"

"당연하지. 북해의 야만인들을 한바탕 꾸짖고 돌아오신다면 그 공이야말로 아무도 무시하지 못하겠지."

"그럼 카텁 님이 정계에 복귀하셔도 되겠네?"

"뭐어?"

"그 정도 공을 세웠으면 카텁 님이 정계에 복귀하셔도 괜찮잖아. 누가 반대하겠어? 목숨 걸고 토브욘 왕국에 사신으로 다녀왔는데, 누가 반대를 하겠느냐고?"

"오오! 그래. 그거 가능성이 있다."

일부 대신들은 카텁의 정계 복귀를 조심스레 점쳤다. 그러는 가운데 사신 파견을 위한 포탈이 준비되었다.

이 또한 군나르 왕국 사람들에겐 신선한 충격이었다.

"이번에 토브욘 왕국까지 공간 이동 포탈을 연다며?"

"진짜? 그게 가능해?"

"진짜라니까. 그동안 왕궁의 무슨 비밀 조직에서 하라간 님의 명을 받아 은밀하게 포탈을 개발해 왔다고 하더라고."

"와아아!"

대신들은 하라간의 능력에 한 번 더 감탄했다.

사실 이 공간 이동 포탈은 룬드 왕국의 공주 아이다의 작품이었다. 하라간은 인질로 잡은 아이다에게 "토브욘 왕국 수도까지 이어지는 포탈을 열라."고 명했고, 아이다는 속으로 투덜거리면서 그 명을 따랐다.

물론 그 전에 소형 포탈을 먼저 열어서 토브욘 왕국에 '사신 파견 통보문'을 보내 놓았다.

예상치 못한 통보문에 토브욘 왕국이 발칵 뒤집혔다. 토브욘의 수뇌부들은 타워 69층의 위치룸에 다시 모였다.

"이게 무슨 소리입니까? 사막의 땅강아지들이 우리 토브욘 왕국에 사신을 파견하겠다니요?"

그룬드가 기다란 원기둥을 타고 올라와 따지듯 물었다.

요나스는 대답 대신 손가락으로 크리스털 화면을 가리켰다. 가로, 세로 2 미터가 넘는 대형 화면엔 군나르 왕국에서 보내온 사신 파견문이 생생하게 떠 있었다.

Chapter 7

송신: 군나르 왕국 재정 대신 카팁

수신: 토브욘 왕국 외교부처

제목: 사신 파견문

욘 아르네력 811년 6월 1일 오전 10시, 군나르 왕국의 전 재정 대신인 본인이 10명의 외교 사절단을 이끌고 귀국을 방문할 것이니 이에 대한 준비를 해 주기 바람.

— 방문의 목적 1 : 귀국의 사신 베이루가 감히 우리 군나르 왕국의 후계자이신 하라간 님을 납치하려고 시도한 점에 대한 사죄 및 그 절차, 방법, 시기를 의논하기 위함

— 방문의 목적 2 : 귀국의 왕자인 가림이 마력함을 이끌고 우리 군나르 왕국 수도로 날아와 신인의 사원을 들이받아 훼손했으므로, 이에 대한 사죄 및 그 절차, 방법, 시기를 의논하기 위함

본인이 직접 귀국을 방문하여 위 두 가지 내용을 협의를 하고자 하니, 당일 귀국의 타워 앞에 공간 이동 포탈을 오픈하는 것을 허락하기 바람

욘 아르네력 811년 5월 27일

군나르 왕국의 전 재정 대신 카팁 씀

"이이익! 이 사막의 땅개 새끼들이 감히!"

그룬드는 얼굴을 와락 일그러뜨렸다.

요나스가 날카롭게 쏘아붙였다.

"그룬드, 이제 이 일을 어쩔 거냐?"

"제가 뭘 어쩝니까? 사막의 땅개 놈들이 분수도 모르고 저런 통보문을 보낸 것이 왜 제 잘못입니까?"

그룬드가 짜증을 부렸다.

그러자 요나스 대신 뢴로트가 끼어들어 반박했다.

"이제 와서 발뺌을 할 셈이야?"

"뭐?"

"이번 문제는 당연히 다섯째 형에게 책임이 있지. 사막 녀석들이 보낸 통보문 2번 항목을 한번 읽어 보라고. 가림이 마력함으로 신인의 사원을 들이받아 훼손한 점에 대해 사죄를 하라잖아. 이 내용이 다섯째 형과 무관하다고 주장할 수 있겠어?"

"가림! 가림! 가림! 그래. 내가 가림에게 마력함을 내줬다. 그렇다고 이게 다 내 잘못이냐? 가림이 마력함으로 신인의 사원을 들이받을지 내가 어떻게 알았겠어?"

그룬드가 신경질적으로 맞받아쳤다.

뢴로트도 지지 않고 대들었다.

"흥! 그러게 왜 그런 미숙한 녀석에게 마력함처럼 중요한 전력을 내주냐고? 다섯째 형의 오판 때문에 얼마나 일이 꼬였어? 멍청한 가림 녀석은 군나르 왕국의 포로로 붙잡혔고, 우리 토브욘 왕국은 개망신을 당하게 생겼다고. 사막의 땅개 녀석들이 감히 우리에게 사신을 보내서 사죄를 하라고 요구하는데, 세상에 이런 개망신이 또 어디 있어? 우리 토브욘 왕국이 이런 수모를 당하는 것이 과연 누구의 잘못이냐고!"

뢴로트의 말 한 마디 한 마디가 송곳이 되어 그룬드의 가슴에 틀어박혔다. 마침내 그룬드가 폭발했다.

"야! 뢴로트! 너 죽고 싶어?"

"죽여 봐. 자신 있으면 죽여 보라고."

뢴로트가 그룬드에게 머리를 들이밀었다.

"뭐? 너 이 자식!"

그룬드가 뢴로트의 멱살을 잡았다.

"이거 못 놔?"

뢴로트도 주먹을 꽉 움켜쥐었다.

두 형제가 치고받을 기미가 보이자 2왕비인 카스트렌이 나섰다.

"그만! 둘 다 그만해! 위대하시고 또 위대하신 분께서 이곳 위치룸을 굽어보신다는 점을 잊었느냐?"

"헙!"

“끄으응!”

토브욘이 머리 위에서 이 난장판을 굽어보고 있다고 생각하자 그룬드는 정신이 번쩍 들었다. 뢴로트도 마지못해 주먹을 풀었다.

카스트렌에 이어서 요나스가 나서서 상황을 정리했다.

“그룬드, 뢴로트. 너희 둘은 오늘 회의에서 발언권을 박탈한다.”

“뭐요?”

“둘째 형!”

“둘 다 입 다물어! 특별한 허락이 있기 전까지 너희들의 입을 봉할 것이다. 만약 허락도 없이 입을 열었다간 위치룸 회의에서 쫓겨날 각오를 해야 할 거다.”

요나스의 싸늘한 말에 그룬드가 입술을 꽉 깨물었다.

반면 뢴로트는 그리 나쁜 표정이 아니었다. 그룬드는 그제야 자신이 함정에 빠졌다는 사실을 깨달았다.

‘이런 빌어먹을! 뢴로트 녀석이 일부러 나를 도발했구나. 요나스와 미리 짜고 내 속을 박박 긁었어. 그다음 내 입을 막아서 나를 물 먹이려는 계략이야!’

그룬드는 발을 쾅 굴렀다.

사람들의 시선이 그룬드에게 쏠렸다. 다들 눈빛이 냉랭했다.

'이것들이! 크윽!'

그룬드는 화가 부글부글 끓었지만, 지금은 꾹 눌러 참을 수밖에 없었다.

요나스가 회의를 재개했다.

"자자! 소란이 진정되었으면 대책 회의를 계속합시다. 군나르 왕국에서 보내온 통보문에 어떻게 대응하는 것이 좋겠소?"

2왕비 카스트렌이 손가락으로 크리스털 화면을 가리키자 화면 아래쪽에서 카팁에 대한 정보가 올라왔다.

— 군나르 왕국의 전 재정 대신이자 하라간의 외조부

— 군나르 왕국 남부 지방의 절대적인 지지를 받고 있는 권력자

— 최근 실권을 잃고 은퇴했으나, 그의 자식들은 여전히 군나르 왕국에서 주요 직책을 맡고 있음

카팁에 대한 핵심 정보가 위치룸 회의 참석자들에게 공개되었다.

카스트렌이 씁쓸하게 혀를 찼다.

"쳇! 하라간의 외조부라면 격이 떨어지는 신분은 아니

군. 사신의 격을 트집 잡아 통보문을 되돌려 보낼 수는 없겠어."

카스트렌이 아쉽게 혀를 찼다. 최근 토브욘 왕국은 자국의 고위 귀족인 베이루를 사신으로 파견했다. 그러니 군나르 왕국도 베이루와 동격, 혹은 그 이상의 사람을 사신으로 보내야 외교적으로 균형이 맞았다. 만약 군나르 왕국이 베이루보다 신분이 낮은 자를 사신으로 보낸다면 토브욘 왕국은 외교적 결례를 핑계 삼아 사신의 방문을 거부할 수 있었다.

그런데 카텝은 베이루보다 신분이 두 단계는 더 높았다. 카스트렌의 계획은 시작부터 틀어졌다.

요나스가 뿌드득 이빨을 갈았다.

"크윽! 왜 저런 고위급 인물을 사신으로 보내는 거죠? 설마 저 늙은이가 우리 손에 죽어도 좋다는 뜻인가요?"

군나르 왕국과 토브욘 왕국은 앙숙 중의 앙숙이었다. 그동안의 역사를 보면 상대국에 사신으로 방문했다가 쥐도 새도 모르게 죽은 사람들도 꽤 많았다.

그런데도 군나르 왕국은 하라간의 외조부를 사신으로 보내겠다고 통보했다. 요나스는 저들의 행동을 도무지 이해할 수 없었다.

카스트렌이 발끈해서 대답했다.

"흥! 우리가 카팁에게 손을 쓰지 못할 거라고 확신한다는 소리지."

"그러니까! 저들이 왜 그런 확신을 하냔 말입니다."

요나스의 질문에 카스트렌이 턱으로 그룬드를 가리켰다.

"왜긴 왜겠어? 가림 왕자가 놈들의 손아귀에 붙잡혀 있으니까 그렇지. 저들은 여차하면 가림을 아르네 왕국의 성전으로 보내서 종교 재판을 받게 만들 수 있잖아. 그럼 우리 토브욘 왕국은 공개적으로 개망신을 당하는 거라고! 빌어먹을! 우리 북해의 마법사들이 사막의 무식한 것들에게 이렇게 어이없이 약점이 잡히다니! 대체 이게 무슨 꼴이람!"

카스트렌은 혼잣말을 하듯 중얼거렸지만, 사실 이것은 대놓고 그룬드를 비난하는 독설이었다. 토브욘 왕국의 수뇌부들은 다시 한 번 그룬드에게 싸늘한 눈길을 던졌다.

'크윽!'

발언권을 봉인 당한 그룬드는 찍소리도 못하고 치욕을 견뎌 내야만 했다. 그룬드의 눈알에 핏발이 가득 섰다.

제3화

왕세자빈 선발

Chapter 1

하라간의 예상이 맞았다. 토브욘 왕국에선 카팁에게 손가락 하나 까딱하지 못했다.

북해의 바람이 아직은 싸늘한 6월 1일.

카팁은 배짱 두둑하게도 적국의 심장부로 직접 들어갔다. 푸른 포탈을 통해 단숨에 목적지에 도착한 카팁은 타워 68층에 마련된 드넓은 회의장에 발을 디뎠다. 그곳 회의장에서 카팁은 그동안 토브욘 왕국이 저지른 몰상식한 행동들을 맹렬히 비난했다.

첫째, 최근 잇달아 군나르의 국경을 넘어온 마력함들.

둘째, 가림 왕자가 마력함으로 신인의 사원을 냅다 들이

받은 행태.

셋째, 감히 하라간의 목숨을 노린 베이루의 망령된 행동!

카팁은 이 세 가지를 집중 부각시켰는데, 이 하나하나가 양국 사이에 전면전이 벌어지는 계기가 될 만큼 엄청난 만행들이었다.

카팁이 조목조목 따지고 들 때마다 토브욘 왕국의 귀족과 마법사들은 절대 부인했다.

"어허! 무슨 소리!"

"우리는 절대 그런 파렴치한 짓을 저지르지 않았소."

하지만 카팁이 증거를 들이밀자 다들 꿀 먹은 벙어리가 될 수밖에 없었다.

회의장 맨 앞줄에 앉은 요나스는 카팁의 독설이 계속되자 어금니를 꽉 깨물었다. 2왕비 카스트렌도 탁자 밑에서 주먹을 부들부들 떨었다.

하지만 가장 크게 분노한 사람은 다름 아닌 그룬드였다. 그룬드는 당장에라도 자리를 박차고 뛰쳐나가 카팁의 주둥아리를 부숴 버리고 싶었다. 특히 카팁이 가림 왕자를 들먹거리는 순간에는 더 이상 화를 참기 어려워 벌떡 일어나 회의장 밖으로 나갔다.

뢴로트가 그런 그룬드를 뒤돌아보며 속으로 웃었다.

'후후후! 다섯째 형은 이제 끝났어.'

그러는 사이 카팁의 혀는 점점 더 신랄한 단어들을 쏟아 놓았다. 그에 비례해서 토브욘의 왕족과 귀족들의 얼굴도 점점 더 붉게 달아올랐다.

요나스가 카스트렌에게 몸을 기울였다.

[저 늙은이의 망발을 더 이상 들어 주기 힘들군요. 어떻게 손을 쓸 방법이 없겠습니까?]

요나스는 뇌파로 물었다.

카스트렌이 코웃음을 쳤다.

[흥! 어떻게 손을 쓰려고? 미개한 땅개로 여겼던 군나르 왕국이 공간 이동 포탈을 열어서 사신을 이곳으로 보냈다. 저 늙은이는 우리의 속을 박박 긁어 놓은 다음 곧바로 포탈을 통해서 군나르 왕국으로 복귀할 게야. 예전처럼 강도로 위장을 해서 군나르 왕국의 사신을 으슥한 곳에서 죽여 버리는 일 따위는 할 수가 없다고.]

[크윽! 하지만 저 늙은이의 주둥아리를 찢어 버리지 않고서는 견딜 수가 없습니다. 우리 위대한 북해의 마법사들이 사막의 미개인들에게 왜 이런 훈계를 들어야 합니까? 이건 치욕입니다.]

[내 말이 바로 그 말이다. 이게 모두 그룬드, 그 멍청이 때문이야.]

카스트렌 왕비는 원망의 화살을 그룬드에게 돌렸다.

요나스도 그 말에 동의했다.

[저 늙은이에게 손을 댈 수 없다면, 그룬드에게라도 화풀이를 해야겠습니다. 그렇지 않고서는 도저히 이 분노를 참지 못하겠습니다.]

카스트렌이 요나스를 부추겼다.

[나도 동의한다. 그룬드 때문에 이런 치욕적인 사건이 발생했으니 마땅히 그 아이가 책임을 지도록 만들어야지. 암! 그렇고말고.]

[단지 치욕만이 문제가 아닙니다. 그룬드는 위대하시고 또 위대하신 분의 위엄에도 손상을 끼쳤습니다. 이건 도저히 용납할 수 없는 문제입니다.]

요나스가 싸늘하게 뇌까렸다.

[그렇지. 요나스, 네 말이 맞다.]

카스트렌도 고개를 주억거려 동의했다.

두 사람이 뇌파로 대화를 주고받는 동안, 토브욘의 왕족과 귀족들도 비슷한 행동을 했다. 그들은 삼삼오오 뜻을 모아 뇌파로 그룬드를 욕했다. 카팁이 날카롭게 혀를 놀리면 놀릴수록 토브욘의 왕족과 귀족들의 분노도 증폭되었다.

그렇게 쌓인 분노가 모조리 그룬드에게 쏠렸다.

회의장 밖의 그룬드는 귀가 가려워서 새끼손가락으로 귓구멍을 벅벅 후볐다.

마침내 카팁의 연설이 끝이 났다. 카팁은 마지막으로 배상 문제를 걸고넘어졌다.

요나스가 벌떡 일어나 카팁에게 손을 휘저었다.

"카팁. 그대의 말은 모두 알아들었소. 하지만 배상 이야기는 아직 할 때가 아닌 것 같소. 우리더러 사죄하라는 주장도 아직은 받아들이기 어렵소."

"요나스 님!"

카팁이 다시 입을 열려고 들었다.

요나스는 상대를 쳐다보지도 않고 말을 끊었다.

"그만! 그만! 그마아아안!"

요나스가 울부짖는 듯한 괴성을 질렀다.

카팁도 더는 요나스를 자극하지 않았다.

"후우읍! 후우으으읍!"

숨을 크게 몰아쉰 요나스가 나지막하게 으르렁거렸다.

"카팁! 할 말을 다했으면 오늘은 그만 돌아가시오. 나의 인내심이 아직 남아 있을 때 군나르 왕국으로 돌아가란 말이오. 크으읏! 만약 그렇지 않으면!"

요나스가 내뿜는 살기가 넘실넘실 뻗어와 카팁을 옥죄었다. 그 위에 수십 명의 토브욘 귀족들이 내뿜는 살기가 더해졌다.

카팁의 온몸에 소름이 쫙 돋았다. 하지만 카팁은 배에 힘을 꽉 주고 끝까지 두려운 기색을 내비치지 않았다.

"알겠습니다. 오늘은 우리 군나르 왕국의 뜻을 전달한 것으로 만족하지요. 저는 이만 돌아갈 것입니다. 하지만 요나스 님께선 똑똑히 기억해 주기 바랍니다. 아직 이 일은 끝나지 않았습니다. 토브욘 왕국의 사죄와 배상이 빠른 시일 내에 마무리되지 않으면, 우리는 포로로 잡은 가림 왕자를 종교 재판에 넘길 것입니다."

"크윽!"

카팁의 협박에 요나스가 얼굴을 구겼다.

카팁은 당당한 걸음으로 회의장을 나왔다. 카팁의 등 뒤에서 우당탕탕 의자를 집어 던지는 소리가 울렸고, 곧이어 짐승이 울부짖는 듯한 포효도 뒤따랐다.

"카팁 님이 돌아오셨다!"

"북해의 야만인들을 통렬하게 꾸짖고 돌아오셨어!"

군나르 왕국은 카팁이 세운 공로에 잔뜩 고무되었다. 은퇴했던 카팁의 주위에 다시 많은 대신들이 모여들었다.

재정 대신 카팁이 은퇴하고 대사제 아바가 자중하는 동안은 군나르 정계는 왕궁 대학사 칼리프가 독주하는 모양새였다.

그런데 이번에 카팁이 다시 공을 세우면서 아바도 덩달

아 되살아났다. 군나르 정계엔 다시 칼리프—카팁—아바로 이어지는 삼 인 체제가 형성되었다.

다만 이 삼 인 체제는 과거의 그것과는 궤를 달리했다. 과거의 삼 인 체제가 3명의 대신을 중심으로 파벌을 형성한 것이라면, 새로운 삼 인 체제는 철저하게 하라간을 중심으로 형성되었다.

토브욘 왕국에서 돌아온 카팁은 가장 먼저 웃전에 들어 군나르를 알현했다. 하라간도 그 자리에서 카팁을 함께 맞았다.

카팁은 토브욘의 마법 타워에서 벌어졌던 일들을 상세히 고한 다음 자리에서 물러났다. 군나르와 하라간은 이번 일의 뒤처리를 의논하면서 함께 식사를 했다.

Chapter 2

군나르와 점심 식사를 마친 후 하라간이 친전으로 돌아왔다.

아뮤넷이 쪼르르 달려 나와 하라간을 반겼다.

"하라간 오빠!"

"어, 아뮤넷. 오늘이 그 날인가?"

"네, 그 날 맞아요. 아뮤넷이 오빠의 머리카락을 빗겨 주는 날이요. 헤헤헤!"

8세 소녀 아뮤넷은 천진난만하게 웃었다.

하라간은 그런 아뮤넷을 물끄러미 내려다보았다. 하라간의 머릿속에 문득 마이림이 떠올랐다. 퀸 잉그리드의 왕국에 포로로 붙잡혀 있는 마이림.

'역시 아뮤넷에게는 고모할머님이 필요해. 당장은 힘들겠지만 나중에 기회를 봐서 마이림 고모할머님을 다시 모셔 와야겠어.'

물론 그 전에 마이림이 욕심을 버려야만 할 것이다.

'만약 마이림 님이 계속해서 복수에 집착하고 할아버님을 힘들게 만든다면 어쩔 수 없지. 도저히 답이 없으면 마이림 님의 생명을 거둘 수밖에.'

순간적으로 하라간의 눈에 냉랭한 빛이 스쳐 지나갔다.

"아, 추워."

아뮤넷이 부르르 몸서리를 쳤다.

하라간은 황급히 냉기를 거두고는 아뮤넷의 손을 잡았다.

"춥니?"

"아니. 이젠 괜찮아요."

아뮤넷이 귀엽게 도리질을 했다.

하라간이 빙그레 웃었다.

“그렇구나. 그럼 아뮤넷, 얼른 가서 머리카락을 빗겨 줄래?”

“네, 오빠. 히히히!”

아뮤넷이 하라간의 손을 꼭 붙잡고 깡충깡충 뛰었다.

화려하고 드넓은 침실.

하라간은 얌전히 거울 앞에 앉았다.

아뮤넷이 그 뒤에서 반달 모양의 빗을 들고 자리를 잡았다. 아뮤넷은 여덟 살답지 않은 신중한 표정을 지었다. 하라간의 긴 머리카락을 꼼꼼히 빗겨 주는 소녀의 손길엔 정성이 가득했다.

시간이 지나 머리 빗기가 모두 끝나자 아뮤넷은 조그만 입술로 “휴우우!” 숨을 내쉬었다.

하라간이 뒤돌아보며 빙그레 웃었다.

“이야아! 정말 멋지게 잘 빗겨 주었는걸. 아뮤넷, 정말 고맙구나.”

“헤헤헤! 오빠 마음에 들어요?”

“그럼. 마음에 쏙 들고말고. 자! 아뮤넷이 이렇게 수고를 해 주었으니 내가 무슨 상을 줄까? 뭐 필요한 거 있어?”

하라간의 물음에 아뮤넷은 손가락을 입술에 물고 잠시 고민했다. 그다음 커다란 눈을 반짝이며 대답했다.

"으응, 으응. 아뮤넷은 왕궁 밖에 한번 나가 보고 싶어요."

"왕궁 밖에?"

"네. 저는 지금까지 한 번도 왕궁 밖에 나가 보지 못했거든요. 물론 왕궁 밖에서 태어났긴 했지만, 그땐 너무 어릴 때라 전혀 기억이 없어요. 기억을 할 때부터는 계속 이곳 왕궁에만 머물렀고요. 그래서 한번 밖에 나가 보고 싶어요. 오빠랑 함께요."

아뮤넷이 말을 마치며 하라간의 눈치를 살짝 보았다.

하라간이 고개를 끄덕였다.

"이런! 마이림 님께서 아뮤넷에게 밖을 보여 주신 적이 없었구나."

마이림의 이름이 나오자 아뮤넷은 풀이 죽었다.

"네에. 할머니께선 한 번도 밖에 데려가 주신 적이 없어요. 왕궁 밖은 위험하대요. 그래서 아뮤넷이 많이 커야 데려가 주신다고 하셨어요. 히잉! 할머니가 보고 싶어요."

아뮤넷이 울먹거리자 하라간도 안쓰러운 마음이 들었다.

"아뮤넷. 마이림 님이 다시 돌아오실 때까지 울지 않고 씩씩하게 지내기로 약속했잖아. 자! 그럼 우리 아뮤넷의 기분도 풀어 줄 겸, 왕궁 밖에 소풍을 나갈까?"

"소풍이요?"

아뮤넷이 눈물이 그렁한 눈으로 하라간을 올려다보았다.

"응. 소풍. 콰히라에 명령해서 맛있는 도시락을 준비한 다음, 우리 왕궁 밖 경치 좋은 곳에 가서 저녁을 먹고 오는 거야."

콰히라는 왕족 전용 요리방이었다. 아뮤넷은 콰히라에서 만들어 올린 간식들을 아주 좋아했다.

하라간의 제안에 아뮤넷이 폴짝폴짝 뛰었다.

"좋아요! 소풍, 좋아요! 우리 맛있는 거 가지고 밖에서 먹고 와요. 경치 좋은 곳에서 저녁을 먹어요. 히히히!"

강아지 같은 아뮤넷의 모습이 어찌나 귀엽고 깜찍했는지 하라간은 저도 모르게 손을 뻗어 그녀의 머리를 쓱쓱 쓰다듬었다.

아뮤넷도 눈물을 닦고 활짝 웃었다.

하라간의 명이 떨어지자 콰히라의 요리사들은 서둘러 도시락을 준비했다. 요리사들은 밀 빵을 얇게 펴서 그 위에 소금에 절인 고기와 야채를 올리고 둘둘 말아 먹기 좋은 모양으로 만들었다. 신선한 과일과 음료, 달콤한 디저트도 곁들였다.

친위대도 하라간의 황금 마차를 준비하고 출궁 준비를 마쳤다. 게브의 환관들이 마차 주변을 둘러쌌다.

하지만 소풍 소식이 웃전에 전해지자 일이 커졌다.

“왜? 왜 이 할아비는 빼놓는 건데?”

군나르는 체면도 무시하고 친전으로 달려왔다.

하라간은 군나르의 어린아이 같은 모습에 어이가 없었지만, 한편으론 그 심정이 이해도 되었다.

“그럼 할아버님도 함께 가시겠습니까?”

하라간의 권유에 군나르가 크게 기뻐했다.

“아암! 같이 가야지. 같이 가야 하고말고.”

군주인 군나르가 끼어들자 사태가 걷잡을 수 없이 확대되었다. 우선 하라간의 것보다 여덟 배는 더 크고 으리으리한 황금 마차가 지하 격납고에서 올라와 세상에 그 위용을 드러내었다. 중무장한 호위대 무사 300명이 초대형 황금 마차 주변에 진형을 갖추고 군주의 출궁을 기다렸다. 호위대장 무무는 마차의 정면에 섰다.

호위대의 주변을 다시 왕궁의 정예 부대가 둘러쌌다. 부대원 가운데 몇몇 조는 먼저 궁 밖으로 나가 혹시 모를 불미스러운 사건에 대비했다.

그뿐만이 아니었다. 모처럼 들린 군주의 출궁 소식에 신하들도 우르르 나와 배웅했다. 칼리프는 진화에 대한 연구를 잠시 멈추고 뛰쳐나왔다. 카텁도 중요한 회의를 뒤로 미뤘다. 왕궁 대사제 아바는 신임 사제 면접 심사를 포기하고 배웅을 나왔다.

"자! 타거라."

군나르의 손짓에 하라간과 아뮤넷이 마차에 올라탔다.

"위대하시고 또 위대하신 분이시여!"

수백 명의 신하들이 그 앞에 두 줄로 자리를 잡고 머리를 조아렸다. 군나르는 마차 밖으로 손을 한 번 들어 신하들의 인사를 받았다.

쿠르르릉!

마침내 초대형 마차가 움직이기 시작했다. 그 무게가 어찌나 무거웠던지 왕궁 바닥에 깔린 돌이 들썩거렸다.

"이랴!"

호위대장 무무가 마차 앞에서 말의 등을 토닥였다. 호위대를 비롯한 왕궁의 정예병들이 군나르의 마차와 보조를 맞춰 말을 몰았다.

성벽에선 나팔수가 배에 힘을 꽉 주고 나팔을 불었다. 평소 굳건하게 닫혀 있던 왕궁 중앙 대문이 모처럼 활짝 열렸다.

"으헉!"

"중앙 대문이 열린다."

왕궁 밖을 오가던 백성들은 중무장한 기마대가 중앙 대문 밖으로 행진해 나오고 거대한 초대형 황금 마차가 휘황찬란한 모습을 드러내자 놀라서 땅에 납죽 엎드렸다.

"히야! 저 마차 좀 봐."

"쉿! 조용히 해."

백성들은 겁을 내는 와중에도 고개를 살짝 들어 황금 마차의 웅장한 자태를 곁눈질했다.

군나르가 마차 밖을 향해 턱짓을 했다.

"하라간, 너의 백성들이다. 나 대신 네가 저들의 인사를 받아 주거라."

"네, 할아버님."

하라간이 마차 밖으로 상체를 내밀고 가볍게 손을 들었다.

비록 짧은 손짓이었지만 그 반향은 컸다.

"와아아아아!"

"하라간 님이신가 보다."

"뭐어? 하라간 님이시라고? 어디? 어디?"

백성들이 일제히 고개를 들고 마차를 쳐다보았다. 웅성거림이 점점 더 커졌다.

Chapter 3

시가지 중심부를 가로지른 왕실 전용 대로에 초대형 마차가 내달렸다. 오늘은 소풍을 나가기에 딱 좋은 날씨였다.

하늘은 구름 한 점 없이 맑았고, 바람은 적당히 불었다. 태양은 타는 듯이 뜨거웠으되 직사광선을 피한 마차 안은 선선했다. 게다가 마차 안에선 어여쁜 시녀들이 커다란 부채로 바람을 솔솔 일으켰다.

아뮤넷은 푹신한 쿠션에 기대어 살얼음이 깔린 꿀물을 홀짝거렸다. 그러다 마차 밖으로 눈을 돌려 끝없이 펼쳐진 시가지의 풍경을 감상했다.

"와아아! 정말 크네요."

광활하게 펼쳐진 대도시의 풍경이 어린 소녀의 마음을 흔들어 놓았다.

"그렇지? 정말 크고 멋지지?"

하라간이 자상하게 말을 걸었다. 아뮤넷을 대하는 하라간의 태도는 마치 여동생을 끔찍이 위하는 친오빠를 보는 듯했다.

군나르가 어리둥절하게 고개를 갸웃거렸다.

'허어! 하라간에게 저런 자상한 면이 있었나?'

군나르가 알고 있는 하라간은 지극히 냉철하고 모든 면에서 완벽한 후계자였다. 그런데 오늘 하라간의 새로운 모습을 본 것 같아 놀라웠다.

한편으로는 은근한 기대도 생겼다.

'이거, 저 꼬맹이가 하라간이 마이림을 용서하는 계기가

되어 주면 좋겠는걸.'

군나르는 핏줄에 대한 애착이 강한 사람이었다. 물론 하라간과 마이림 가운데 한 명만 고르라면 당연히 하라간을 택할 테지만, 그래도 군나르의 마음속에는 증손자인 하라간과 친딸 마이림이 서로 사이좋게 지냈으면 하는 바람이 있었다.

'마이림이 헛된 복수심을 포기한다면 좋을 텐데. 그리고 하라간이 그런 마이림을 포용해 준다면 더는 바랄 것이 없겠어. 쯧쯧쯧!'

군나르는 얼핏 이런 생각을 했다가 냉큼 고개를 가로저었다.

'아니지. 바랄 게 왜 더 없어? 우리 하라간이 하루빨리 성혼하여 후손이 번창하는 모습을 봐야지. 내 반드시 그렇게 만들게야.'

군나르는 하라간의 성혼을 서둘러야겠다고 결심했다.

올해 초, 군나르는 3명의 고위 대신을 불러 하라간의 배필을 추천하라고 명했다.

기한은 60일.

3명의 대신들은 기한을 어기지 않고 각자 10명씩의 후보자를 추천했다. 그러니 원래 계획대로라면 이 30명 가운데 하라간의 배필이 정해졌어야만 했다.

하지만 올 3월에 남쪽의 스벤센 왕국과 긴장감이 고조되면서 하라간이 출전을 하게 되었다. 이어서 토브욘 왕국과 다툼이 발생했다.

이런 일들을 처리하고 나니 벌써 6월이었다.

"6월이 되도록 진척이 없다니, 이건 내 잘못이구나."

스스로를 책망한 군나르는 곧장 수석 환관을 불렀다.

"위대하시고 또 위대하신 분이시여, 찾아 계시옵니까?"

수석 환관이 먼 방문 밖에 엎드려 군나르의 하명을 기다렸다.

"칼리프, 카팁, 아바. 이 3명을 웃전에 들라고 해."

군나르의 명은 단호했다.

"예이! 지엄하신 명을 받들겠나이다."

수석 환관이 뒷걸음질로 물러나고 얼마 뒤, 3명의 대신이 황급히 웃전에 들었다. 수석 환관이 대신들을 대신하여 군나르에게 아뢰었다.

"위대하시고 또 위대하신 분이시여, 대신들이 들었나이다."

"들여라."

이번에도 군나르의 대꾸는 짧았다.

칼리프와 카팁, 아바는 조심스럽게 방 안으로 들어가 방문 턱 앞에서 무릎을 꿇고 이마를 바닥에 대었다.

"위대하시고 또 위대하신 분이시여, 저희를 부르셨나이까?"

3명의 대신이 한목소리로 아뢰었다.

"이리 가까이 오라."

"황공하옵니다."

군나르가 손짓에 3명의 대신들은 50 미터나 되는 긴 방을 무릎걸음으로 다가가 머리를 조아렸다.

턱!

군나르는 탁자 위에 3개의 두루마리를 올려놓았다.

"이것이 무엇인지 알겠지?"

군나르의 물음에 칼리프가 대표로 대답했다.

"저희가 올린 후보자들 아니옵니까?"

"그렇다. 여기 적힌 30명의 후보자들 가운데 하라간의 첫 번째 배필을 고르려고 하는데, 그 전에 추천자들의 의견을 묻고자 하느니라."

"오오!"

"드디어!"

대신들이 흥분한 눈빛으로 고개를 들었다.

하라간의 성혼!

이것은 분명 군나르 왕국 전체를 뒤흔들 만한 중요 행사였다.

군나르는 먼저 칼리프가 추천한 명단부터 펼쳐서 훑어보았다.

"흐으음! 대학사가 추천한 아이들은 모두 흠결이 없고 무난하군. 하지만 딱히 눈에 띄는 사람은 없어."

군나르의 지적에 칼리프가 진땀을 닦아야 했다.

"송구하옵니다. 소신의 미욱한 능력으로는 하라간 님의 첫 번째 배필이 되실 분을 고르기가 쉽지 않았사옵니다. 그저 소신이 생각하기에 마음이 너그럽고 성품이 온화하신 분을 찾으려고 애를 썼는데, 위대하시고 또 위대하신 분의 눈에 차지 않으신다니 참으로 민망하여 소신이 얼굴을 들지 못하겠나이다."

군나르는 두말없이 칼리프의 두루마리를 덮고 카텝의 두루마리를 펼쳤다.

카텝이 긴장하여 침을 꿀꺽 삼켰다.

"재정 대신의 추천인들은 모두 출신 지역이 남부로 편중되었어."

이번에도 군나르의 지적은 직설적이었다.

카텝이 냉큼 자신의 잘못을 시인했다.

"송구하옵니다. 소신이 잘 아는 분들로 후보자를 추천하다 보니 넓게 보지 못했사옵니다."

"하지만 이 가운데 한두 명은 눈에 띄는구먼."

군나르는 두루마리에서 2명의 이름 옆에 붉은 점을 찍었다.

"이쉬타르와 베레니케. 이 아이들이 적당하겠어."

군나르의 눈은 과연 예리했다. 카텁의 생각에도 자신이 추천한 10명의 후보자들 가운데 이 2명이 가장 빼어났다.

이어서 군나르는 왕궁 대사제 아바의 추천 명단을 훑어보았다. 그러다 고개를 들어 아바와 시선을 맞췄다.

"거참! 대사제의 추천 기준이 무엇인지 묻고 싶군."

군나르가 혀를 찼다. 아바가 추천한 여인들은 가문이나 배경, 성품보다는 몸매가 탁월하고 용모가 빼어나기로 유명했기 때문이다.

"소, 송구하옵니다."

아바는 부끄러워 차마 얼굴을 들지 못했다.

군나르는 그런 아바를 물끄러미 바라보다가 피식 웃었다.

"후훗! 그래도 나쁘지는 않아. 벌써부터 그렇게 납죽 엎드려 하라간의 눈치를 본다는 것이 그리 나쁘지는 않다고."

이 말이 의미하는 바는 컸다.

대부분의 군주는 절대 권력을 원한다. 그리고 그 권력을 다른 사람과 나누는 것을 극도로 경계한다. 심지어 군주의 자리를 물려받을 후계자도 경계의 대상이다.

하지만 군나르는 신하들이 하라간의 눈치를 살피고 하라간에게 충성을 바치는 것을 언짢게 여기지 않았다. 자신의 권력이 새어 나간다고 경계하지도 않았다.

"그래. 잘하고 있어. 그대들은 앞으로 내 눈치를 살피지 말고 충심을 다해 하라간을 섬기도록 해. 그것이 바로 내가 원하는 바야."

"휴우우! 황공하옵니다."

아바는 비로소 안도의 한숨을 내쉬었다.

Chapter 4

군나르는 아바가 추천한 여자들 가운데 한 명을 골라 이름 옆에 붉은 점을 찍었다.

낙점자의 이름은 클레이아.

군나르 왕국 고위 사제의 막내딸인 클레이아는 이곳 수도에서 가장 아름답다고 소문이 난 여인이었다. 나이는 27세에 가문도 좋았다.

마지막으로 군나르는 칼리프가 올린 후보자 명단을 다시 펼쳐 꼼꼼히 들여다보았다. 그다음 한 여인을 골라 점을 찍었다.

이름은 오이난테.

나이는 25세.

오이난테는 왕궁 학사의 딸로, 지난 수십 년간 칼리프가 가르친 학생들 가운데 몇 손가락 안에 꼽을 정도로 머리가 명석했다. 그 결과 마이림의 특별한 청을 받아 지금은 아뮤넷의 개인 스승이 되었다.

카팁의 두루마리에서 이쉬타르와 베레니케.

아바의 두루마리에서 클레이아.

칼리프의 두루마리에서 오이난테.

30명 가운데 이렇게 4명을 고른 뒤, 군나르는 대신들에게 두루마리를 던져 주었다.

"각자 2명씩을 더 추천해."

3명의 대신들은 각자 두루마리를 펼쳐 후보자 명단을 주의 깊게 살폈다. 그러곤 2명을 추가로 선택해 이름 옆에 점을 찍었다.

두루마리를 다시 회수한 군나르는 대신들에게 명을 내렸다.

"5일의 시간을 줄 테니 이 10명을 왕궁에 입궐시켜라. 내가 친히 만나 볼 것이다."

"5일이옵니까?"

"알겠사옵니다. 곧바로 준비하여 대사에 차질이 없도록

하겠나이다.”

칼리프와 카팁, 아바가 들뜬 표정으로 대답했다.

“진짜? 진짜?”

베레니케는 잔뜩 흥분해 버렸다. 목이 빠져라 기다리던 소식이 이제야 들렸기 때문이다.

야단법석을 떠는 주인 앞에서 흑인 노예 소녀 아이린이 열심히 고개를 끄덕였다.

“진짜이고말고요. 방금 카팁 님으로부터 연락이 왔다고 합니다. 5일 뒤에 왕궁에 입궐하라는 연락 말입니다.”

“그래? 5일이면 시간이 촉박하잖아. 무엇부터 해야 하지? 응? 응? 피부 마사지부터 받아야 하나? 옷부터 다시 맞춰야 하나? 응? 응?”

“주인님께선 일단 피부 마사지부터 받으십시오. 옷은 제가 여러 벌 준비해 보겠습니다.”

아이린은 천한 신분에도 불구하고 옷을 보는 눈이 뛰어났다. 베레니케가 아이린을 몸종으로 삼은 이유도 바로 이것 때문이었다.

“좋아, 아이린. 의상은 네게 맡기마. 단, 똑똑히 명심해. 만약에 네가 고른 옷이 내 마음에 들지 않으면 단단히 각오하는 것이 좋을 거야. 그냥 매질로는 끝나지 않을 테니까 말이지."

"네에? 넵!"

아이린이 겁에 질려 바르르 떨었다.

베레니케가 그런 아이린의 볼을 손가락으로 꾸욱 꼬집었다.

"내 말 알아들었으면 정신 바짝 차려! 수도에 가장 빼어난 옷을 골라서 대령하라고."

"넵!"

아이린은 놀란 토끼처럼 밖으로 뛰어나갔다.

홀로 남은 베레니케는 거울 앞에 서서 자신의 몸을 이리저리 관찰했다.

"이만하면 합격이지. 누가 감히 이 베레니케 님과 견줄 수 있겠어?"

하지만 베레니케의 자신감은 곧 불타오르는 듯한 경쟁심으로 변질되었다.

"아니지. 이렇게 자만할 때가 아니지. 옛말에 돌다리도 두드려 보고 건너랬다고, 나를 제외한 9명의 경쟁자들에 대한 정보를 모아야겠어. 대체 어떤 년들인지 알아 놔야겠다고."

마이림은 무려 수십 년에 걸쳐서 내궁 조직과 외궁 조직을 만들었다. 이 가운데 내궁 조직은 하라간에 의해 99 퍼

센트 와해되었고, 외궁 조직도 절반가량 붕괴되었다. 특히 수도에 구축된 외궁 조직은 거의 괴멸되었다고 해도 과언이 아니었다.

하지만 지방에 분산된 외궁 조직은 아직 그 뿌리가 끊어지지 않았는데, 베레니케가 바로 그 남은 뿌리의 주인이었다.

그뿐만이 아니었다. 수완이 좋은 베레니케는 지방의 외궁 조직을 잘 숨겨 놓는 한편, 수도에도 어느새 새로운 정보망을 구축해 놓았다. 이 정보망은 마이림의 외궁 조직과 완전히 별개로 만들어진 것이라 게브 환관들의 감시망에도 걸리지 않았다.

베레니케는 서둘러 자신의 정보망을 가동했다.

얼마 지나지 않아 9명의 후보자에 대한 자세한 정보가 베레니케의 손에 들어왔다.

"어디 보자. 누가 과연 이 베레니케 님의 경쟁자가 될 수 있을까?"

날카로운 눈으로 명단을 훑어 가던 베레니케는 9명 가운데 몇 사람을 따로 빼놓았다.

"오이난테. 나이는 25세. 왕궁 학사의 딸이자 칼리프 영감의 제자란 말이지? 그래. 나도 오이난테라는 이름은 들어 봤어. 아주 똑똑하다지?"

베레니케는 입매를 고약하게 비틀었다.

"흥! 똑똑한 천재라고 해 봤자 지식이 풍부하고 암기력이 좋을 뿐이지. 피가 낭자하게 튀고, 서로를 죽고 죽이는 암투에서 나를 따라올 수는 없어. 오이난테. 이제 넌 죽은 목숨이야."

베레니케는 손으로 목을 긋는 시늉을 했다.

이어서 베레니케가 고른 대상은 이쉬타르였다.

"흐응! 이쉬타르. 너도 후보자 명단에 끼어 있을 줄 알았다."

이쉬타르의 이름을 내려다보는 베레니케의 눈빛이 사납게 치켜 올라갔다. 그도 그럴 것이, 두 여인은 서로 앙숙이었다.

군나르 왕국 남부 지방에는 세력이 제법 큰 2명의 토후가 있는데, 그들의 이름이 바로 부운과 무루였다. 두 토후는 카팁을 중심으로 똘똘 뭉쳐 남부파를 형성했다.

하지만 같은 파벌 내에서 두 사람은 서로 사이가 나쁘기로 유명했다. 남부파의 2인자 자리를 놓고 경쟁하는 탓이었다.

한데 최근 이 경쟁 관계를 한 방에 끝내 버릴 큰 사건이 발생했다.

바로 하라간의 배필을 정하는 일!

"남부에서 내 셋째 딸 이쉬타르보다 더 예쁜 숙녀는 없어. 그러니 이쉬타르가 하라간 님의 배필이 될 게야."

무루는 이렇게 큰소리를 쳤다.

만약 무루의 말처럼 이쉬타르가 하라간의 배필이 된다면?

그럼 경쟁 구도는 단숨에 깨어지고 무루가 남부의 2인자 자리를 차지할 것이 뻔했다. 아니, 어쩌면 무루는 카텁의 가문마저 젖히고 남부의 좌장으로 올라설지도 모르는 일이었다.

"안 돼! 내 눈에 흙이 들어가기 전에는 그 꼴을 보아 줄 수 없어."

이렇게 생각한 부운은 고민 끝에 조카인 베레니케를 수양딸로 삼아 배필 경쟁에 뛰어들었다.

당연히 무루가 발끈했다.

"흥! 용을 쓴다. 용을 써. 그런다고 우리 이쉬타르를 이길 수 있을 것 같으냐? 하라간 님의 배필이 될 사람은 우리 이쉬타르야."

"무슨 소리! 우리 베레니케야말로 어디에 내어놓아도 손색이 없는 최고의 신붓감이다."

남부의 두 앙숙은 개와 고양이처럼 으르렁거렸다.

가문의 영향을 받은 이쉬타르와 베레니케도 서로를 향해

라이벌 의식을 불태웠다. 특히 베레니케의 적대감은 대단했다.

"다른 년들도 마찬가지지만, 이쉬타르! 넌 특히 안 돼. 이 베레니케가 두 눈 시퍼렇게 뜨고 살아 있는 한 네가 하라간 님의 배필이 될 가능성은 제로야. 요 싸가지 없는 년!"

Chapter 5

오이난테와 이쉬타르에 이어서 베레니케가 맞수로 여긴 상대는 바로 클레이아였다. 베레니케는 클레이아에 대한 정보를 읽으면서 몇 차례나 고개를 갸웃거렸다.

"아, 고민되네. 이년은 왕궁 고위 사제의 딸이라 가문은 그럭저럭 봐줄 만한데, 머리도 멍청하고 학벌도 떨어지고, 뭐 하나 제대로인 것이 없잖아? 어쩌다 이런 날라리가 하라간 님의 배필감으로 추천되었지?"

그러다 클레이아의 외모가 출중하다는 평가에 눈길이 닿았다.

"오호라! 이년이 이곳 수도 최고의 미인이란 말이지? 하지만 그러면 뭐해. 이 베레니케 님보다 뒤떨어질 것이 뻔한걸."

원래 군나르 왕국은 남부에 미인이 많기로 유명했다. 베레니케가 수도 최고의 미녀라는 클레이아를 무시하는 것도 바로 이 때문이었다. 그녀는 차라리 같은 남부 출신인 이쉬타르를 좀 더 의식했다.

"어쨌거나 나와 이쉬타르, 오이난테, 클레이아. 배필감 후보는 이렇게 4명으로 압축될 거야. 나머지 6명은 경쟁하자마자 나가떨어질 거라고."

베레니케는 자신의 판단을 믿었다. 하여 들러리인 6명의 정보는 과감히 휴지통에 내던졌다.

"으음! 솔직히 클레이아도 경쟁 상대는 아니지."

베레니케는 고민 끝에 클레이아의 정보도 휴지통으로 보냈다.

이제 남은 사람은 셋.

남부의 토후 부운의 수양딸, 베레니케.

남부의 토후 무루의 셋째 딸, 이쉬타르.

왕궁 학사의 딸, 오이난테.

베레니케는 이상 3명의 정보를 테이블 위에 올려놓고는 한참을 살폈다.

"역시 나밖에 없어. 이 셋 중에 내가 가장 뛰어나다고."

베레니케는 승리를 자신했다.

"하지만 자만하다 개망신을 당할 수도 있으니 미리 대비할 필요는 있겠지."

베레니케의 눈이 영활하게 빛났다. 그녀는 이마를 살짝 찌푸리고는 경쟁자들을 탈락시킬 묘안을 짜내었다.

베레니케가 열심히 머리를 굴리고 있는 그 시각.

군나르는 하라간을 웃전으로 불렀다.

"할아버님, 찾으셨습니까?"

"오냐. 이리 가까이 와서 앉거라."

하라간을 가까이 부른 군나르는 손수 차를 한 잔 따라 주었다.

"오전에 마셨던 차에 씁쓸한 독을 살짝 가미했느니라. 어디 한번 맛을 보거라."

군나르의 권유에 하라간은 찻물을 살짝 입에 머금었다.

"13족의 독이군요."

하라간은 음미하는 것과 동시에 정답을 맞혔다.

군나르가 그런 하라간을 흐뭇하게 바라보았다.

"맞다. 13족에 속하는 식물 독을 살짝 넣으면 차향이 더욱 깊어지지."

아무렇지도 않게 말했지만 사실 군나르가 차에 탄 독은 성인 남자를 그대로 고꾸라뜨릴 만한 맹독이었다. 군나르는 그 독을 거의 치사량에 가깝게 차에 섞었다.

하라간이 물었다.

"매일 밤 이렇게 독을 섞어서 드십니까?"

"그래. 느지막한 밤에 독이 섞인 차 한 잔을 진하게 즐기면 잠도 잘 오고 좋단다. 허허허!"

너털웃음을 흘리면서 군나르는 탁자에 서류 꾸러미 하나를 올려놓았다.

"이게 무엇입니까?"

하라간의 물음에 군나르가 씨익 이빨을 드러냈다.

"뭐긴. 네 녀석의 배필감들이지."

"제 배필이요?"

하라간이 눈을 살짝 찌푸리자 군나르가 짐짓 엄한 목소리를 내었다.

"어허! 그렇게 싫은 내색하지 마라. 너는 장차 이 할아비의 모든 과업을 이어받을 몸! 하루빨리 성혼을 하여 후손을 번창시키는 것이야말로 너의 의무 가운데 하나이니라."

"네에."

하라간은 마지못해 고개를 끄덕였다.

사실 하라간은 여자가 싫은 것이 아니었다. 주변에 여자가 없는 것도 아니었다. 루잉 백작이던 시절 하라간은 오직 부인만 바라보는 해바라기였지만, 마해에 입수한 이후 완전히 돌변하여 매일 같이 시녀 서넛 이상을 품었다.

하지만 여자를 안는 것과 성혼은 별개였다.

'실비아!'

성혼이라는 두 글자를 들을 때마다 하라간은 실비아를 떠올릴 수밖에 없었다. 루잉 백작이던 시절 그의 심장을 터뜨렸던 배덕한 부인 실비아를!

하라간은 고개를 숙여 입술을 꽉 깨물었다.

군나르가 걱정스레 물었다.

"하라간, 성혼을 하는 것이 그렇게도 싫으냐?"

"아닙니다."

하라간은 곧바로 고개를 가로저었다.

"할아버님의 말씀이 옳습니다. 저는 장차 할아버님의 과업을 물려받을 몸! 당연히 성혼을 하여 왕가의 후대를 이어나가야지요. 저는 그것이 제 의무임을 잘 알고 있습니다. 하겠습니다. 성혼. 할아버님께서 배필을 정해 주시면 바로 하겠습니다."

"어허허허! 오냐, 오냐. 그래야 착한 내 손주지. 어허허허허!"

군나르는 얼굴을 활짝 펴고 웃더니 서류 꾸러미를 가리켰다.

"그 서류들을 한번 보거라."

"배필감 후보 말씀이십니까? 그런데 제가 이 서류를 볼 필요가 있습니까? 그냥 할아버님께서 정해 주시지요. 저는 할아버님의 뜻대로 따를 것입니다.”

왕은 후계자의 부인 3명을 정해 줄 권리를 가진다.

이것은 욘 아르네 이전부터 사막 왕가에 내려오던 법도였다. 이 법도에 따르면, 하라간의 첫 번째, 두 번째, 세 번째 부인은 군나르가 정해 주어야 한다. 그 후 네 번째 부인부터는 하라간이 마음대로 선택할 수 있지만, 3명까지는 군나르의 뜻이 중요했다.

군나르가 손으로 수염을 쓰다듬었다.

“할아비는 이미 몇 번이나 훑어보았단다. 네 첫 번째 배필을 정하는 일인데 어찌 아니 보았을까. 그 서류를 살피고 또 살폈지. 그리고 조만간 그 10명의 아이들을 이곳에 불러 직접 만나 보기도 할 생각이다. 하지만 그 전에 네 의견도 한번 들어 보고 싶구나.”

“그렇습니까?”

하라간은 무덤덤한 얼굴로 서류를 넘겼다.

배필감 후보의 초상화부터 시작해서 신체 조건, 성품, 특기, 집안 환경 등이 서류 안에 꼼꼼하게 적혀 있었다. 하라간은 한 장, 한 장, 빠르게 넘기다가 베레니케의 초상화에서 멈칫했다.

‘실비아!’

하라간이 한 번 더 어금니를 악물었다.

한동안 이글거리는 눈으로 베레니케의 초상화를 노려보던 하라간은 초상화 밑에 적힌 '베레니케'라는 이름을 보고는 가볍게 숨을 내쉬었다.

군나르가 눈에 이채를 띄었다.

"왜 그러느냐? 혹시 그 아이가 마음에 드는 게냐?"

"아닙니다."

하라간은 단호하게 고개를 가로저었다.

조금 전까지만 해도 하라간은 10명의 후보자 가운데 누가 배필이 되어도 상관없다고 생각했다. 하지만 지금은 생각이 바뀌었다.

'최소한 이 여자는 안 돼. 다른 사람은 다 괜찮아도 이 여자는 안 된다고.'

Chapter 6

하라간이 베레니케를 거부하는 이유는 분명했다.

첫째, 하라간은 베레니케를 볼 때마다 실비아가 연상되어서 싫었다.

둘째, 베레니케는 마이림이 군나르 왕가의 혈통을 끊어놓을 작정을 하고 만든 비밀 조직의 후계자였다.

'그런 베레니케와 혼사를 치른다? 하! 이건 말도 안 되는 소리지.'

하라간은 진지한 표정으로 입술을 떼었다.

"할아버님, 이 여자는 경쟁에서 제외해 주셨으면 합니다."

군나르가 고개를 갸웃했다.

"왜? 무슨 이유라도 있느냐?"

"저 그건……."

"베레니케가 어디가 어때서? 이만하면 외모도 빼어나고, 가문도 좋고, 재질도 뛰어나 보인다만."

솔직히 군나르는 마음속으로 3명을 압축해 놓았는데, 베레니케는 그 3명 안에 포함되어 있었다. 그런데 하라간이 부정적인 반응을 보이자 그 이유가 궁금했다.

잠시 말문이 막혔던 하라간이 재빨리 임기응변으로 대답했다.

"할아버님께서도 잘 아시겠지만 최근에 저는 재정 대신 카텝을 다시 정계에 복귀시켰습니다."

갑자기 정치 이야기가 나오자 군나르도 표정을 굳혔다.

"그래. 그랬지."

"카텝은 사사롭게는 제 외조부입니다. 그런데 그가 공과사를 구별하지 못하고 분수에 넘치는 행동을 해서 제가 카텝을 주저앉혔었지요."

"오냐. 네가 나서지 않았으면 이 할아비가 그리했을 것이다."

실제로 군나르는 하라간을 위해서 카텁을 잘라 낼 요량이었다. 여차하면 카텁뿐 아니라 하라간의 외삼촌들도 모두 죽여서 외척 세력을 통째로 말살시킬까 고민했었다. 군나르는 그런 일을 서슴없이 저지를 만큼 단호하고 무서운 사람이었다.

하라간이 고개를 주억거렸다.

"알고 있습니다. 제가 나서지 않았다면 할아버님께서 카텁 일가를 쳐 내셨을 테지요. 어쨌거나 최근 저는 은퇴시켰던 카텁을 다시 정계로 불러내서 쓰고 있습니다."

의외로 군나르는 긍정적인 반응을 보였다.

"그것 또한 잘한 일이다. 군주는 사람을 잘라 낼 때는 단두대의 칼날이 떨어지듯이 단호해야 하고, 사람을 포용할 때는 상대의 허물을 모두 눈감아 주어야 하느니라. 무엇보다 군주는 변덕을 좀 부릴 줄 알아야 해. 군주의 속마음이 신하들에게 빤히 읽혀서는 안 된다."

"할아버님의 말씀이 옳습니다. 그래서 저는 단호하게 카텁을 쳐 냈었고, 그다음 다시 그의 허물을 눈감아 주고 정계로 불러들였습니다. 카텁도 제가 베푼 은혜를 마음에 새기고 있을 것입니다. 하지만 카텁이 정신을 차렸다고 해서 그의 주변 인물들이 모두 그렇다고는 할 수 없겠지요? 하여 저는 당분간 카팁과 거리를 두고자 합니다.”

권력은 왕과의 거리에서 나온다는 말이 있다. 왕과 가까운 신하가 강한 권력을 가지게 되는 것은 너무나도 당연한 일이었다. 그리고 그 신하의 주변에 사람이 모여드는 것도 지극히 자연스러운 현상이었다.

그러므로 군주는 신하를 적당히 가까이하고 적당히 멀리해서 권력과 사람이 한쪽에 쏠리는 것을 막아야만 한다. 그래야 왕의 힘이 강해진다.

“흐으음!”

군나르가 손으로 턱을 조몰락거렸다.

“그러니까 네 말은 뭐냐. 첫 번째 배필은 남부에서 얻지 않았으면 한다?”

“혼사 문제에 있어서 주제넘게 제 의견을 낼 수는 없지요. 그건 왕가의 오랜 법도를 어기는 일이 아닙니까? 하지만 할아버님께서도 저와 비슷한 판단을 하실 것이라고 생각합니다.”

하라간은 베레니케와 성혼하기 싫다는 뜻을 에둘러 전했다.

“으흐흐흠!”

군나르의 생각이 깊어졌다.

마이림이 만든 외궁 조직은 하루아침에 제거할 만큼 뿌리가 얕지 않았다. 그녀가 무려 수십 년간 육성해 온 이 비밀 조직은 마이림을 비롯한 수뇌부들이 모두 잘려 나간 지금도 마치 살아 있는 생명체처럼 조직원 수를 늘려 가며 깊숙이 뿌리를 내렸다.

청년 학사 누이브는 최근 이 외궁 조직에 포섭된 신참 조직원 가운데 한 명이었다. 누이브는 고대어를 깊이 연구한 정통 학파 출신으로, 무척이나 자존심이 셌다. 게다가 그는 뛰어난 점성술 실력도 갖춰 자부심이 대단했다.

그런 누이브에게 최근 충격적인 일이 연달아 생겼다.

합격을 자신했던 왕궁 학사 시험에 보기 좋게 미끄러진 것.

"왜? 왜? 왜 나를 몰라주는데? 왜 이 누이브를 몰라주는 것인데? 우웨에엑! 우웨에엑!"

난생처음 술을 퍼마신 누이브는 수도 뒷골목에서 하늘을 향해 고래고래 악을 썼다. 그러곤 저녁에 먹은 모든 것을 그대로 게워 놓았다.

"누이브, 괜찮아?"

그때 누군가 다가와 누이부의 등을 두드려 주었다.

"누구?"

누이브는 가물거리는 눈으로 상대를 바라보았다.

상대의 얼굴이 눈에 익었다. 누이브가 가만히 생각해 보니 한때 같은 스승 밑에서 공부했던 친구였다. 그러다 능력이 받쳐 주지 못해 일찍 학업을 중단했던 친구였는데, 이름은 잘 생각나지 않았다.

"어어? 어? 너는?"

"하하하! 누이브! 이거 자네 같은 모범생이 이렇게 크게 취하다니. 무슨 안 좋은 일이라도 있는 겐가? 하하하!"

이름도 기억나지 않는 옛 친구는 누이부의 등을 두드려 주는 것에 그치지 않고 비틀거리는 그를 업어 자신의 집에서 재워 주었다.

그 날 이후 누이브에게는 좋은 친구 한 명이 새로 생겼다. 그리고 또 얼마 지나지 않아 누이브는 비밀스러운 조직의 신입 조직원이 되었다.

물론 누이브는 자신이 속한 조직이 어떤 단체인지 제대로 알지 못했다. 그저 '탐욕에 찌든 대신들이 젊은 인재의 출셋길을 막고 있는 이 부조리한 세상을 뜯어고치자.' 라는 구호 아래 분노한 이 땅의 젊은 학사들이 모인 단체로만 알았다.

이 비밀 조직은 누이브의 뛰어남을 단숨에 알아주었다. 왕궁에서는 알아주지 않던 누이브의 우수함을, 이 조직은 너무나도 환상적으로 알아봐 주었다. 누이브가 만난 조직원들은 한결같이 누이브에게 엄지를 치켜세웠다.

“히야! 대단해. 내가 아는 모든 학사들 가운데 너처럼 뛰어난 언변을 가진 사람을 나는 보지 못했어.”

“역시 누이브야. 어떻게 왕궁에서 너를 몰라볼 수 있지? 심사관들이 미친 거 아냐?”

“분명 심사관들이 돈을 먹었을 거야. 부잣집에서 뒷구멍으로 돈을 받고는 우리 누이브 같은 인재를 낙방시키고 덜 떨어진 인간들을 학사로 뽑은 거지. 뻔하잖아. 이 빌어먹을 세상!”

조직원들의 말은 달콤한 사탕 물이 되어 누이브의 귀에 달라붙었다. 자존심 하나로 세상을 버텨 온 누이브는 점점 더 조직에 빠져들었다.

그러던 한 순간, 누이브에게 조직의 명이 떨어졌다.

“뭐? 나더러 뭘 하라고?”

누이브가 새끼손가락으로 귓구멍을 팠다.

누이브를 조직에 끌어들인 친구가 옆에서 바람을 지폈다.

“오이난테에게 찾아가서 사랑 고백을 하라고. 너, 오이난테 몰라?”

뜬금없는 친구의 말에 누이브가 고개를 갸웃거렸다.

“오이난테야 잘 알지. 예전 스승님께 학문을 배울 때 함께 배웠는데 왜 모르겠어? 그런데 내가 왜 갑자기 그녀에게 고백을 해?”

누이브는 영문을 모르겠다는 듯 눈을 껌벅였다.

그러자 친구는 자세를 굽혀 누이브의 귀에 속삭였다.

“왜긴. 그 잘난 척하는 계집을 약 올리려는 거지.”

“그러니까 내가 왜 오이난테를 약 올려야 하냐고?”

“너, 몰랐어? 그녀이 글쎄 이번 심사 위원이었다고 하더라고. 너를 낙방시킨 심사 위원 말이야.”

“뭐어?”

누이브가 펄쩍 뛰었다.

“너 지금 뭐라고 했어? 오이난테가 왕실 학사를 뽑는 시험의 심사 위원이었다고?”

“그래. 그녀이 너를 이번 시험에서 떨어뜨린 거야. 내 고향 선배가 왕실 학사잖아. 다 알려 주더라고.”

“오이난테가 왜 나를 떨어뜨려? 그녀가 내게 무슨 억하심정이 있다고?”

누이브는 항의라도 하듯 목청을 높였다.

친구의 음성도 덩달아 커졌다.

"그걸 내가 어찌 알겠어? 그 오만한 계집이 무슨 생각으로 너를 떨어뜨렸는지 내가 어찌 알겠냐고? 예전에 그년이 너랑 함께 공부했었다며? 그때 네게 무슨 꽁한 마음이라도 품었었나 보지."

"으응?"

누이브가 고개를 갸웃거렸다. 누이브는 빠르게 과거를 회상했다.

철없는 어린 시절 한 스승 밑에서 3년이나 함께 배웠는데 서로 투탁거린 일이 전혀 없을 리는 없었다. 이내 누이브가 손뼉을 쳤다.

"가만! 그러고 보니 오이난테와 나 사이에 뭔가 안 좋은 일이 있긴 했네. 그래도 그렇지. 어린 시절 있었던 그런 사소한 일로 나를 이 중요한 시험에서 물을 먹여? 크으윽!"

누이브가 시뻘게진 얼굴로 콧김을 내뿜었다.

친구가 누이브의 귓가에 속삭였다.

"그러니까 그녀에게 복수를 해 줘야지."

막상 복수라는 말이 나오자 누이브가 겁을 냈다.

"복수? 에이! 어림도 없어. 상대는 가문도 빵빵하고, 왕실에서도 인정받는 천재 중의 천재라고. 내가 무슨 재주로 그녀에게 복수를 해. 억울하긴 하지만 그냥 참아야지."

“누가 큰 복수를 하래? 그냥 소소한 복수만 해도 통쾌하잖아. 예를 들어 그 오만한 천재녀에게 찾아가서 사랑 고백 같은 것을 해 보라고. 그 계집이 얼마나 당황하겠어? 꿍한 마음으로 시험에서 낙방시켰던 옛 친구가 갑자기 찾아와서 사랑 고백을 한다면, 오이난테가 얼마나 당황하겠냐고? 울긋불긋해지는 그녀의 얼굴만 보아도 속이 후련해지겠다.”

“그런……가?”

누이브가 솔깃한 표정을 지었다.

“그렇고말고. 오늘 당장 꽃다발을 들고 오이난테의 집에 찾아가라니까. 아하하하하! 우리에게 이런 소소한 재미라도 없다면 이 빌어먹을 세상을 어찌 살아가겠나? 와하하하!”

친구는 호탕하게 웃었다.

누이브의 눈이 반짝 빛났다.

그 날 저녁 누이브는 옷을 잘 차려입고 꽃까지 준비해서 오이난테의 저택을 찾아갔다. 그리고 그 소식은 곧장 군나르의 귀에 들어갔다.

효과는 곧바로 나타났다.

게브의 환관들 4명이 골목길에서 누이브를 체포해 왕궁 지하 감옥으로 끌고 갔다.

오이난테와 그 부친도 집에서 추포되어 왕궁에 끌려왔다.

천재라 불리던 오이난테도 갑작스레 환관들이 들이닥치자 크게 당황했다. 평생 책만 본 오이난테의 부친은 말할 것도 없었다. 두 부녀는 벌벌 떨면서 손사래를 쳤다.

"절대 아닙니다. 제 딸은 절대 그 빌어먹을 놈과 사귄 적이 없습니다. 그 미친놈이 제멋대로 짝사랑을 하다가 찾아온 것뿐입니다. 제 딸은 절대 왕실을 능멸할 의도가 없었습니다. 으허헝!"

"아버지 말씀이 맞아요. 절대 아니에요. 절대 사귀는 사이가 아니라고요."

오이난테 부녀가 지하 1층에서 취조를 받는 동안, 누이브는 감옥 지하 4층으로 질질 끌려 들어갔다. 지하 4층은 정치범을 고문하는 가장 악명이 높은 장소였다.

복수심에 사소한(?) 장난을 한번 쳤다가 무시무시한 곳에 끌려온 누이브는 거의 패닉 상태였다.

"사, 살려 주십시오. 모, 목숨만 살려 주십시오."

말끔한 차림의 환관 발밑에 엎드려 누이브는 싹싹 빌었다.

누이브의 뒤쪽에선 얼굴에 까만 가죽 복면을 뒤집어쓰고 살이 뒤룩뒤룩 찐 고문관 2명이 침을 질질 흘리며 화로에 불을 지피는 중이었다.

고문관들은 발갛게 달아오른 화로에 고문 도구를 하나씩 올려놓으며 콧노래를 불렀다.

고문실은 온통 핏자국투성이였다.

고문실 한 귀퉁이엔 시뻘건 고깃덩이가 푸줏간의 돼지 몸통처럼 대롱대롱 매달려 있었는데, 누이브는 겁이 나서 그쪽 방면으로는 시선도 돌리지 못했다.

'이게 대체 무슨 일이야? 장난 한번 쳤다고 왜 나를 여기에 끌고 오냐고? 흐으윽! 엄마!'

누이브는 가슴이 벌렁거리고 머리가 깨질 듯이 아팠다.

환관의 입에서 냉혹한 음성이 흘러나왔다.

"오이난테와 얼마나 오래 사귀었나?"

누이브가 펄쩍 뛰었다.

"사귄 적 없습니다. 장난! 장난이었습니다."

"장난?"

어이없는 대답에 환관이 누이브의 이마를 뾰족한 발끝으로 걷어찼다.

"아악!"

겁이 많은 누이브는 이마를 손으로 붙잡고 데굴데굴 굴렀다.

"시끄러운 놈이군."

환관이 턱짓을 하자 고문관 한 명이 히죽 웃으며 다가왔다. 거구의 고문관은 북슬북슬한 손으로 누이브의 목덜미를 잡아 환관의 발밑에 꽉 엎드려 놓았다. 그다음 누이브 위에 올라앉아 누이브의 두 팔을 양옆으로 쫙 펴고는 그대로 망치를 내리찍었다.

따앙!

손가락 굵기의 대못이 누이브의 오른손 손등을 뚫고 바닥에 깊숙이 박혔다.

"끄악!"

누이브의 눈알이 앞으로 튀어나올 것처럼 요동쳤다.

따앙!

이번엔 누이브의 왼손에 못이 박혀 바닥에 고정되었다.

너무나 큰 고통에 누이브는 비명도 지르지 못했다. 그저 입만 딱 벌렸을 뿐이다.

말끔한 차림의 환관이 누이브 앞에 쪼그려 앉았다.

"시끄럽게 굴지 말고 빨리 끝내자. 그래야 너도 편하고 나도 편하지. 자! 누이브. 오이난테와 관계는 언제부터 시작되었나? 너는 혹시 오이난테가 왕세자빈 후보라는 사실은 알고 있었나? 그걸 알고도 왕실을 능멸할 생각으로 그녀에게 고백을 한 것인가? 아니면 그녀와 짜고 일을 벌인 것인가?"

"네에?"

누이브의 눈이 휘둥그레졌다.

오이난테가 왕세자빈 후보라니! 이건 마른하늘에 날벼락 떨어지는 소리였다. 누이브는 미친 듯이 고개를 가로저었다.

"왕실을 능멸하다니요! 절대 아닙니다. 절대 그런 생각을 한 적 없습니다. 으어어! 저는 그저 복수심에 눈이 멀어 어리석은 장난을 쳤을 뿐입니다."

"복수심? 왕실에 대한 복수심인가?"

환관은 누이브를 자꾸 죽음으로 몰아갔다.

누이브는 미칠 것만 같았다.

"허억! 왕실에 대한 복수심이라니요? 아닙니다. 저는 왕실을 진심으로 존경하고 경외하고 있습니다. 크흑! 제발 믿어 주십시오."

"그럼 무슨 복수심이지?"

"오이난테에 대한 복수심입니다. 그녀가 저를 왕궁 학사 시험에서 낙방시켰지 않습니까. 그래서 소심하게 복수를 하려고 했을 뿐입니다. 그녀가 당황하는 모습을 보려고 했을 뿐, 절대 다른 마음은 없습니다. 크흐으윽!"

"오이난테가 너를 학사 시험에서 떨어뜨렸다고? 이건 또 뭔 소리야. 시험 담당자는 따로 있는데 왜 그런 생각을 했지?”

“네에? 오이난테가 심사 위원이 아니었다고요? 저는 그렇게 들었는데요?”

누이브가 고개를 바짝 치켜들었다.

환관의 표정이 딱딱하게 굳었다.

“배후가 있었단 말이냐? 누구지? 누가 너를 조종했지? 오이난테에게 복수를 하라고 부추긴 놈이 누구야?”

환관은 누이브의 머리카락을 꽉 움켜쥐고 물었다.

Chapter 8

게브의 환관들이 다시 움직였다.

누이브가 몸담았던 조직의 거점이 곧 환관들에게 장악당했다. 환관들은 이 수상한 집단을 집요하게 파고들었다.

하지만 별로 건진 것이 없었다. 누이브를 부추겼던 장본인은 등에 칼이 꽂힌 시체로 발견되었다. 누이브와 안면이 있다던 자들도 모두 죽었다.

“이것들이 꼬리를 잘랐구나!”

게브의 환관들이 으르렁거렸다.

이번 일은 감히 왕실을 능멸한 중대 범죄였다. 게브 입장에서는 반드시 배후를 밝혀야 하는데, 비밀 조직은 이미 꼬리를 자르고 잠적한 뒤였다.

그나마 비밀 조직의 은신처에서 한 가지 단서를 찾은 것은 다행이었다. 게브의 부총관이 하라간을 찾아와서 단서에 대해 보고했다.

"비밀 조직의 운영 자금이 남부의 상인들로부터 나온 것 같습니다. 놈들이 몇 단계로 돈세탁을 하여 자금 출처를 감추려고 했지만, 그래도 전부 지우지는 못했습니다. 저희가 발견한 실마리를 붙잡고 파고들면 몸통을 찾을 수 있을 것입니다."

더불어서 부총관은 한마디를 덧붙였다.

"그런데 이 비밀 조직이 어째 마이림 님의 외궁 조직과 관련이 있어 보입니다."

"그래?"

하라간이 히죽 웃었다.

게브의 환관들은 베레니케가 마이림의 후계자라는 사실을 몰랐다. 오직 하라간만이 이 사실을 알고 있었다.

하라간은 베레니케의 수작을 한눈에 꿰뚫어 보았다.

'베레니케! 이런 식으로 경쟁자들을 제거할 셈인가? 그다음 왕세자빈이 되어 화려하게 왕궁에 입성하겠다?'

베레니케의 외궁 조직은 멍청한 누이브를 부추겨서 오이

난테를 실격시켰다. 그다음 조직의 꼬리를 살짝 흘려서 게브에서 움직이도록 유도했다.

'게브에서 이 꼬리를 추적하면 분명 이쉬타르에게 연결이 될 거야. 베레니케의 라이벌인 이쉬타르에게!'

이번 사건의 배후로 찍히면 이쉬타르의 가문도 몰락할 것이 뻔했다. 그럼 하라간의 배필이 될 유력 후보자는 베레니케만 남게 된다.

하라간은 나직하게 중얼거렸다.

"정말 여우 같은 계집이군."

"네? 뭐라고 하셨습니까?"

부총관이 반문했다.

하라간은 가볍게 고개를 흔들었다.

"아니. 아무것도 아니야. 보고는 잘 들었으니까 계속 수색해. 실마리를 잘 추적해서 이 무엄한 놈들을 반드시 붙잡으라고."

"넷! 목숨을 걸고 명을 받들겠습니다."

부총관이 주먹으로 가슴을 세게 두드렸다.

누이브와 추문이 발생하면서 오이난테는 후보자 경쟁에서 탈락했다. 비록 이번 일에 오이난테의 잘못은 없었지만, 그래도 군나르 왕국의 첫 번째 왕세자빈에 뽑히려면 이런 가벼운 추문도 없이 완전무결해야 했다.

탈락과 동시에 오이난테는 왕궁 학사 자리에서도 정직을 당했다. "이번 일로 마음의 고통을 겪었을 것이니 1년간 쉬도록 하라."는 것이 군나르의 명이었다.

오이난테의 부친도 덩달아 1년간 쉬게 되었다. 심지어 오이난테를 추천했던 칼리프도 군나르 앞에 불려 와 죄를 빌어야 했다.

오이난테 부녀는 무척 억울했지만, 방법이 없었다. 그저 큰일을 망쳐 놓은 누이브를 원망할 뿐이었다.

오이난테가 경쟁에서 빠진 하루 뒤, 게브의 환관들은 새로운 실마리를 잡았다. 부총관이 곧바로 하라간을 찾아왔다.

"하라간 님, 끊어졌던 실마리를 다시 이었습니다. 놈들의 자금이 흘러나온 근원을 찾아냈습니다."

예상보다 빠른 성과였다. 이렇게 빨리 성과를 냈다는 것은 누군가 실마리를 일부러 흘렸다는 것이나 다름없었다. 하라간은 그럴 줄 알았다는 표정을 지었다.

"수상한 자금의 근원을 찾았다고? 거기가 어디인가?"

하라간은 부총관의 입에서 남부의 토후 '무루'라는 답이 나올 것이라 예상했다. 이쉬타르는 무루의 셋째 딸이자 베레니케의 가장 강력한 경쟁자였다.

'베레니케는 이 한 번의 술책으로 오이난테와 이쉬타르

를 모두 날려 버릴 생각이겠지? 후후후!'

하라간은 이렇게 생각했다.

그런데 웬걸?

부총관의 입에선 전혀 예상치 못한 답이 나왔다.

"남부의 토후 부운! 그자의 상단에서 자금이 흘러나왔습니다."

"뭣? 부운이라고? 무루가 아니라?"

어찌나 놀랐던지 하라간이 벌떡 일어났다.

베레니케는 부운의 수양딸이었다. 만약 게브의 조사 결과가 웃전에 보고되면 베레니케도 왕세자빈 후보에서 탈락할 것이 뻔했다. 아니, 그 정도를 넘어서 베레니케의 가문이 통째로 무너질 가능성이 컸다.

'뭐야? 이쉬타르를 제거하려는 계책이 아니었나? 마이림의 후계자인 베레니케가 이렇게 쉽게 추적을 허용했단 말이야? 진짜로?'

하라간은 어리둥절했다.

"이 소식을 웃전에도 보고했겠지?"

하라간의 질문에 부총관이 냉큼 대답했다.

"물론입니다. 지금쯤 저희 총관이 웃전에 들어 위대하시고 또 위대하신 분께 수사 결과를 보고 중일 것입니다."

"흐음! 이거 일이 묘하게 돌아가는군, 여봐라. 채비를 해

라. 웃전에 가 봐야겠다."

하라간이 대머리 환관들을 불러 웃전에 들 채비를 하라고 명했다.

"네이!"

하라간의 시중을 드는 환관들이 가냘픈 음성으로 명을 받들었다.

Chapter 9

군나르를 만난 하라간은 망치로 뒤통수를 한 대 얻어맞은 표정이 되었다.

"이거 아무래도 일이 이상하구나. 오이난테에게 추문이 생겨서 후보에서 탈락하고, 곧바로 그 배후가 부운으로 밝혀졌어. 이러면 베레니케도 탈락인데, 혹시 이쉬타르의 가문에서 벌인 짓일까? 하라간, 네 생각은 어떠냐?"

놀랍게도 군나르는 부운과 베레니케를 붙잡아 들이라는 명령 대신, 이쉬타르를 의심 중이었다.

"이번 일이 너무 착착 들어맞는 것이 오히려 더 수상해. 오이난테에 이어서 베레니케까지 빠지고 나면 누가 가장 이득을 볼까? 이쉬타르의 가문 아닌가?"

군나르는 독백하듯 중얼거리면서 손가락으로 탁자를 톡톡 두드렸다.

하라간은 어이가 없었다.

'햐아! 베레니케, 그 요망한 악녀가 설마 여기까지 꿰뚫어 봤단 말인가? 할아버님께서 이런 의구심을 품을 것이라 예상하고 스스로 함정에 뛰어든 거야?'

만약 이게 사실이라면 베레니케는 정말 대단한 여자였다. 하라간은 베레니케의 그 두둑한 배짱과 머리에 감탄했다. 그녀의 머리가 어찌나 좋았던지 군나르마저 홀랑 넘어갔다.

물론 이걸로 군나르를 탓할 수는 없었다.

'만약 내가 베레니케의 정체를 몰랐다면? 그녀가 마이림의 후계자라는 사실을 모르고 있었다면?'

그럼 하라간도 군나르와 똑같은 의심을 품었을 것이다. 그러곤 이쉬타르가 진짜 배후이고, 오이난테와 베레니케는 불쌍한 희생자로 여겼을 것 같았다.

군나르가 머리를 절레절레 가로저었다.

"어이구! 이거 골치가 아프군. 어쨌거나 이쉬타르는 후보자 명단에서 제외해야겠어. 뭔가 찜찜해."

군나르는 베레니케 대신 이쉬타르를 명단에서 뺐다. 베레니케의 계책이 확실하게 먹힌 셈이었다.

하라간은 곧바로 의견을 내었다.

"할아버님, 이참에 베레니케도 함께 제외하는 것이 좋겠습니다."

"왜? 할아비가 보기에 베레니케는 억울한 희생자 같은데?"

"그렇게 따지면 오이난테도 억울한 희생자가 아닙니까? 전에도 말씀드렸다시피, 저의 첫 배필은 남부 출신을 제외하고 뽑는 것이 좋을 듯합니다."

"흐으음! 그럼 마땅한 상대가 없는데? 그나마 클레이아가 나은가?"

재정 대신 카팁은 무루의 셋째 딸 이쉬타르와 부운의 수양딸 베레니케를 적극 추천했다. 군나르는 이 2명에게 가장 높은 점수를 주었다.

왕궁 대학사 칼리프는 자신의 제자인 오이난테를 1순위 후보로 추천했다. 그런데 오이난테는 누이브와 추문에 얽히면서 후보자에서 탈락했다.

마지막으로 왕궁 대사제 아바는 고위 사제의 딸인 클레이아를 1순위 후보로 추천했다. 클레이아는 수도 제일의 미인이지만, 그리 똑똑하지는 않고 학벌도 약간 처졌다. 군나르는 클레이아가 성에 차지 않았다.

"뭐, 클레이아도 나쁘지 않지. 가문도 괜찮고 미인이니까. 하지만 네 첫 번째 배필이 되기엔 좀 떨어져 보이는구나. 이번엔 그냥 남부에서 배필을 고르고, 클레이아는 나중에 애첩으로 삼는 것이 어떠냐? 네가 정히 걱정된다면 카팁을 다시 은퇴시켜 남부의 힘을 꺾어 놓으면 되는 것 아니냐?"

군나르는 여전히 베레니케에게 미련이 남는 모양이었다.

하라간은 이대로 가만히 있다가는 큰일 나겠구나 생각했다.

'아직 할아버님께 베레니케의 정체를 밝힐 수는 없어. 우선 외궁 조직부터 깔끔하게 처리한 다음 말씀드려야 해. 그렇지 않으면 마이림 고모할머니의 일이 얽혀서 할아버님의 마음이 아프실 거야.'

하라간은 군나르의 마음이 아플까 봐 걱정했다. 그렇다고 베레니케와 혼인할 마음은 없었다. 결국 하라간은 마지막 수를 내었다.

"할아버님."

하라간이 목소리를 가다듬었다.

"왜 그러느냐?"

"할아버님께서는 저를 위해 3명의 배필을 선정하실 권한이 있으십니다. 이 가운데 첫 번째 배필을 왕국 내의 규수들 가운데 고르셨으니, 두 번째는 분명 타국에서 구하실 테지요?"

군나르는 순순히 시인했다.

"아직 구체적인 생각을 해 보지는 않았다만, 전통에 따르면 그리되겠지. 첫 번째 왕세자빈을 왕국 안에서 구했으니 두 번째는 타국의 왕가에서 들이겠지."

"두 번째 배필로 누구를 생각하십니까?"

하라간은 앞뒤 딱 자르고 물었다.

군나르는 어리둥절했다.

"아직 첫 번째 배필도 고르지 못했는데 언제 두 번째를 생각했겠느냐? 예법에 따라 대신들의 의견을 물어보고 조사를 해 봐야겠……."

말을 하다말고 군나르가 멈칫했다. 얼마 전 하라간과 마물 공유를 통해 목격한 충격적인 전투 장면을 떠올린 탓이었다.

"너, 설마 룬드 왕국의 잉그리드를 염두에 둔 것이냐? 그녀는 나이도 많고 이미 자식을 여럿이나 낳은 과부야."

"그리고 키르샤이기도 하지요."

하라간의 말이 맞았다. 룬드 왕국의 비밀스러운 지배자인 퀸 잉그리드는 키르샤였다.

심해저 레벨의 키르샤!

달리 '드래곤'이라 부리는 전설적인 존재 키르샤!

물론 군나르도 키르샤였다.

그리고 군나르와 마물을 공유한 하라간도 키르샤였다. 최소한 군나르는 그렇게 알고 있었다.

그런데 만약 하라간의 부인마저 키르샤라면? 그럼 군나르 왕국은 무려 3명의 키르샤를 보유한 셈이었다. 단 한 명도 존재하기 힘든 키르샤가 무려 셋!

이쯤 되면 상대가 유부녀건, 과부건, 애가 딸렸건 말건, 아무런 상관이 없었다. 심지어 잉그리드가 승낙만 한다면 있던 왕비도 쫓아내고 잉그리드에게 첫 번째 왕비 자리를 내어 줄 군주들도 수두룩했다.

"으으음! 그래. 잉그리드가 있었지."

어차피 군주의 혼인은 정략적인 것.

결혼으로 인해 왕권 강화에 보탬이 된다면 상대가 누구건 상관없었다. 이런 점에서 보았을 때 키르샤인 잉그리는 하라간의 배필로 가장 적합한 존재였다.

군나르가 무릎을 쳤다.

"허허허! 그래. 두 번째 배필은 고민 없이 결정할 수 있어서 좋구나. 세상에 그 어떤 여자도 잉그리드와 경쟁할 수는 없겠어."

하라간이 곧바로 그 말을 받았다.

"할아버님의 말씀처럼 그 어떤 여자도 잉그리드와 경쟁

할 수는 없습니다. 또 다른 여성 키르샤가 등장하기 전까지는 아무도 그녀의 상대가 될 수는 없지요. 그런데 잉그리드가 신경 거슬려 할 상대가 하나 있습니다."

"으응?"

"자신의 머리 꼭대기에 앉아 있는 존재! 잉그리드보다 한발 앞서 제 배필이 된 여자에게 잉그리드가 어떻게 대할까요?"

"으으음!"

군나르는 그제야 하라간의 말하고자 하는 바를 이해했다.

장차 하라간이 군주가 되었을 때, 내궁 서열 1위는 하라간의 첫 번째 부인이 되어야 했다. 그리고 내궁 서열 2위는 잉그리드의 차지가 될 가능성이 높았다.

그런데 서열 2위인 잉그리드는 무시무시한 키르샤였다. 그녀 앞에서 내궁 서열 1위는 권위를 내세우지도 못하는 불쌍한 신세가 될 것이 뻔했다.

"만약 베레니케처럼 똑똑한 여자가 제 첫 배필이 된다면, 그녀는 장차 어떤 식으로든 잉그리드와 분란을 일으킬 것이 뻔합니다. 반면 클레이아는 잉그리드와 잘 지낼 수도 있겠지요. 그녀는 약간 맹하고 어설프다면서요."

"흠!"

군나르는 서류를 펼쳐 클레이아에 대한 정보를 재확인했다.

하라간의 말이 맞았다. 클레이아는 백치미가 흐르는 여인이었다. 그러니 잉그리드도 클레이아를 경계하지 않을 테고, 분란이 생길 가능성도 적었다.

"허허! 네 말을 듣고 보니 클레이아가 딱이로구나. 허허허! 이거 참! 그렇다고 이제 와서 순서를 바꿔서 잉그리드를 첫 번째 배필로 삼을 수도 없고!"

한동안 서류를 더 들여다보던 군나르는 손바닥으로 자신의 이마를 딱 쳤다.

"어이구, 할아비는 골치 아파서 모르겠다. 그래, 네 말대로 하마. 클레이아! 클레이아로 가자."

하라간의 첫 부인은 이렇게 엉뚱하게 결정되었다. 클레이아를 제외한 나머지 후보자들은 왕궁에 한 번 들어와 보지도 못하고 탈락 소식을 통보받아야 했다. 반면 클레이아의 저택엔 웃전의 수석 환관이 직접 방문하여 기쁜 소식을 전했다.

Chapter 10

"뭐? 진짜?"

왕궁 대사제 아바는 자신의 귀를 의심했다.

군나르의 명을 받아 왕세자빈 후보를 추천할 때만해도 아바는 '내가 추천한 후보 가운데 왕세자빈이 될 만한 사람은 없구나.' 라고 판단했다. 그도 그럴 것이, 아바는 일국의 왕세자빈감을 고르지 않았다. 그저 사내의 마음을 녹일 만한 애첩감들만 10명 골랐을 뿐이다.

아바가 이런 후보들을 고른 데는 이유가 있었다. 작년 이맘때 아바는 하라간이 아닌 마이림에게 줄을 섰다가 가짜 마이림 사건에 휘말려 거의 죽을 뻔했다. 단순히 아바만이 아니라 그의 가문 전체가 통째로 멸문당할 위기를 맞았다.

하라간의 자비로 겨우 살아난 아바는 누가 이 왕국의 실세인지 확실하게 깨달았다. 군나르의 마음은 이미 하라간에게 단단히 옮겨 가 있었다.

'그러니 군나르 님께 잘 보이려고 애쓸 필요 없어. 나는 앞으로 오직 하라간 님의 눈에만 들면 돼.'

이렇게 판단한 아바는 왕세자빈 자리는 포기했다.

어차피 첫 번째 왕세자빈은 하라간이 아니라 군나르의 눈에 들어야 했다. 아바는 그 자리를 과감하게 포기하는 대신 하라간의 마음에 흡족할 만한 미인들을 다수 추천하여 미래 권력자의 총애를 받기로 결심했다.

그런데 기대하지도 않았던 일이 벌어졌다.

"클레이아가 왕세자빈으로 선정되었다고? 햐아! 이거 참 알 수가 없군. 클레이아는 착하고 어여쁘지만 좀 맹하잖아. 그러니 위대하시고 또 위대하신 분께서 클레이아를 하라간 님의 첫 번째 배필로 삼으실 리 없는데? 허어 참! 이게 어찌 된 일이지?"

비록 영문 모를 일이기는 하지만, 어쨌거나 아바 입장에서 이건 의외의 횡재였다. 클레이아는 장차 하라간의 첫 부인이자 내궁 서열 1위가 될 테고, 자신을 왕세자빈 후보로 추천한 아바에게 평생 고마워할 것이기 때문이다.

"기대하지도 않았던 호박이 넝쿨째 들어온 상황이긴 한데, 뭔가 찜찜해."

아바는 촉이 발달한 편이었다. 이 험한 왕궁에서 수십 년간 권력을 유지한 대신들 가운데 촉이 나쁜 사람은 단 한 명도 없지만, 아바는 그 대신들 가운데 유난히 촉이 좋았다. 그런데 지금 그 촉이 무언가 불안한 신호를 보냈다.

"작년에도 이랬었지. 하라간 님 대신 마이림 님에게 줄을 대었을 때도 어쩐지 찜찜한 기분이 들었어. 그런데 마이림 님이 워낙 뛰어나신 분이라 촉을 무시하고 그쪽에 줄을 대었던 거거든. 그러다 그만 내 머리통이 몸에서 강제로 분리당할 뻔했잖아?"

한데 지금도 뭔가 불안했다. 아바는 방 안을 초조하게 서성거렸다.

그때 아바를 섬기는 어린 시동이 대나무 발을 들추고 방 안으로 들어왔다.

"대사제님, 대사제님."

"무슨 일인데 호들갑이냐?"

아바가 짐짓 짜증을 부렸다.

어린 시동이 냉큼 용건을 아뢰었다.

"슐레이르 님께서 방문하셨습니다."

고위 사제 슐레이르는 클레이아의 부친이었다. 아마도 딸이 왕세자빈으로 낙점되었다는 소식을 듣고 한달음에 대사제전으로 달려온 모양이었다.

아바는 잠시 대답을 망설였다.

'내 촉을 믿어야 하나? 그럼 클레이아의 가문과 너무 가깝게 지내면 안 되는데?'

시동이 재촉했다.

"대사제님, 슐레이르 님께서 방문하셨다니까요. 어떻게 할까요? 응접실로 안내할까요?"

"이 녀석! 생각 좀 하게 입 좀 다물어라."

아바는 시동에게 으름장을 한 번 놓고는 다시 머리를 굴렸다.

'그래. 촉을 믿자.'

아바는 슐레이르 부녀와 약간 거리를 두기로 마음먹었다. 그렇다고 찾아온 사람을 홀대하여 거리를 완전히 벌릴 수도 없었다.

"일단 응접실로 모셔라. 의복을 갖추고 나가마."

"네, 대사제님."

어린 시동이 쪼르르 달려 나갔다.

아바는 슐레이르와의 관계를 어떻게 상정할지 고민하면서 옷을 갈아입었다.

"대사제님! 정말 고맙습니다."

희끗희끗한 머리카락을 뒤로 잘 빗어 넘기고 콧수염을 적당히 길러 멋을 부린 50대 사내가 아바의 등장과 함께 벌떡 일어나 허리를 90도로 숙였다.

이 잘생긴 중년 사내가 바로 클레이아의 부친 슐레이르였다.

아바는 짧은 순간에 상대의 머리부터 발끝까지 훽 훑어보았다.

'역시 예쁜 딸을 둘 만하군.'

슐레이르는 아바가 감탄할 만큼 훤칠하고 잘생겼다. 게다가 패션 감각도 뛰어나 50대의 나이에도 불구하고 길거리에서 여자들의 시선을 한 몸에 받을 만했다.

'슐레이르는 외모만 출중한 것이 아니라 가문도 좋지.'

슐레이르의 가문은 대대로 고위 사제를 역임한 명문가였다. 심지어 대사제인 아바보다 슐레이르의 가문이 오히려 더 좋다는 평을 받았다.

그런 슐레이르가 아바 앞에서 허리를 연신 굽혔다.

"대사제님! 정말 고맙습니다. 제 부족한 딸에게 이런 놀라운 기회를 주셔서 정말 고맙습니다."

이건 아바에게 잘 보이려고 일부러 아부를 하는 것이 아니었다. 슐레이르의 진심에서 우러나오는 감사 인사였다.

아바가 슐레이르를 붙잡아 일으켰다.

"어이쿠! 이러지 마시오. 이것이 어디 내 공이겠소? 모두 다 뛰어난 따님을 둔 귀공의 복이지. 암! 그렇고말고."

"아닙니다. 제 딸이 부족한 것은 제가 더 잘 알고 있습니다. 그런 딸을 왕세자빈으로 만들어 주시다니요? 이건 모두 대사제님의 은혜입니다. 저희 가문은 평생 이 은혜를 잊지 않겠습니다."

"허어!"

그 말에 아바의 입이 헤벌쭉 벌어졌다. 슐레이르 한 사람이 아니라 그의 가문 전체가 아바를 은인으로 여긴다면, 이건 참으로 유쾌한 일이었다. 아바는 터져 나오는 웃음을 참지 못했다.

"어허허허! 은혜라니요. 당치도 않아요. 모든 것은 위대하고 또 위대하신 분께서 결정하신 터! 이 늙은이는 딱히 한 일이 없어요."

"아닙니다. 사람이 은혜를 모르면 짐승과 다를 바가 뭐 있겠습니까? 저와 제 가문은 앞으로도 대사제님을 은인으로 여길 것입니다."

"어허허허! 뭐 그렇게까지!"

"하하하하하!"

두 사람은 서로 손을 꼭 잡고 웃음을 나눴다.

이윽고 시동이 차와 다과를 들여왔다. 차와 덕담을 나누며 잠시 분위기를 탐색하던 슐레이르가 결국 속내를 털어놓았다.

"대사제님."

"왜 그러시오?"

"제 미욱한 딸아이를 대사제님께서 높은 곳까지 이끌어주지 않으셨습니까? 그러니 부디 대사제님께서 앞으로도 제 딸의 후견인이 되어 주십시오."

"어이쿠! 후견인이라니! 당치도 않소. 귀공의 가문에 훌륭하신 분들이 많은데 이 늙은이가 무슨 후견인을 하겠소?"

아바가 손사래를 쳤다.

하지만 슐레이르는 막무가내였다.

“제 가문의 어르신들은 모두 사제 출신이라 정치에 어둡습니다. 당장 저부터도 말이 고위 사제이지 한량처럼 놀면서 지낸 터라 정치 감각도 어둡고요. 그런데 덜컥 높은 자리에 앉게 생겼으니 이거 겁부터 나지 뭡니까.”

슐레이르가 솔직하게 속마음을 털어놓자 아바도 덩달아 표정이 진지해졌다.

“어허! 겁이 나신다니, 이게 무슨 말씀이시오? 장차 귀공은 하라간 님의 장인이 될 몸! 그런 말은 듣기 민망하외다.”

슐레이르가 목소리를 낮췄다.

“겁이 날 수밖에요. 위대하시고 또 위대하신 분께서 얼마나 냉혹하고 무서우신지 대사제님도 잘 아시지 않습니까? 그 옛날 마이림 님의 부군이셨던 카디말 님 사건도 있었고, 최근 재정 대신 카텁도 목이 날아갈 뻔하지 않았습니까?”

“쉿!”

마이림 이야기가 나오자 아바가 펄쩍 뛰었다.

“카디말이라니! 그 저주받은 이름을 어디서 꺼내는 것이오? 귀공께서 나를 물귀신처럼 끌고 어디로 가려는 게요?”

“그렇게 되지 않으려고 제가 대사제님을 찾아온 것 아닙니까? 벌써부터 제 가문의 친척들이 목에 힘을 주고 다닙니다. 제 딸이 왕세자빈으로 선정되었다는 소식을 듣자마자 벌써부터 손에 권력이라도 쥔 것처럼 행동하고 있어요. 저는 이러다 큰일 치를까 두렵습니다. 제 딸이 지금은 왕세자빈이지만 언젠가는 왕비가 될 터인데, 딸이 높이 올라갈수록 제 두려움은 더 커질 것 같습니다. 그러니 현자이신 대사제님께서 부디 저 좀 도와주십시오. 제 딸의 후견인이 되셔서 저와 제 딸을 바른길로 이끌어 주십시오."

부탁을 하는 슐레이르의 표정은 지극히 간절해 보였다. 아바가 속으로 감탄했다.

'이거, 슐레이르가 멋만 부리는 한량인 줄 알았는데 의외로 지혜롭구나. 맞아! 사람이 높은 자리에 올라갈수록 자세를 낮춰야지. 게다가 하라간 님은 군나르 님보다 훨씬 더 무서우신 분이셔. 자칫하다가 슐레이르의 가문에 피보라가 몰아칠 수도 있음이야.'

원래 아바는 슐레이르와 거리를 둘 생각이었다. 그런데 상대가 이토록 지혜롭다면 손을 잡아도 손해날 것은 없겠다 싶었다.

"허어어! 나 같은 늙은이가 무슨 혜안이 있다고 왕세자빈의 후견인 노릇을 할까?"

"대사제님!"

"하지만 귀공이 이리도 간곡하게 부탁을 하니 마냥 거절

할 수도 없구려. 좋소! 우리 한번 힘을 합쳐 봅시다. 그리하여 미래에 다가올 불행은 함께 피하고, 달콤한 과실도 함께 나눠 봅시다."

아바는 '함께' 라는 단어를 강조했다.

슐레이르가 벌떡 일어나 90도로 허리를 숙였다.

"어이쿠! 감사합니다. 대사제님, 정말 감사합니다."

"어허허허!"

아바도 마주 일어나서 슐레이르의 손을 꾹 움켜잡았다.

제4화

클레이아

Chapter 1

"클레이아가 왕세자빈으로 선정되었다고?"

푹신한 쿠션에 몸을 기대어 포도주를 마시던 베레니케가 나른하게 되물었다.

그 태평한 모습에 흑인 노예 소녀 아이린이 발을 동동 굴렀다.

"그렇다니까요. 주인님, 이 일을 어쩌면 좋습니까? 흐흑!"

"그만! 재수 없으니까 내 앞에서 질질 짜지 마."

"흐읍!"

베레니케의 싸늘한 명령에 아이린이 두 손으로 입을 막았다.

"나가 봐."

베레니케는 가느다란 손가락으로 문을 가리켰다.

"네, 주인님."

아이린이 공손히 뒷걸음질로 물러나자 베레니케는 부채를 부치던 시녀들에게도 턱짓을 했다.

"너희들도 모두 나가."

"네, 베레니케 님."

시녀들은 불똥이라도 튈까 두려워 후다닥 자리를 비켰다. 화려한 방 안엔 베레니케만 홀로 남았다. 베레니케는 피처럼 붉은 포도주를 끌어당겨 한 모금 마신 다음, 나직이 중얼거렸다.

"내 이렇게 될 줄 알았지."

어리석은 학사 누이브를 부추겨 오이난테에게 사랑 고백을 시켰을 때부터 베레니케는 이런 일이 벌어질 것이라 예상했다.

왕세자빈 후보 가운데 한 명인 오이난테는 베레니케의 계략에 휘말려 탈락했다. 이런 큰일이 벌어졌으니 감찰이 뒤따르는 것은 당연했다. 베레니케는 일부러 실마리를 남겨 스스로를 올가미에 엮었다.

'군나르 님은 바보가 아니야. 이번 일을 몽땅 이쉬타르에게 덮어씌우면 오히려 내가 의심받을 수 있어. 차라리 나

스스로 올가미에 들어가는 편이 낫지. 그럼 군나르 님은 내가 아니라 이쉬타르를 의심할 거야.'

추문의 휩싸인 오이난테 탈락!

군나르의 의심을 받아 이쉬타르도 탈락!

베레니케는 간단한 계략 하나로 강력한 라이벌 2명을 한 방에 해치웠다. 여기까지는 성공이었다.

문제는 베레니케 본인.

'어쨌거나 누이브의 배후엔 우리 가문이 연결되어 있거든. 그러니까 나를 왕세자빈으로 선택하는 것도 찜찜할 수 있어.'

그런 이유로 베레니케도 왕세자빈 경쟁에서 탈락했다.

"덕분에 멍청한 클레이아가 어부지리를 얻었을 테지."

베레니케는 비웃듯이 뇌까렸다. 그러곤 포도주를 한 모금 더 마셨다. 살짝 넘친 포도주 한 방울이 베레니케의 흰 턱 선을 타고 또르륵 흘러내렸다. 베레니케는 손으로 입가를 쓱 훔치며 자리에서 일어났다.

"아직까지는 내 계획을 벗어나지 않았어. 클레이아와 같은 멍청이가 제1 왕세자빈 역할을 제대로 해낼 리 없지. 그딴 년은 나중에라도 언제든지 밟아 줄 수 있어."

이번에 클레이아가 제1 왕세자빈으로 선발되었다. 왕국 내에서 첫 번째 왕세자빈을 뽑았으니 두 번째 왕세자빈은 타국의 공주 가운데 데려올 가능성이 높았다.

"두 번째 왕세자빈은 내 상대가 될 수 없어. 우리 왕국 내부에 기반이 전혀 없는데 무슨 수로 나를 이기겠어?"

제1 왕세자빈은 멍청한 클레이아의 차지. 베레니케는 클레이아를 적수로 여기지 않았다.

제2 왕세자빈은 타국에서 데려올 것인데, 외국 출신의 여자 한 명이 베레니케의 상대가 될 수는 없었다. 베레니케는 그렇게 확신했다.

"그렇다면 제3 왕세자빈이 중요한데, 이 자리는 분명 내 차지야."

오이난테가 엉뚱한 남자에게 사랑 고백을 받았다는 소문은 이미 수도 전체에 파다하게 퍼졌다. 베레니케가 외궁 조직을 움직여 소문을 급속도로 퍼뜨렸다. 이런 추문이 붙은 오이난테가 제3 왕세자빈에 선발될 가능성은 희박했다. 백성들 사이에 이상한 소문이 돌고 있는 여자를 왕세자빈으로 뽑을 만큼 군나르는 마음이 너그럽지 않았다.

"이쉬타르도 끝났어. 군나르 님이 그녀를 오이난테 사건의 배후로 의심하는 이상, 그녀가 제3 왕세자빈이 될 수는 없지. 결국 그 자리는 내게 돌아올 거야."

물론 베레니케는 내궁 서열 3위에 머무를 생각은 없었다.

"우선은 제1 왕세자빈인 클레이아의 비위를 맞춰 줘야지. 그녀와 친하게 지내는 척하면서 외국 출신의 제2 왕세자빈을 몰아낼 거야. 그다음 멍청한 클레이아를 눌러 버리고 나면 결국 이 베레니케 님이 진정한 왕비가 된단 말이지. 오호호호호!"

베레니케는 장밋빛 미래를 위해 건배라도 하듯이 포도주잔을 빈 허공에 들었다. 그다음 잔에 남은 붉은 액체를 단숨에 들이켰다.

모든 일이 베레니케의 계획대로 돌아가고 있었다. 최소한 베레니케의 눈에는 그렇게 보였다.

같은 시각.

하라간은 룬드 왕국을 방문했다. 룬드의 아홉 번째 공주 아이다가 하라간을 위해 공간 이동 포탈을 열었고, 하라간은 그 푸른 포탈을 이용해서 단숨에 용암성으로 이동했다.

"여보!"

룬드의 지배자 잉그리드가 나는 듯이 달려와 하라간에게 안겼다. 뇌에 손상을 입은 잉그리드는 하라간을 남편으로 생각하고는 지극정성으로 섬겼다.

'치잇!'

'젠장!'

'빌어먹을!'

잉그리드의 순종적인 모습에 시노브와 오스트란드, 아이다가 동시에 욕을 퍼부었다. 물론 욕은 마음속으로만 할 뿐, 절대 입 밖으로 내뱉지 못했다. 만약 딸들이 하라간에게 욕을 하는 장면을 잉그리드가 목격한다면, 잉그리드는 당장 세 딸의 아가리를 벌려 그대로 혀를 뽑아 버릴 것이다.

굵은 기둥이 줄지어 서 있는 용암성 내부.

유황이 뭉게뭉게 치솟고 기둥 사이로 뜨거운 용암이 넘실넘실 흐르는 이 특이한 장소에서 중요한 회의가 열렸다.

하라간이 용암을 식혀서 만든 울퉁불퉁한 돌의자에 앉았다. 잉그리드는 하라간의 발밑에 순백의 드레스를 넓게 펴고 앉아 하라간의 무릎에 한쪽 어깨를 살포시 기대었다.

하라간이 손으로 잉그리드의 머리를 슥슥 쓰다듬자 잉그리드는 기분 좋게 '갸르릉갸르릉' 소리를 냈다.

'이런 쌰앙! 잉그리드 님이 강아지냐?'

시노브가 속으로 쌍욕을 했다.

'저, 저런! 치욕적인!'

오스트란드는 치밀어 오르는 굴욕감에 두 눈을 꽉 감았다.

'크흐흑! 선조님, 죄송합니다. 위대하신 분을 저 꼴로 만

든 것은 모두 제 탓이에요. 제가 군나르 왕국을 집적거리지 만 않았어도 이런 일은 벌어지지 않았을 텐데.'

아이다는 룬드 왕국의 선조들에게 용서를 빌었다.

답답해하는 딸들의 마음도 모르고 잉그리드는 마냥 행복했다. 그녀는 하라간의 무릎에 얼굴을 기대어 하라간의 냄새를 맡고, 뺨을 비비고, 한껏 애교를 부렸다.

그런 어머니의 행동에 세 딸의 안색은 더더욱 어두워졌다.

Chapter 2

결국 오스트란드가 먼저 입술을 열었다.

"하라간 님, 여기까지 어쩐 일이십니까?"

잉그리드의 세 딸 가운데 가장 이성적인 오스트란드는 하라간의 용무를 알아낸 다음, 최대한 빨리 처리할 생각이었다. 그래야 하라간이 한시라도 빨리 룬드 왕국을 떠나 군나르 왕국으로 돌아갈 것이라 판단했다.

'하라간, 너는 빨리 떠나 주는 것이 우리 룬드 왕국을 도와주는 거다.'

오스트란드는 이런 마음으로 하라간의 대답을 기다렸다.

그 전에 잉그리드의 표정이 먼저 돌변했다.

"어디서 감히!"

용암성 바닥에 넓게 퍼진 잉그리드의 하얀 드레스 안에서 굵은 뱀처럼 생긴 무언가가 화락 튀어나와 오스트란드의 목을 휘감았다.

"케엑!"

오스트란드의 얼굴이 시뻘겋게 변했다. 그 상태에서 오스트란드의 몸뚱어리가 허공으로 휘익 떠오르더니 잉그리드에게 단숨에 딸려가 바닥에 엎어졌다.

넷째 딸을 굽어보는 잉그리드의 두 눈엔 노여움이 가득했다.

"위대하신 분의 존함을 함부로 입에 담다니, 어미가 너를 잘못 가르쳤구나. 그릇된 싹이라면 미리 뽑아 버려야지."

실제로 잉그리드는 오스트란드의 목을 잡초처럼 뽑아낼 요량으로 힘을 꾹 주었다.

"크엑! 켁!"

오스트란드의 창백한 얼굴이 홍시처럼 시뻘겋게 물들었다. 죽음의 공포를 느낀 오스트란드는 살기 위해 두 손을 싹싹 빌었다.

확실히 오스트란드는 머리가 좋았다. 위기의 순간 그녀는 잉그리드를 향해 싹싹 빈 것이 아니었다. 하라간을 향해 용서를 구했다.

그 모습에 잉그리드가 슬쩍 힘을 풀었다. 잉그리드는 '어떻게 할까요?' 라는 표정으로 하라간을 올려다보았다.

만약 하라간이 부정적인 답을 한다면 잉그리드는 한 치의 망설임도 없이 오스트란드의 목을 뽑아 버릴 생각이었다.

'제발! 제발! 흐흐흑!'

오스트란드는 필사적으로 하라간의 용서를 구했다.

하라간이 거기에 호응했다.

"그만 풀어 주시오."

하라간의 허락이 떨어지자 비로소 잉그리드는 오스트란드를 놓아주었다.

"케엑! 켁! 켁! 켁!"

반쯤 죽다 살아난 오스트란드가 바닥에 엎드려 헛기침을 해 댔다. 잉그리드가 어찌나 목을 세게 조였던지 오스트란드의 목 주위 피부가 한 꺼풀 벗겨지고 핏물이 배어 나왔다.

잉그리드는 바닥에 엎드려 눈물 콧물 흘리는 오스트란드를 향해 눈을 부라렸다.

모친의 싸늘한 기운을 느낀 오스트란드가 하라간을 향해 넙죽 엎드렸다.

"감……사드립니다. 너그러우신 자비에 감사드립니다."

그러곤 오스트란드는 허둥지둥 기어서 뒤로 물러났다.

이런 일들이 벌어지는 동안 시노브와 아이다는 입도 뻥긋하지 못했다. 그저 두려움에 몸서리를 칠뿐이었다.

잠시 침묵이 흐른 뒤, 하라간이 용건을 꺼냈다.

"내 혼사가 결정되었소."

"네?"

하라간의 무릎에 기대어 있던 잉그리드가 고개를 반짝 들었다.

시노브와 아이다도 눈을 크게 뜨고 하라간을 올려다보았다. 오스트란드는 목이 아프고 귀가 먹먹해서 하라간이 지금 무슨 이야기를 했는지 듣지도 못했다.

하라간이 다시 한 번 반복해서 말했다.

"한 번 더 말하리다. 할아버님께서 내 혼사를 결정하셨소."

"흐윽!"

잉그리드가 손으로 자신의 입을 틀어막았다. 그녀의 아리따운 손가락 사이로 옅은 울음소리가 새어 나왔다. 잉그리드는 눈물이 그렁한 눈으로 하라간을 올려다보며 도리질을 했다. 참으로 처연한 모습이었다.

'에효!'

하라간은 속으로 한숨을 쉰 다음, 잉그리드의 머리카락을 가볍게 쓰다듬어 주었다.

두려움에 바르르 떨던 잉그리드가 애처롭게 물었다.

"그럼…… 이제 저를 버리실 건가요?"

만약 하라간의 입에서 버린다는 답이 나오면 잉그리드는 목을 매서 자살이라도 할 듯한 표정이었다. 시노브와 아이다도 바짝 긴장해서 침을 삼켰다.

하라간이 고개를 가로저었다.

"버리다니? 그럴 리가 있겠소? 이번 혼사가 마무리되고 나면 그대를 나의 두 번째 부인으로 받아들일 거요."

"흐으윽!"

잉그리드가 다시 울음을 터뜨렸다. 하라간에게 버림을 받지 않아서 기쁘다는 울음인지, 아니면 두 번째 부인이라 싫다는 뜻인지 알 수 없는 반응이었다.

하라간은 굳이 잉그리드의 속마음을 물어보지 않았다. 잉그리드를 달래 주려고 애쓰지도 않았다. 하라간은 여자들에게 친절을 베풀 마음이 전혀 없었다. 과거 실비아에게 받았던 엄청난 배신감이 하라간의 성격에 영향을 준 탓이었다. 지금의 하라간은 여성을 욕구 해소의 대상, 혹은 정치적 도구로만 생각하는데, 아직까지 잉그리드도 예외가 아니었다.

시노브가 대화에 끼어들었다.

"제가 한 가지만 묻겠습니다."

하라간이 시노브에게 시선을 돌렸다.

시노브는 하라간의 눈을 피하지 않았다.

"첫 번째 부인이 되실 분이 혹시 키르샤입니까? 제 모친보다 더 우월한 분인지 묻는 것입니다."

시노브가 던진 질문의 의도는 뻔했다.

세상에 키르샤는 극소수뿐.

'그러니까 하라간의 첫 부인은 분명 키르샤가 아닐 테고, 그러면 감히 잉그리드 님과 견줄 수 없을 텐데, 그런데 왜 잉그리드 님이 아닌 다른 여자를 첫 번째 부인으로 맞이하느냐? 그러다 잉그리드 님이 분노하면 그딴 계집은 단숨에 목이 뽑혀 죽을 것인데, 뒷일을 책임질 수 있느냐?'

시노브는 이렇게 묻고 있었다. 그녀의 태도는 다소 불손했건만, 잉그리드는 아무런 제지를 하지 않았다. 잉그리드도 하라간의 혼인이 은근히 서운했던 모양이었다.

하라간이 피식 입꼬리를 비틀었다.

"내 첫 번째 부인이 키르샤냐고 물었나?"

"그렇습니다."

"아니다. 그녀는 키르샤가 아니야. 그래서 뭐? 그게 뭐가 중요한데? 나의! 이 하라간의 첫 번째 부인이라는 것이 중요하지, 그깟 키르샤가 뭐라고?"

하라간의 얼굴이 순식간에 싸늘하게 물들었다. 하라간의 온몸에선 광포한 포식자의 기운이 뻗쳤다. 몸서리가 쳐질 정도로 사납고 싸늘한 기운이었다.

뿌드드드득!

하라간이 내뿜은 기운이 용암성 전체를 뒤흔들었다. 이 곳 용암성의 돌기둥은 과거 하라간과 잉그리드의 싸움 이후에 다시 세운 것들이었다. 그 튼튼한 기둥들이 하라간의 기세를 이기지 못하고 금이 쩍쩍 갔다. 뜨거운 기포를 펑펑 터뜨리던 용암의 강 위엔 하얀 서리가 한 겹 두껍게 내려앉았다.

하라간과 멀리 떨어져 있던 시노브와 아이다, 오스트란드도 기세에서 벗어나지 못했다. 그녀들은 온몸을 짓누르는 위압감 때문에 숨도 제대로 내쉬지 못했다. 하라간과 거리가 가까운 잉그리드는 말할 것도 없었다.

"키악!"

단숨에 바닥에 머리를 처박은 잉그리드는 온몸의 피가 차갑게 식고 비늘이 다 뜯겨 나갈 듯한 공포에 얼굴이 새하얗게 질렸다.

하라간은 발로 잉그리드의 목을 찍어 눌렀다.

"캭!"

“키르샤 따위가 뭐라고! 엉? 키르샤가 그렇게 대단해?”

하라간의 으르렁거림이 점점 더 사나워졌다. 하라간의 발바닥과 접촉한 잉그리드의 몸뚱어리는 빠르게 얼음으로 변해 갔다. 목 속 성대도 얼어붙은 탓에 잉그리드는 비명 한마디 지르지 못했다.

“으! 끄으으으윽!”

“제, 제발!”

“캬아악!”

몸속 혈관이 얼어붙고 피부가 찢어지는 듯한 고통에 잉그리드의 세 딸들이 바닥을 기었다. 그래도 하라간은 기세를 거두지 않았다.

Chapter 3

“키르샤가 뭐? 키르샤 따위가 대체 뭔데?”

포효하듯 으르렁거리는 하라간에게 아무도 대꾸하지 못했다. 이 상황에서 입을 열 수 있는 사람은 아무도 없었다. 용암성을 지탱하는 기둥들이 강한 한파에 쭉쭉 금이 가고 마구 깨졌다. 용암성 천장이 퍽퍽 터져 나갔다.

시노브는 그제야 깨달았다.

키르샤인 잉그리드를 단숨에 얼려 죽일 수 있는 이 괴물 앞에서는 일체의 투정이 통하지 않는다. 북부의 다른 군주들이라면 여성 키르샤를 얻기 위해서 기존의 부인들을 내팽개치고 재혼을 마다하지 않을 테지만, 하라간에게는 그런 것을 기대할 수 없을뿐더러, 여차하면 잉그리드가 하라간의 손에 갈가리 찢겨 죽을 수도 있다는 사실을 시노브는 절실하게 깨달았다. 머리카락이 바짝 곤두서는 공포를 통해 깨달았다.

"사, 살려……."

시노브는 꽁꽁 얼어붙은 두 손을 간신히 움직여 하라간에게 빌었다.

"살려…… 주세요."

"제발……."

오스트란드와 아이다도 함께 살려 달라고 머리를 조아렸다.

하라간은 그제야 노여움을 가라앉혔다.

"후읍!"

하라간이 뿜어내었던 냉기를 다시 거둬들였다.

<u>츠츠츠츠</u>—

잉그리드의 온몸을 얼렸던 차가운 기운이 씻은 듯이 사라졌다. 용암의 강을 뒤덮었던 서리도 눈 녹듯이 자취를 감

추었다. 용암이 식으면서 강 표면에 형성되었던 한 겹의 거무튀튀한 돌판은 다시 발갛게 달아올랐다가 얼음과자처럼 푸스슥 부서졌다. 기세를 되찾은 붉은 용암이 부글부글 거품을 터뜨리고 뜨거운 유황 가스를 내뿜었다.

혈관까지 꽁꽁 얼었던 시노브와 오스트란드, 아이다도 겨우 정신을 차렸다.

"허억! 허억! 어허헉!"

"쿨럭, 쿨럭!"

"으어어어어—!"

세 여인은 짐승 소리를 내며 숨을 몰아쉬었다.

하라간이 그녀들에게 딱 잘라 경고했다.

"너희 셋!"

"네넷?"

"착한 잉그리드를 부추겨서 내궁 싸움을 벌일 생각은 꿈에도 하지 마라. 내궁의 서열은 할아버님이신 군나르 님께서 정해 주시는 것이고, 나는 그분께서 정하신 바를 바꿀 생각이 없다. 그러니 괜한 잔머리를 굴려서 나로 하여금 잉그리드를 내치게 만들지 마."

"넷!"

세 딸이 한목소리로 대답했다.

"만약 내 경고를 흘려듣는다면 그 결과는 참혹할 것이

다. 잉그리드가 소박을 맞는 정도로 끝나지 않을 거야."

하라간의 직설적인 경고에 시노브는 등골이 오싹했다.

오스트란드와 아이다도 마찬가지였다.

"넷!"

세 공주가 바짝 얼어서 대답했다.

잉그리드도 화들짝 놀랐다. '소박' 이라는 단어를 듣자마자 그녀는 하라간의 발목을 붙잡고 눈물을 뚝뚝 흘렸다.

"으흐흑! 제가 잘못했어요. 제발 노여움을 푸셔요. 으흐흐흑! 당신께서 저를 버리시면 전 넋이 나가서 이 왕국을 잿더미로 만들고 죽어 버릴 거여요. 그냥 콱 죽어 버릴 거여요. 흐흐흑!"

잉그리드의 자해성(?) 애걸에 시노브 자매는 한 번 더 기겁했다.

'아니, 왜?'

'우리 룬드의 백성들이 무슨 죄가 있다고 우리 왕국을 잿더미로 만들어?'

'크흑! 이건 모두 다 내 잘못이야. 내가 하라간을 끌어들여서 우리 왕국이 이 꼴이 되었어. 크흐흐흑!'

세 공주의 안색이 한층 더 어두워졌다.

용암성에서 물러난 뒤 시노브가 아이다에게 물었다.

"클레이아라고 했지? 그년이 대체 어떤 년이야? 위대하신 분을 내궁 서열 2위로 밀어낸 그년이 대체 어떤 년이냐고?"

"큰언니, 나도 잘 몰라."

아이다가 도리질을 했다.

시노브가 버럭 언성을 높였다.

"모르긴 왜 몰라? 우리 자매들 가운데 네가 군나르 왕국에 대해서 가장 많은 정보를 갖고 있잖아. 그런데 장차 그 군나르 왕국의 제1 왕비가 될 여자를 모른다니, 너는 대체 제대로 아는 게 뭐니?"

"그래. 난 제대로 아는 것도 없다. 나는 바보 멍청이다."

아이다도 기분이 팍 상해서 시노브에게 대들었다.

그렇지 않아도 아이다는 오늘 죄책감을 많이 느끼던 차였다. 그런데 시노브가 아픈 곳을 찌르자 버럭 성격이 나왔다.

물론 그 성격을 고분고분 받아 줄 시노브가 아니었다. 그녀는 막냇동생을 향해 팔을 걷어붙였다.

"뭐? 이게 언니에게 개기냐? 너 오늘 매타작 좀 하자."

"어디 때려 봐. 어디 한번 패 죽여 보라고. 언니 동생이 죽지 내 동생이 죽냐?"

약이 바짝 오른 아이다도 시노브에게 머리통을 들이밀었

다.

"이년이 어디서!"

시노브가 아이다의 머리채를 움켜잡았다.

"아악! 그래, 같이 죽자."

아이다도 시노브의 머리로 손을 뻗었다.

결국 오스트란드가 끼어들었다.

"햐아! 가관이네."

오스트란드는 큰언니와 막내의 싸움을 한심하게 바라보다가 한마디를 툭 던졌다.

"두 사람, 한바탕 신나게 싸우는 것은 좋은데 그 전에 명심할 것이 있어."

"야! 네가 뭔데 끼어들어?"

"맞아. 넷째 언니는 재수 없으니까 빠져."

서로의 머리끄덩이를 붙잡고 싸우던 시노브와 아이다가 엉뚱하게도 오스트란드에게 화풀이를 했다. 하지만 오스트란드는 흥분하지 않았다. 그저 제 할 말만 할 뿐이었다.

"이건 내가 순전히 노파심에서 하는 말인데, 용암성의 무녀들은 장님인 대신 귀가 밝거든. 시노브 언니와 아이다도 이 사실을 알고 있지?"

"그게 뭐?"

"그러게. 무녀들이 귀가 밝건 말건 무슨 상관이야?"

시노브와 아이다는 언제 싸웠냐는 듯이 한편이 되어 오스트란드를 공격했다.

"왜 상관이 없어? 조금 전 큰언니와 막내가 주고받은 대화도 분명 무녀들의 입을 통해 누군가의 귀에 들어갈 텐데, 왜 상관이 없겠냐고."

오스트란드가 지칭한 '누군가'는 다름 아닌 하라간이었다.

"흡!"

시노브가 두 손으로 자신의 입을 막았다.

아이다도 펄쩍 뛰었다.

"내, 내가 뭐라고 했는데? 난 아무 소리 안 했어."

오스트란드가 두 사람을 향해 검지를 까딱였다.

"흥! 아무 소리 안 했다고? 내가 분명히 들었는데? 큰언니와 막내가 큰어머니를 뭐라고 불렀더라? 쌍욕을 섞어서 부른 것 같았는데?"

시노브가 어리둥절해서 되물었다.

"큰어머니라니? 오스트란드, 너 지금 누구에게 큰어머니라는 거야?"

"누구긴. 우리를 낳아 주신 분께서 군나르 왕국 내궁 서열 2위가 되실 거잖아. 그럼 내궁 서열 1위이신 클레이아님은 자연스럽게 우리의 큰어머니가 되는 셈이지."

"뭣?"

"왜? 내 말이 틀렸어? 큰어머니가 맞잖아."

오스트란드는 본인보다도 나이가 어린 클레이아를 대뜸 큰어머니라고 불렀다. 게다가 말하는 음성도 평소보다 컸다. 마치 지금 내뱉은 말이 용암성의 무녀들을 통해 하라간의 귀에 들어가기를 원하는 것 같았다.

"너! 너어어!"

"커억! 넷째 언니!"

그 뻔뻔함에 시노브와 아이다가 동시에 뒷목을 잡았다.

Chapter 4

하라간과 클레이아의 혼사는 국혼의 예법에 따라 성대하게 준비되었다. 왕궁의 시녀와 환관들은 큰 행사를 치를 채비를 하느라 눈코 뜰 새 없이 바빴다. 사제들도 국혼의 각 단계를 꼼꼼히 검토하여 관례에 어긋나는 일이 없도록 철저히 준비했다.

그러는 사이 군나르는 클레이아를 왕궁으로 불렀다. 증손자 며느리를 미리 만나 보기 위함이었다.

곱게 치장한 클레이아가 떨리는 마음으로 웃전에 들었

다.

"슐레이르의 미천한 딸 클레이아가 감히 위대하시고 또 위대하신 분을 뵙습니다."

클레이아는 가늘게 떨리는 음성으로 첫인사를 올렸다.

군나르는 아무런 말도 없이 클레이아를 위아래로 훑어보았다. 그러다 시녀에게 손짓을 했다.

군나르를 모시는 시녀가 클레이아를 자리에서 일으키더니 한 바퀴 회전하도록 도왔다. 군나르가 가볍게 고개를 끄덕였다.

'수도에서 첫손가락에 꼽히는 미녀라더니, 소문이 헛되지는 않았구나.'

군나르의 눈에 비친 클레이아는 상당한 미인이었다. 그녀는 얼굴이 조각 같고 몸매가 늘씬했다. 특히 허리가 무척 가늘어서 상대적으로 힙 라인이 돋보였다. 가슴도 꽤 풍만했다. 가슴과 엉덩이만 따지면 클레이아는 글래머가 분명한데, 키가 커서 상대적으로 좀 말라 보이는 타입이었다.

'아이는 잘 낳겠군.'

군나르가 맨 먼저 떠올린 생각은 바로 이것이었다. 하라간의 후손이 번창하는 모습을 보는 것이야말로 군나르의 가장 큰 소망인데, 이 점에 있어서 클레이아는 합격이었다.

하지만 왕세자빈이 되기에는 대범하지 못하고 겁이 많은

점이 마음에 걸렸다. 군나르는 속으로 혀를 찼다.

'저렇게 부들부들 떨어서 어쩔꼬? 쯧쯧쯧! 추후에 제1 왕비가 될 아이가 이렇게 심약하니 장차 내궁의 기강이나 잡을 수가 있겠는가 말이다. 쯧쯧쯧쯧!'

멀리 떨어진 곳에서도 느껴질 만큼 클레이아는 부들부들 떨었다. 그녀의 큰 눈에선 눈물이라도 왈칵 쏟아질 것 같았다.

군나르는 계속 생각했다.

'제1 왕비는 강단이 있고 똑 부러지는 성격이어야 하는데, 이 아이에게 그런 점을 기대하긴 어렵겠구나. 차라리 제2 왕비가 될 잉그리드가 내궁의 기강을 잡아 주기를 바랄 수밖에.'

군나르는 아직 잉그리드를 만나 본 적이 없었다. 그저 잉그리드가 불을 자유롭게 다루고, 꽤 강한 여성 키르샤라는 사실을 알고 있을 뿐이었다.

'키르샤라면 보통 성격은 아니겠지. 장차 하라간의 나머지 후궁들은 잉그리드에게 꼼짝 못 할 게야. 그런 점을 감안하면 제1 왕비가 좀 유약한 성격이어도 괜찮지. 어차피 잉그리드가 제1 왕비 역할을 할 테니까.'

이렇게 기대를 접자 클레이아도 그런대로 괜찮은 것 같았다. 군나르는 딱딱한 표정을 비로소 풀었다.

“이리 가까이 오너라.”

“네? 아! 네.”

클레이아는 깜짝 놀라 몸을 움츠렸다가 주춤주춤 군나르에게 다가섰다.

군나르의 방은 길이 방향으로 50 미터에 달하는 기다란 직사각형 구조였다. 이 길고 큰 방의 벽 뒤에는 중무장한 호위대 무사들이 24시간 3교대로 대기 중이었다.

클레이아는 벽 뒤에 무장 병력이 포진해 있다는 사실을 몰랐다. 하지만 한 걸음 한 걸음 옮길 때마다 어쩐지 목덜미가 서늘하고 무서워서 오줌이라도 쌀 것 같았다. 그녀는 50 미터나 되는 긴 거리를 무릎걸음으로 다가서면서 아찔한 현기증을 느꼈다.

‘무서워. 흐윽! 너무 무서워서 무섭다는 말도 못 하겠어.’

클레이아는 울상이 된 얼굴을 억지로 폈다. 덕분에 그녀의 눈 밑 살이 푸들푸들 경련을 일으켰다.

“거기 앉거라. 내가 차 한 잔 타 주마.”

군나르가 온화하게 말했다.

하지만 잔뜩 긴장한 클레이아는 군나르의 말을 놓쳤다.

“네에?”

때아닌 반문에 군나르가 어이없다는 듯이 클레이아를 바라보았다.

"아니, 그, 저…… 흐흐흑!"

클레이아는 어찌할 바를 모르고 허둥거렸다.

그 모습이 못마땅했던지 군나르는 눈을 살짝 찌푸렸다. 하지만 이내 희미한 미소를 머금었다.

물론 이것은 클레이아를 향한 미소가 아니었다. 군나르는 허둥거리는 클레이아를 보면서 엉뚱하게도 하라간을 떠올렸다.

'클레이아를 나무랄 일은 아니야. 늙은 대신들도 내 앞에만 서면 오금이 저려서 쩔쩔매니까. 그런데 하라간 그 녀석은 참 희한하단 말이야. 나를 전혀 무서워하지 않아. 지금은 물론이고, 성인식을 치르기 전에도 나를 그리 무서워하지 않았어. 심장이 쪼개져서 죽다 살아난 이후부터인가? 녀석은 내게 무척이나 친근감을 느끼는 것 같아. 허허허! 이게 핏줄이라는 거겠지?'

하라간을 떠올리자 군나르의 얼굴에 활짝 웃음꽃이 피었다.

"아!"

온화한 할아버지 같은 군나르의 모습에 클레이아가 입을 살짝 벌렸다.

"으응?"

다시 정신을 차린 군나르가 차를 우려내어 쪼르륵 잔에

따랐다.

“마셔 보거라.”

“네.”

클레이아는 조심스레 찻잔을 들어 향을 음미했다. 그다음 차를 입에 머금어 다시 한 번 향을 흡입했다. 입 안 가득히 푸른 초원이 들어오는 것 같았다.

“아! 맛있다.”

클레이아는 저도 모르게 탄성을 뱉었다. 조금 전 군나르가 활짝 웃어 준 덕분에 클레이아의 두려움이 많이 희석된 상태였다.

‘오호?’

격의 없는 클레이아의 모습에 군나르도 살짝 눈을 빛냈다.

‘덜덜 떨면서 정신 못 차릴 줄 알았는데, 제법 배짱이 있나?’

군나르는 이런 생각을 하며 클레이아를 빤히 바라보았다.

그러자 클레이아가 얼굴을 푹 숙였다.

‘어머! 내가 지금 무슨 짓을 한 거야? 위대하시고 위대하신 분 앞에서 내가 정신 줄을 놓았나 봐. 어떻게 해! 흐윽!’

클레이아는 두 눈을 꽉 감았다.

Chapter 5

클레이아는 눈꺼풀을 살짝 들었다가 군나르와 시선이 딱 마주쳤다.

그 순간 클레이아의 머릿속은 하얗게 채색되었다. 아무리 참으려고 해도 손이 부들부들 떨리고 등짝이 축축해졌다.

이건 당연한 반응이었다. 클레이아처럼 약한 솔샤르가 군나르 앞에서 패닉 상태에 빠지는 것은 이상할 게 없었다.

군나르가 클레이아의 변화를 알아차렸다.

'휴우, 그럼 그렇지.'

군나르는 증손자 며느리에 대한 기대를 접었다. 하지만 그리 화가 나지는 않았다. 클레이아를 보면서 오히려 하라간에 대한 애정이 샘솟는 군나르였다.

'역시 내 증손자는 저런 나약한 아이들과 달라. 허허허!'

군나르는 벌벌 떠는 클레이아를 보면서 속으로 웃음을 흘렸다.

그 후로도 군나르는 몇 가지를 더 물어보았다.

혼이 반쯤 나간 클레이아는 제대로 답을 하지 못했다. 심지어 클레이아는 자신이 지금 무슨 말을 하고 있는지도 인식하지 못했다. 그저 '여긴 어디? 난 누구?' 라는 의문만 클레이아의 머릿속에 가득할 뿐이었다.

마침내 기나긴 면담이 끝났다.

"되었다. 이제 그만 나가 보아라."

군나르의 입에서 나가도 좋다는 허락이 떨어졌다.

"아아! 네."

클레이아는 반색을 하며 자리에서 일어났다.

아니, 일어나려고 했으나 다리가 말을 듣지 않았다. 클레이아는 자리에서 일어서면서 크게 한 번 휘청거렸고, 뒷걸음질로 물러나다가 두 번이나 다리가 꼬여 엉덩방아를 찧을 뻔했다. 허둥지둥하다가 벽에 머리를 부딪칠 뻔하기도 했다.

'자비로우신 신인이시여, 제발 저 좀 살려 주세요.'

클레이아는 정말 간절히 신인에게 빌었다. 그녀의 몸은 땀으로 흠뻑 젖어 있었다.

"휴우우우, 끝났구나! 하아아!"

겨우겨우 방에서 물러 나온 클레이아는 안도의 한숨을 내쉬었다.

그때 수석 환관이 클레이아에게 다가왔다.

"클레이아 님."

"넷?"

클레이아가 화들짝 놀랐다.

수석 환관이 손으로 입을 가리고 웃었다.

"홀홀홀! 그리 놀라실 필요 없습니다. 그리고 보잘것없는 제게 존대를 하시면 안 됩니다."
"네에, 그렇군요."
클레이아가 과장되게 고개를 끄덕였다.
수석 환관이 쓴웃음을 지었다.
"이런! 또 존대를 하시네요."
"아! 그렇지! 알았어요. 아니, 알았다."
"잘하셨습니다. 앞으로도 그렇게 자연스럽게 하대를 해 주십시오."
"그, 그래."
클레이아는 어색함을 억지로 참으며 대답했다.
수석 환관이 손으로 가마를 가리켰다.
"자, 이제 가마에 타시지요."
"가마에 다시 타라고요? 아니, 타라고? 이제 궁 밖으로 나가는 것이냐?"
"아닙니다. 모처럼 궁에 입궐하신 참에 하라간 님도 만나 뵈셔야지요. 하라간 님께서 머무시는 친전으로 뫼시겠습니다."
"하라간 님?"
클레이아가 눈을 반짝 빛냈다.
아직까지 클레이아는 하라간을 만나 본 적이 없었다. 그저 하라간의 외모가 비현실적으로 아름답다는 소문만 들었을 뿐이다.

"하라간 님께서 나를 기다리신다고?"

"그렇습니다. 어서 가마를 타시지요."

수석 환관의 권유에 클레이아가 가마에 올라탔다. 사뿐히 들린 가마가 웃전을 떠나 친전으로 이동했다. 클레이아는 가마에 앉아 어색한 표정을 지었다.

올해 2월, 하라간은 마나의 벽 4단계를 돌파하면서 친전 건물을 통째로 잘라 버렸다. 덕분에 하라간은 임시 건물에 머무르게 되었고, 그러다 최근에 마이림의 궁전으로 다시 숙소를 옮겼다.

군나르가 머무는 장소가 곧 웃전이듯이, 하라간이 머무는 곳이 곧 친전이었다. 덕분에 마이림의 궁은 친전으로 이름이 바뀌었다.

물론 임시로 이름이 바뀌었을 뿐, 지금 건축 중인 진짜 친전이 완공되면 하라간은 다시 그곳으로 숙소를 옮길 예정이었다.

클레이아를 태운 가마가 친전에 들어섰다.

"아!"

클레이아는 친전을 보자마자 곧바로 입을 딱 벌렸다. 너무나 아름다웠기 때문이었다. 클레이아의 눈에 비친 풍경은 도저히 이 세상의 것이라고는 믿어지지 않았다. 세상에 이렇게 아름다운 정원이 있고, 이렇게 그림 같은 건축물이 존재하리라고는 상상도 하지 못했다. 클레이아는 벌어진 입을 다물 수 없었다.

귀빈의 방문 소식에 대머리 환관 2명이 쪼르르 마중을 나왔다.

"홀홀홀홀, 어서 오시옵소서."

"하라간 님께서 정원 저쪽에서 기다리시옵니다. 홀홀홀!"

짙은 스모키 화장을 한 대머리 환관들은 손을 흐느적거리며 정원 뒤편을 가리켰다.

클레이아를 태운 가마가 환관들이 가리킨 방향으로 스르륵 움직였다. 인공으로 만든 동산과 호수를 지나 꽃나무 가지가 치렁하게 드리운 꽃길을 지나가자 시원한 산들바람이 살랑살랑 불었다.

"와아아!"

클레이아는 휘둥그레진 눈으로 연신 사방을 두리번거렸다.

가마 앞에서 엉덩이를 좌우로 씰룩거리며 안내하던 대머리 환관들이 어느 순간 걸음을 딱 멈추더니, 목청을 가다듬어 아뢰었다.

"하라간 님, 나와 보소서."

"클레이아 님께서 방문하셨습니다."

하라간이라는 말에 클레이아가 곧장 고개를 돌렸다.

이윽고 꽃나무 사이에서 꽃보다 더 아름다운 사내가 걸어 나왔다.

"……!"

클레이아는 탄성조차 흘리지 못했다. 자신도 모르는 사이에 입이 쩍 벌어졌는데, 너무나도 놀라서 아무런 소리도 입 밖으로 낼 수가 없었다. 하라간이 눈앞에 등장한 그 순간, 화려하던 꽃길이 흙빛으로 죽어 버리는 것 같았다. 단지 표현이 그렇다는 것이 아니라, 진짜로 세상 모든 것이 다 빛이 바래 우중충해지는 것 같다고 클레이아는 느꼈다. 그 우중충한 회색의 세상에서 오직 하라간만이 화려하게 빛났다.

세상의 모든 아름다움이 다 뭉쳐져 있는 듯한 외모!

세상의 모든 빛이 다 응집되어 있는 듯한 미모!

'신이 미쳤구나! 신이 미쳤어.'

하라간을 본 순간, 클레이아의 입 안에는 딱 이 말이 맴돌았다.

"클레이아? 클레이아?"

하라간은 두 번 연속해서 클레이아를 불렀다.

가마를 짊어진 노예들은 하라간이 등장한 그 순간부터 이미 무릎을 꿇고 가마를 바닥에 내려놓았다. 그런데도 클레이아는 가마에서 내릴 생각을 못 하고 멍하게 하라간만 올려다보았다.

"클레이아?"

하라간이 세 번째 클레이아의 이름을 불렀다.

클레이아는 그제야 정신을 차렸다.

"네넷! 제가 클레이아입니다."

클레이아는 후다닥 가마에서 벗어나 하라간 앞에 무릎을 살짝 굽혔다. 그녀의 뺨은 어느새 능금빛으로 물들어 버렸다. 그 붉은 색깔이 클레이아의 목덜미까지 이어졌다.

"반갑소. 나는 하라간이오."

하라간이 클레이아의 손을 붙잡아 일으켰다.

쿵쾅쿵쾅!

클레이아의 심장이 정신없이 뛈박질했다.

엄밀하게 말해서 진짜로 심장이 뛰는 것은 아니었다. 클레이아의 가슴속에 박힌 마정석이 심장을 대신하여 마구 맥동했다.

Chapter 6

클레이아가 두근거리는 눈으로 하라간을 올려다보는 동안, 하라간은 상대의 속을 낱낱이 꿰뚫어 관찰했다.

'이 여자, 세인트와 결합했구나.'

클레이아가 결합한 세인트는 연해 2층 레벨의 여성체 마물로, 치유 능력이 탁월했다. 그래서 세인트와 결합한 솔샤르들은 주로 전쟁터에서 치유사 역할을 맡았다.

루잉 백작이던 시절 하라간은 포르키스와 세인트 조합을 상대해 본 경험이 있었다. 연해 1층 레벨의 포르키스는 껍질이 단단한 마물이지만, 루잉 백작의 날카로운 검을 견뎌 낼 정도는 아니었다. 하지만 뒤에서 세인트가 치유를 해 주자 평범하던 포르키스가 아무리 죽여도 죽지 않는 불사의 괴물로 변했다.

'정말 끈질긴 조합이었지.'

하라간은 잠시 그때를 회상했다.

"하라간 님?"

클레이아가 하라간을 불렀다.

"이런!"

하라간은 정신을 차리고 클레이아의 어깨에서 손을 뗐다. 한 발 멀어지는 하라간을 클레이아가 힐끗 곁눈질했다.

다시 보아도 하라간의 미모는 압도적이었다.

'내가 이런 분과 결혼을 한다고? 이게 꿈이야, 생시야?'

클레이아는 화끈 달아오른 볼을 두 손으로 감쌌다. 달콤한 상상이 절로 들었다.

"잠시 걷겠소?"

하라간이 꽃길을 가리켰다.

클레이아가 힘차게 고개를 주억거렸다.

"네, 하라간 님."

발밑에 꽃잎이 소복이 쌓이고, 머리 위엔 꽃가지가 낭창낭창하게 늘어진 꽃길을 걸으면서 클레이아는 연신 하라간을 곁눈질했다.

'정말 아름다우시구나!'

지금 클레이아의 머릿속엔 오직 이 생각만 들었다.

반면 하라간은 상대에 대해 냉철하게 관찰했다.

— 이름은 클레이아.

— 대대로 고위 사제를 역임한 명문가의 후손이자 슐레이르의 딸.

— 나이는 하라간보다 아홉 살 많은 27세.

— 키는 하라간보다 1 센티미터가 작은 174.

— 몸매의 비율이 상당히 좋으며, 마른 듯하지만 의외로

볼륨감이 있어 옷 태가 잘 받음.

— 연해 2층 레벨의 여성체 마물 세인트와 결합했으나, 치유 능력이 아주 뛰어나지는 않음.

— 지적 수준이 아주 높지는 않고 성격이 단순함.

하라간은 이런 정보들을 파악해 글로 쓰듯이 머릿속에 입력해 놓았다.

클레이아의 경쟁 상대였던 오이난테는 왕국에서 몇 손가락 안에 꼽히는 천재였다. 남부 출신의 미녀 이쉬타르와 베레니케도 머리가 좋고 기품이 넘치는 재녀들이었다. 이들 세 여인 모두 연해 3층 레벨의 마물과 결합한 능력 있는 솔샤르였다.

반면 클레이아는 연해 2층 수준에 불과했다. 일반 신하들 입장에서는 연해 2층도 그럭저럭 괜찮지만, 왕국의 제1왕세자빈으로 뽑히기엔 뭔가 부족했다.

'나중에 좀 도와줘야 할지도 모르겠군.'

하라간은 속으로 이런 생각을 품었다. 하라간의 생각에 클레이아와 잉그리드는 격차가 너무 심했다. 첫 번째 왕세자빈이 될 클레이아는 고작 연해 2층 수준인데 비해, 두 번째 왕세자빈이 될 잉그리드는 무려 심해저 1층과 2층 사이에 위치한 위대한 존재였다.

물론 잉그리드는 아직까지 완전한 막키르샤가 되었다고 보기는 어렵지만, 최소한 키르샤 수준을 탈피하여 심해저 2층 레벨에 첫 발을 내디딘 것은 분명했다.

그러니까 지금 잉그리드는 키르샤인 군나르보다도 훨씬 더 강한 상태였다.

이곳 북부의 사람들은 키르샤를 '드래곤'이라 부르며 추앙하지만, 진짜 드래곤이라 불릴 만한 마물은 키르샤가 아니라 막키르샤였다. 키르샤는 막키르샤로 진화하기 전의 해츨링 단계에 불과했다.

그런 잉그리드와 대등한 관계를 유지하려면 클레이아도 지금보다는 발전할 필요가 있었다.

'지금 클레이아는 연해 2층 레벨의 세인트도 제대로 활용 못 하고 있어. 혼사를 치른 뒤 클레이아를 훈련 시켜 줘야지.'

하라간은 클레이아의 마정석 속에 웅크리고 있는 세인트를 들여다보며 이렇게 다짐했다.

클레이아가 조심스레 입술을 떼었다.

"저기, 하라간 님?"

"응?"

"이런 말씀을 드리긴 황송하지만 제가 너무 부끄러우니까 시선 좀……."

클레이아는 새빨개진 얼굴로 말꼬리를 흐렸다.

“아! 이런!”

하라간은 그제야 본인의 실태를 깨달았다. 클레이아의 마물에 집중하다 보니 하라간의 시선이 자연스럽게 상대의 심장 부위에 고정되었는데, 하필이면 그 부위가 봉긋한 가슴이었다. 하라간은 당황하여 고개를 앞으로 홱 돌렸다.

그래도 하라간의 눈앞엔 클레이아의 볼륨감 넘치는 가슴골짜기가 어른거렸다.

‘조금 전까지만 해도 가슴을 의식하지 않았는데, 이게 무슨 망신이람.’

하라간은 속으로 혀를 찼다.

클레이아도 민망해서 발가락만 꼼지락거렸다.

분위기가 어색해지자 하라간이 말을 돌렸다.

“휴우! 덥다, 더워. 우리 산책은 그만합시다.”

“네에, 하라간 님.”

클레이아가 고개를 푹 숙인 채 대답했다.

딱!

하라간이 손가락을 튕기자 대머리 환관 2명이 쪼르르 달려왔다.

“하라간 님, 부르셨나이까?”

“날이 덥구나. 시원한 음료 두 잔만 가져오너라.”

“네이, 분부 받들겠나이다.”

"시원한 음료를 대령하겠나이다."

환관들은 살랑거리는 몸짓으로 물러나 콰히라 소속 시녀들에게 하라간의 명을 전달했다. 콰히라는 왕족 전용 요리방으로, 각종 음식뿐 아니라 다과나 음료도 곧잘 만들었다.

뒤에서 대기 중이던 콰히라의 시녀들이 얼음을 채운 잔에 음료를 가득 따라 가져왔다. 대머리 환관들은 음료를 떠서 먼저 시음을 마친 뒤, 이상이 없다고 확인되자 하라간에게 대령했다.

"하라간 님, 여기 명하신 것을 가져왔나이다."

"음."

하라간은 환관들이 공손히 올린 잔 2개를 들어 그중 하나를 클레이아에게 권했다.

"아르네 왕국에서 수입한 과일을 꿀에 재운 음료요. 마시면 갈증이 좀 덜어질 거요."

"고맙습니다, 하라간 님."

클레이아는 두 손으로 잔을 받아 빨대로 쪼르륵 마셨다. 달콤하면서도 청량한 향이 입 안 가득 퍼졌다. 하늘에서 떨어지는 꽃잎이 그윽한 향기를 더해 주어 한결 더 맛있는 것 같았다.

'헤헷!'

기분이 좋아진 클레이아가 배시시 웃었다.

제5화

실보플레, 위험에 뛰어들다

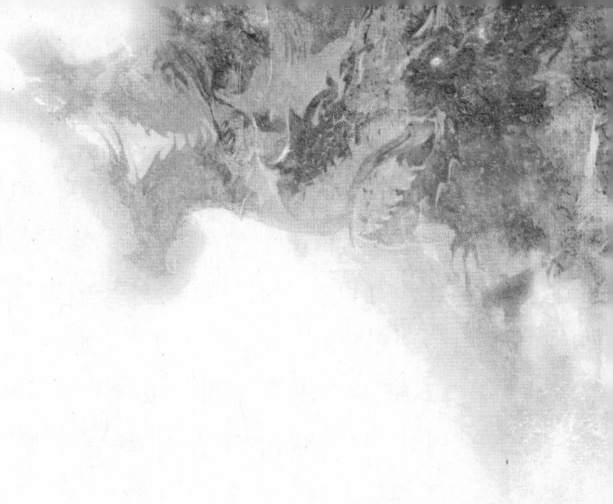

Chapter 1

하라간의 성혼 소식은 높은 산맥을 넘어 북해의 토브욘 왕국까지 전해졌다.

토브욘의 다섯 번째 아들 그룬드는 본능적으로 깨달았다.

"이게 내게 주어진 마지막 기회야!"

그룬드는 군주인 토브욘의 뒤를 이어 왕국을 물려받을 유력한 후계자 후보 가운데 한 명이었다. 왕국의 고위 마법사들은 토브욘의 둘째 아들 요나스와 다섯째 아들 그룬드 가운데 한 명이 장차 이 나라의 왕위를 물려받을 것이라 예상했다.

그런 그룬드가 최근 궁지에 몰렸다. 카를슨 왕자와 가림 왕자가 군나르 왕국에서 잇달아 실종되었고, 그들 형제를 부추긴 사람이 그룬드라는 사실이 밝혀지면서 큰 타격을 받은 것이다.

그룬드의 악몽은 거기서 끝나지 않았다. 최근 군나르 왕국에선 재정 대신 카팁을 사신으로 보내 가림의 행패를 꾸짖고 배상을 요구했다.

화가 잔뜩 난 요나스가 그룬드를 향해 악을 썼다.

"네놈의 어리석은 행동 때문에 우리 토브욘 왕국이 사막의 땅개 놈들에게 훈계를 들었다. 어디 그뿐이냐? 네놈 때문에 위대하시고 또 위대하신 분의 명예에 흠집이 생겼어. 장차 이 일을 어쩔 것이냐? 그룬드, 네놈이 저지른 일이니 알아서 해결해라."

2왕비 카스트렌은 요나스보다 한술 더 떴다.

"쯧쯧쯧! 그룬드, 어쩌다 일을 이렇게 망쳐 놓았니? 휴우우, 현자 카티가 네 뒤치다꺼리를 해 주는 것도 한계가 있거늘, 어쩌다 이렇게 큰일을 저질렀어? 쯧쯧쯧쯧."

카스트렌의 비아냥거림이 그룬드의 속을 박박 뒤집었다. 그룬드는 연달아 굴욕을 당하고도 반박하지 못했다.

모두 사실이기 때문이다. 지금 벌어진 사태의 책임이 오롯이 그에게 있기 때문이다.

영악한 그룬드는 자신의 잘못을 곧바로 인정했다.

"잘못했습니다, 형님. 모두 제가 어리석은 탓입니다, 2왕비님. 그러니 제발 저 좀 도와주십시오. 이번 사태를 해결하고 군나르 왕국에 포로로 잡힌 가림 왕자를 구출할 수 있도록 두 분이 저를 좀 도와주십시오. 간절히 부탁드립니다."

놀랍게도 그룬드는 요나스와 카스트렌 앞에 무릎을 꿇었다. 그러곤 두 사람을 물귀신처럼 붙잡고 늘어졌다.

그룬드가 이렇게 자존심을 버리고 실리를 추구하게 된 것은 모두 현자 카티의 충고 때문이었다. 그룬드의 약혼녀 실보플레의 스승인 카티는 토브욘 왕국 타워를 이끄는 4명의 현자 가운데 한 사람이었다. 그런 카티가 그룬드에게 신신당부했다.

"그룬드 전하, 무조건 요나스 님을 끌어들이십시오. 가림 왕자 구출 작전을 전하께서 단독으로 시도하시면 더 큰 수렁에 빠지게 됩니다. 무조건 요나스 님을 끌어들이셔서 같이 행동해야 합니다. 그래야 전하께서 이 위기를 넘길 수 있습니다."

카티의 충고는 현명했다.

그룬드도 자존심을 접고 요나스 앞에 무릎을 꿇었다.

한데 요나스도 바보가 아니었다.

황당하게도 요나스는 그룬드 앞에 마주 무릎을 꿇었다.

"그룬드. 이 형이 능력이 부족하여 정말 미안하구나. 생각 같아서는 위대하시고 또 위대하신 분의 명예를 위해서 너를 돕고 싶지만, 능력 부족인 이 형이 괜히 나섰다가 일만 망칠 것 같아 두려워. 그러니 가림 왕자를 구출하는 일은 너 혼자 해라. 네가 불을 질러 놓고 같이 끄자는 소리 말고, 너 스스로 화재를 진압하여라. 나는 믿는다. 그룬드, 너라면 충분히 해낼 수 있어."

예전에 요나스는 마지못해 그룬드를 도와주기로 했는데, 그새 말이 바뀌었다.

옆에서 카스트렌이 거들었다.

"암! 그렇고말고. 똑똑한 그룬드라면 능히 해결할 수 있지. 그리고 이건 그룬드에게 좋은 기회가 될 게야. 위대하시고 또 위대하신 분께 너의 능력을 보여 줄 기회 말이다. 호호호!"

카스트렌은 손으로 입을 가리고 기분 좋게 웃었다.

그룬드는 입술이 푸들푸들 떨렸다.

'이런 쌍! 내 너희들을 찢어 죽이지 않으면 사람이 아니다.'

어금니 꽉 물고 복수를 다짐하는 그룬드를 향해 카스트렌이 비아냥거렸다.

"으응? 그룬드. 왜 그렇게 어깨를 떨고 있니? 가림 왕자 사건을 수습하지 못할 것 같아 두려운 거야? 아니다. 이 어미가 보기에 너라면 충분히 해낼 수 있어. 뭐, 정 겁이 나면 이번에도 카티 현자에게 도움을 청하던가."

카스트렌은 이 기회에 그룬드와 카티를 함께 쳐 낼 생각이었다.

타워를 지배하는 4명의 현자 가운데 아호 현자는 중립, 카스트렌과 사투 현자는 요나스 왕자의 편, 그리고 카티 현자는 그룬드 왕자의 편이었다. 자연히 2왕비 카스트렌과 카티는 사이가 멀어질 수밖에 없었다.

결국 그룬드는 자존심만 구겼을 뿐 아무런 성과도 얻어내지 못했다.

그 자리에서 물러나 카티를 찾은 그룬드는 대뜸 화부터 내었다.

"거참! 쓸데없는 충고를 하셨어."

"그룬드 전하, 갔던 일이 잘 안 되었습니까?"

"당연히 꼬였지. 내가 카티 현자의 충고에 따라 요나스 그 쌍놈의 새끼와 요망한 카스트렌 앞에 무릎을 꿇었거든. 그런데 내가 얻은 것이 무엇이 있소? 괜히 개망신만 당했지, 그 연놈들이 나를 도와줄 것 같소? 흥! 어림도 없지. 내 이럴 줄 알았어. 괜히 내 체면만 구길 줄 알았다고. 쌰앙—!"

그룬드는 화를 참지 못하고 탁자 위의 화분을 손으로 후려쳤다.

와장창창!

요란한 소리와 함께 화분이 깨지고 꽃다발이 바닥에 흩뿌려졌다.

그룬드의 폭력적인 행동에 카티가 깜짝 놀랐다.

"그룬드 전하!"

"이거, 카티 현자도 한물간 것 아니오? 무슨 그따위 충고를 하고 그래?"

그룬드는 카티를 잡아먹을 듯이 노려보았다.

카티는 입술을 꽉 다물었다. 그녀의 주름진 눈꺼풀이 바르르 떨렸다.

그룬드가 한 번 더 폭언을 퍼부었다.

"그 이름부터 재수가 없었다니까. 사막에서 와서 나를 개망신시킨 늙은 사신의 이름이 카팁! 그대의 이름은 카티! 둘 다 이름이 비슷하잖아. 씨발!"

"그룬드 전하!"

카티의 눈에서 시퍼런 빛이 뿜어졌다.

둘의 싸움을 목격한 실보플레가 주먹을 꽉 움켜쥐었다.

"전하!"

실보플레는 카티에게 막말을 하는 그룬드에게 크게 실망했다.

'그룬드 전하가 이런 사람이었다니! 아아! 내 눈이 삐었어. 나 때문에 스승님께서 이런 수모를 겪으시는 거야. 흐흐흑!'

실보플레의 눈에서 눈물이 샘솟았다. 그룬드에 대한 실망감과 스승에 대한 미안한 마음이 뒤섞여서 실보플레의 가슴을 난도질했다.

"험험! 거참! 허허험!"

민망해진 그룬드가 헛기침과 함께 자리를 떴다.

"끄으응!"

한 치도 물러서지 않고 그룬드와 눈싸움을 하던 카티도 맥이 풀린 듯 의자에 주저앉았다.

"스승님! 와아아앙!"

실보플레가 눈물과 함께 카티를 와락 끌어안았다.

"이 불쌍한 것. 이 불쌍한 것."

카티는 제자의 등을 툭툭 두드렸다.

어느새 카티의 눈도 촉촉이 젖어들었다.

Chapter 2

그 날 이후 그룬드와 카티는 어색한 사이가 되었다.

그룬드도 잘 알고 있었다.

'이렇게 카티와 멀어지면 나만 손해야.'

하지만 그놈의 자존심이 뭔지. 그룬드는 카티에게 사과를 하지 못하고 그저 속으로만 끙끙 앓을 뿐이었다.

그 답답한 와중에 한 줄기 기쁜 소식이 들렸다.

"뭐? 하라간이 혼사를 치른다고?"

그룬드는 자리를 박차고 일어섰다.

왕세자의 혼사는 보통 일이 아니었다. 국혼이 치러지는 날, 군나르 왕국 수도에선 대규모 잔치가 벌어질 것이 분명했다. 그러다 보면 왕궁의 경계도 느슨히 풀릴 수밖에 없었다.

"이건 마지막 기회야. 내게 주어진 마지막 기회라고."

그룬드는 이미 토브욘의 눈 밖에 날 짓을 많이 했다. 그런데도 토브욘이 아무런 꾸중을 하지 않아 오히려 더 불안했다.

그런데 하늘의 도움으로 이런 좋은 기회가 왔다.

"이번 혼사를 잘 이용해야 해. 이 기회에 어떻게든 가림 문제를 털고 가야 한다고."

가림 왕자가 군나르 왕국의 포로로 붙잡혀 있는 한, 그룬드는 비난을 피할 수가 없었다. 가장 좋은 해결책은 기적적으로 가림을 구출하는 것이지만, 만약 구출이 어렵다면 적국의 감옥에 갇혀 있는 가림을 죽이는 편이 나았다.

"솔직히 구출은 쉽지 않아. 가림을 구하려고 대규모 병력을 파견했다가 오히려 일만 더 꼬일 수 있어. 하지만 적진에 침투하여 가림을 죽이는 것이라면? 그 정도 작전은 극소수 정예만 보내도 해낼 수 있을 거야. 그리고 가림에게도 차라리 이편이 더 낫지. 괜히 아르네 왕국 성전으로 호송되어 종교 재판을 받고 처형을 당하느니, 군나르 왕국 감옥 안에서 명예롭게 죽는 편이 나을 거라고."

그룬드는 가림을 죽이는 쪽으로 결심을 굳혔다. 사실 가림은 이미 하라간의 손에 죽은 상태였지만, 그룬드는 이 사실을 꿈에도 몰랐다.

그룬드가 카티를 찾아갔다.

"지난번 일은 미안하게 되었소. 험험!"

자존심 강한 그룬드가 먼저 사과를 했다.

카티도 달갑지는 않았지만 그룬드의 사과를 받아들였다.

"그룬드 전하의 답답한 마음을 이해합니다. 이 사람은 그 날의 앙금을 다 털어 버렸으니 개의치 마십시오."

스승이 약혼자와 대화를 나누는 사이, 실보플레가 홍차를 내왔다.

그룬드를 바라보는 실보플레의 눈빛이 복잡했다. 그녀는 최근 약혼자의 행동에 크게 실망했고, 약혼자가 진심으로 미웠지만, 그래도 그가 이렇게 스승과 화해하는 모습을 보이자 내심 안도가 되었다.

'아아! 내 마음이 뭘까? 난 아직도 그룬드 전하를 사랑하나? 그래서 이렇게 눈 녹듯이 화가 풀린 것일까?'

실보플레는 입술을 꼭 깨물었다.

"하하! 실보플레, 안녕?"

그룬드는 약혼녀에게도 아는 척을 했다.

"안녕하셨어요?"

실보플레가 고개를 꾸벅 숙였다.

"아하하! 그렇게 안녕하지는 못했지. 하지만 이제 안녕해질 거야."

그룬드는 호탕하게 웃고는 본론을 꺼냈다.

"카티 현자, 조만간 하라간이 혼사를 치른다고 합디다."

"엇! 군나르 왕국에 국혼이 있을 거란 말씀이십니까? 그게 정말입니까?"

"정말이고말고. 내가 그대에게 왜 빈말을 하겠소? 군나르 왕국에 남아 있는 첩보 조직이 오늘 아침 내게 비밀리에 정보를 알려 왔소. 하라간의 국혼 날짜가 확실하게 잡혔다더군."

"기회군요!"

카티가 눈을 반짝 빛냈다. 현명한 카티는 하라간의 국혼이 의미하는 바를 곧바로 알아챘다.

그룬드가 힘차게 고개를 끄덕였다.

"그렇소. 이게 기회요. 우리에게 주어진 마지막 기회!"

그룬드는 '우리' 라는 단어에 힘을 주었다. 자신과 카티, 실보플레가 공동 운명체임을 강조하는 의미였다.

'흥! 이럴 때만 우리지!'

카티는 그룬드의 얄팍한 속내를 간파했으나, 겉으로 내색하지는 않았다.

그룬드가 손바닥을 쓱쓱 비볐다.

"자! 이 기회를 놓치면 안 되겠지요?"

"물론입니다. 전하의 말씀처럼 이번이 마지막 기회일 수 있습니다. 어영부영 시간이 흐르면 결국 가림 왕자님은 성전으로 이송되어 종교 재판에 넘겨질 것이고, 그리되면 위대하시고 또 위대하신 분의 체면에 먹칠을 하는 셈입니다. 일이 그렇게 커지면 그룬드 전하께는 더 이상 기회가 없을 것입니다."

카티는 '우리에게 기회가 없다.' 고 표현하지 않았다. '그룬드 전하께 기회가 없다.' 고 꼭 집어 말했다.

'요런 늙은 여우 같으니!'

그룬드는 속으로 카티를 욕했지만, 그도 겉으로 내색하지 않았다.

"그래서 말인데, 하라간의 국혼까지 시간이 얼마 남지 않았소. 빨리 움직여야 하지 않겠소? 우리에게는 가림의 명예를 지켜 줄 의무가 있잖소."

그룬드는 가림을 구출한다고 말하지 않았다. 그가 언급한 '가림의 명예를 지켜 준다.'는 표현은, 결국 가림이 종교 재판에 넘겨지기 전에 죽이겠다는 뜻이었다.

카티도 고개를 끄덕여 그룬드의 뜻에 동의했다. 적진 깊숙한 곳에 감금된 가림을 구출하기란 거의 불가능했다. 하지만 암살이라면 성공할 가능성이 높았다.

"그룬드 전하, 어떤 계획을 가지고 계십니까?"

카티가 조심스레 물었다.

그룬드는 손가락으로 실보플레를 가리켰다.

카티의 얼굴이 대번에 굳어졌다.

"무슨 뜻입니까?"

"이거 알 만한 사람이 왜 그러쇼? 내가 지금 움직이면, 요나스와 카스트렌이 가만히 있겠소? 곧바로 눈치를 채고 방해를 하겠지. 그 연놈들은 도무지 답이 없어."

그룬드가 콧구멍을 크게 벌름거렸다.

카티가 쥐어짜듯 되물었다.

"그러니까 무슨 뜻이냔 말입니다. 그룬드 전하께서는 움직이실 수가 없으니, 대신 우리 실보플레가 군나르 왕국에 침투해야 한다. 이 뜻이십니까?"

카티의 얼굴엔 노여움이 가득했다.

실보플레도 화들짝 놀란 표정을 지었다.

반면 그룬드는 태연했다.

"허어! 그럼 다른 수가 있소?"

"그룬드 전하! 차라리 제가 가겠습니다. 제가 군나르 왕국에 침투하여 일을 해결하겠습니다."

카티가 주먹으로 자신의 가슴을 탕탕 쳤다.

그룬드는 고개를 좌우로 흔들었다.

"그건 곤란하지. 요나스와 카스트렌이 나만 감시할 것 같소? 카티 현자도 주요 감시 대상이 아니오? 그러니까 그대가 남쪽으로 이동하는 즉시 그 연놈들이 눈치를 채겠지. 아직까지 그 연놈들은 하라간의 혼사에 대해서 모르고 있거든. 크크크큭!"

그룬드는 승냥이처럼 웃다가 정색을 했다.

"그러니 카티 현자는 꼼짝도 하지 마시오. 나도 자리를 지키고 있을 테니, 그대도 움직이지 말란 말이오. 그래야 요나스의 눈을 속일 수 있어."

"그렇다고 실보플레를 보낼 수는 없어요. 이 아이는 아직 어리다고요."

카티가 제자를 감쌌다.

그룬드가 능글맞은 눈으로 약혼녀를 바라보았다.

"후후! 실보플레가 어리다고? 우리 토브욘 왕국 제일의 천재 마법사 실보플레가 어려? 햐아! 이거 우리 카티 현자님이 제자에 대한 사랑이 넘치시네? 하지만 실보플레는 이미 다 컸는걸. 내 눈은 속이지 못해. 실보플레의 마법 실력이 내게 육박한다는 사실을, 난 이미 알고 있다고."

"으으음!"

카티가 무거운 신음을 흘렸다.

Chapter 3

그룬드의 말은 사실이었다. 실보플레는 결코 어리다고 무시당할 사람이 아니었다. 이곳 마법 타워에서 실보플레의 실력은 상위 50명 안에 들어갈 수준이었다.

"그래도 이건 아니에요."

카티가 단호하게 거부 의사를 드러냈다.

하지만 실보플레가 손을 번쩍 들었다.

"갈게요. 제가 갈게요."

그 한마디에 그룬드가 손뼉을 치며 일어섰다.

"와하하하하! 역시 내 약혼녀야."

"이런! 실보플레!"

카티가 당황하여 제자를 돌아보았다.

실보플레는 구슬픈 눈으로 스승와 시선을 마주쳤다.

"스승님, 제가 갈게요. 군나르 왕궁에 침투해서 임무를 수행할게요."

"너, 너! 하아아!"

카티는 제자에게 무슨 말을 하려고 했다. 하지만 바르르 떨리는 제자의 눈동자를 보고는 말문이 막혀 그냥 한숨만 내쉬었다.

실보플레의 흔들리는 눈동자 속에는 약혼자에 대한 원망과 실망, 스승에 대한 죄송함이 뒤범벅이 되어 있었다. 그 혼란스러움이 단단한 장애물이 되어서 실보플레의 마법적 성취를 가로막고 있다는 사실을 카티는 한눈에 알아보았다.

[그래. 이것이 너의 병이로구나! 이 마음의 병을 극복하지 못하면 너는 앞으로 발전하지 못하겠구나! 하아아, 그렇다면 아무 소리 않고 보내 주마. 부디 이번 임무를 잘 완수하여라. 그러곤 저 남자에 대한 짝사랑을 이번 기회에 완전히 접거라. 그래야 네가 다시 온전해질 수 있어, 실보플레야. 부디! 부디 이 스승의 충고를 들어야 한다, 내 사랑하는 제자야.]

카티의 절절한 애정이 뇌파를 통해 실보플레에게 전달되었다.

[흐윽!]

실보플레는 가슴이 찢어질 듯 아팠다. 하여 스승에게 울음 섞인 사죄를 할 수밖에 없었다.

[스승님! 흐흐흑! 죄송해요. 정말 죄송해요.]

[아니다. 죄송하다는 말은 하지 마라. 오히려 내가 너에게 미안하구나.]

스승과 제자의 애타는 심정도 모르고 그룬드가 실보플레에게 다가와 백허그를 했다.

"역시 내게는 너밖에 없어. 실보플레, 너는 최고의 여자야. 와하하하!"

그동안 그룬드는 실보플레를 이렇게 따뜻하게 안아준 적이 별로 없었다. 그룬드가 좋아하는 여자들은 모두 글래머 타입의 빵빵한 미녀들인 반면, 실보플레는 가슴이 납작하고 체형이 작은 귀여운 타입이었다. 그런 실보플레가 그룬드의 눈에 찰 리 없었다.

그래도 약혼녀인지라 그룬드가 몇 번 포옹을 해 주었는데, 그때마다 실보플레는 가슴이 설레고 부끄러워 어쩔 줄 몰랐다.

'하지만 지금은 전혀 설레지 않아. 그저 차갑게만 느껴

진다고.'

약혼자의 품에 안겨 있으면서도 실보플레는 따듯함 대신 싸늘함만 느꼈다. 이건 마치 등 뒤에 교활한 승냥이가 달라붙어 침을 뚝뚝 흘리고 있는 듯한 오싹함이었다. 실보플레의 머릿속에는 그녀가 오랜 세월 지켜 왔던 순백의 짝사랑이 지저분하게 더렵혀지는 장면이 연상되었다.

'흐으윽! 이제 끝이야.'

실보플레는 이번 일이 끝나면 그룬드에 대한 미련을 버리기로 결심했다. 그 생각을 하자 가슴이 울컥했다. 실보플레는 입술을 꼬옥 깨물었다. 그러지 않으면 금방이라도 울음이 터질 것 같았다.

그룬드와 카티, 실보플레가 머리를 맞대었다.

"군나르 왕국에 침투한 첩보 조직은 대부분 와해되었어. 빌어먹을! 그 조직을 가동해야 성공 가능성이 높은데, 이거 일이 쉽지 않다고."

그룬드가 아쉽다는 듯 입맛을 다셨다.

카티가 그룬드를 돌아보았다.

"그래도 그동안 모은 정보가 있을 것 아닙니까? 군나르 왕국에 대한 첩보 활동은 그동안 그룬드 전하께서 지휘해 오셨지 않습니까?"

"그건 그렇지. 자, 이 영상을 보시오."

그룬드가 양손 엄지와 검지를 직각으로 만들어 허공에 네모를 그렸다. 4개의 손가락 사이로 푸른빛이 감돌더니, 3차원 입체 영상이 허공에 뿌려졌다. 수천 킬로미터 남쪽, 군나르 왕궁을 그대로 축소하여 옮겨온 듯한 영상이었다.

그룬드는 영상을 손가락으로 찍어 가며 설명했다.

"군나르 왕궁은 보는 바와 같이 아홉 겹의 성벽으로 둘러싸여 있소. 가장 안쪽에 군나르의 궁이 있고, 그 근처에 하라간을 포함한 핵심 왕족들이 살고 있지. 문제는 가림이 어디에 갇혀 있느냐 하는 점인데……."

그룬드는 손으로 턱수염을 문지르며 심각한 표정을 지었다.

카티도 덩달아 이마를 찌푸렸다.

"그걸 알 수가 없지요. 아홉 겹의 성벽 가장 안쪽에 갇혀 계실지, 아니면 중간 어딘가에 감옥이 있는지, 그게 이번 작전의 핵심 아닙니까?"

"맞소. 그게 핵심이지. 그래서 이걸 준비했다오."

그룬드는 품에서 조그만 약병을 하나 꺼냈다.

휘익!

그룬드의 손을 떠난 약병이 포물선을 그리며 실보플레의 손에 떨어졌다.

"저게 뭡니까?"

카티의 물음에 그룬드는 자신의 손끝을 가리켰다. 그곳엔 날카로운 칼에 베여 딱지가 앉은 흔적이 보였다.

"약병에 내 피를 담았소."

그 한마디에 카티와 실보플레가 동시에 외쳤다.

"블러드 서치(Blood Search: 혈액 탐색) 마법!"

블러드 서치란 혈액을 통해 상대의 위치를 탐색하는 마법이었다. 공격이나 방어에 사용할 수 없어 그리 인기 있는 마법은 아니지만, 토브욘 왕가를 위해 봉사하는 마법사들은 종종 이 마법을 익히곤 했다. 왕의 은총을 받은 여인이 아이를 낳았을 때, 이 마법으로 갓난아이가 진짜로 왕의 핏줄인지 아닌지 가려내기 때문이다.

그룬드가 실보플레를 바라보았다.

"군나르 왕궁에 침투해서 블러드 서치 마법을 사용해. 그럼 가림이 갇힌 장소를 찾아낼 수 있을 거야."

"하오나 전하, 저는 블러드 서치를 익히지 않았습니다."

실보플레가 울상을 지었다.

그룬드는 그럴 줄 알았다는 듯이 구리 반지 하나를 꺼냈다.

"자! 이걸 가져가."

Chapter 4

실보플레가 의아한 표정을 지었다.

"전하, 이것이 무엇입니까?"

"우리 왕가의 산파들이 대대로 사용하던 마법 반지야. 산파들은 그 반지를 이용해서 갓난아이의 핏줄을 판별하곤 하지."

"아!"

"적진에 침투한 뒤 그 반지에 마나를 잔뜩 주입하라고. 실보플레, 너는 마나가 충분하니까 꽤 넓은 범위를 한 방에 탐색할 수 있을 거야."

그룬드가 3차원 입체 영상 위에 둥근 원을 그렸다. 반경 3 킬로미터에 달하는 큰 원이었다. 이어서 그룬드가 손가락을 튕기자 같은 크기의 원 30개가 나타나 군나르 왕궁 전체를 뒤덮었다.

"내가 계산을 해 놓았거든. 실보플레가 대충 30번 정도 블러드 서치 마법을 발휘하면 적 왕궁 전체를 탐색할 수 있을 거야."

카티가 대화에 끼어들었다.

"그룬드 전하, 군나르 왕국은 만만한 곳이 아닙니다. 실보플레가 이렇게 왕궁 안을 활개 치고 다니도록 적들이 그냥 방치할 리 없습니다."

"그래서 이것도 준비했지."

그룬드가 한 번 더 손가락을 튕겼다.

후왕! 후왕! 후왕!

3차원 입체 영상 곳곳에 붉은 점이 표시되었다.

"그동안 내가 놀고 있던 게 아니거든. 내 지휘를 받은 첩보원들이 군나르 왕궁의 감시망을 파악해 놓았다고. 여기이 붉은 점을 피해서 움직이면 되는데, 우리 실보플레는 공간 점프가 가능하잖아?"

"헙!"

카티가 헛바람을 집어삼켰다.

공간 점프란, 포탈을 열지 않고도 공간을 건너뛸 수 있는 최고 난이도의 마법이었다. 현재 마법 타워에서 공간 점프가 가능한 마법사는 세 손가락 안에 꼽을 정도로 희귀했다. 그리고 실보플레가 이 3명 가운데 하나라는 사실을 알고 있는 사람은 거의 없었다.

[실보플레! 네가 말하였느냐?]

카티가 제자를 쏘아보았다.

실보플레는 당황하여 고개를 푹 숙였다.

[죄송합니다, 스승님. 모두 제 잘못입니다.]

[하아! 이 어리석은 것. 그룬드에게 이렇게 네 모든 것을 까발렸으니 그가 너를 이용하려 드는 것이 당연하구나. 하아아!]

카티는 고개를 설레설레 저었다.

그 모습을 본 그룬드가 히죽 웃었다.

"자자! 이제 작전이 머릿속에 들어왔지 않소? 우리 실보플레가 적 왕궁에 침투하여 공간 점프 마법으로 돌아다니면서 가림의 위치를 탐색하면 끝! 어떻소? 간단하지?"

"끄으응!"

카티가 잇새로 신음했다.

그룬드는 한 가지 설명을 덧붙였다.

"다만, 한 가지 조심할 것이 있소."

"그게 무엇입니까?"

"적 왕궁의 아홉 겹 성벽 가운데 가장 바깥쪽의 9번 외성 벽과 가장 안쪽의 1번 내성 벽, 이 두 곳엔 안티 매직(Anti—Magic) 마법진이 새겨져 있다오. 이 극비 정보 또한 내가 부리는 첩자들이 알아낸 결과물이오."

"헉! 안티 매직 마법진이라고요? 그룬드 전하, 그럼 실보플레가 공간 점프를 사용하여 내부로 침투할 수 없지 않습니까?"

카티가 깜짝 놀랐다.

안티 매직 마법진이란, 마나의 흐름을 방해하여 마법 시전 자체를 방해하는 고도의 진법을 의미했다. 군나르 왕궁 성벽에 안티 매직 마법진이 설치된 것이 사실이라면, 지금까지 그룬드가 세운 계획은 시도조차 못 해 볼 것이 뻔했다.

그룬드가 손가락을 좌우로 까딱거렸다.

"아니. 카티 현자, 그렇게 걱정할 것 없소. 미친한 사막의 땅개들이 진짜 안티 매직 마법진을 구현했을 리 없지. 저들 성벽에 설치된 마법진은 저차원의 마법만 간신히 해제하는 미약한 수준에 불과하오. 공간 점프와 같은 고차원 마법은 방해하지 못하오."

"방해하지는 못한다고 해도 경고음이 울릴 수는 있습니다."

카티의 말이 사실이었다. 그룬드는 부인하지 못했다.

"크흠! 그렇지. 성벽 주변에서 마법이 사용될 경우 경고음이 울릴 수는 있소."

"전하, 그것도 큰일 아닙니까? 실보플레의 침투가 발각될 수 있습니다."

카티의 얼굴이 심각해졌다.

그룬드는 어떻게든 카티를 설득하려고 들었다.

"그러니까 가장 바깥쪽 9번 외성 벽은 공간 점프로 뛰어넘으면 곤란하오. 마법을 사용하지 않고 궁 안으로 침투할 방법을 찾아야지. 하지만 일단 9번 성벽만 파고들면 그다음은 수월해질 거요. 여기 표시된 붉은 점들을 피해서 공간 점프로 돌아다닐 수 있으니까."

카티가 작전 계획을 정리했다.

"휴우우! 어쨌거나 실보플레가 마법 없이 9번 외성 벽을 통과해야겠네요. 그다음 붉은 점이 표시된 곳을 피해서 빙 둘러 탐색해야 할 테고요."

"그렇소. 일단 왕궁 바깥쪽부터 시작해서 안쪽으로 파고들면서 탐색해야 하오. 그렇게 샅샅이 뒤져도 가림을 찾지 못하면, 마지막으로 1번 성벽을 넘어야겠지."

"그 1번 성벽은 안티 매직 마법진이 설치된 곳 아닙니까? 만약 실보플레가 밖에서 가림 왕자님을 찾지 못하면 그때는……."

카티가 사뭇 걱정스러운 표정을 지었다.

그룬드가 단호하게 받아쳤다.

"그때는 1번 성벽 안쪽으로 들어갈 방도를 찾아야지. 그것만이 우리가 살길이오. 그리고 그걸 해내야 장차 실보플레가 이 나라의 왕비가 될 수 있소."

그룬드는 '왕비'라는 단어를 유독 강조했다. 카티와 실보플레가 그 화려한 유혹에 넘어올 것이라 믿었기 때문이다.

하지만 그룬드의 말은 오히려 카티와 실보플레에게 실망만 안겨 주었다.

'그룬드는 정말 구제불능의 속물이구나! 하아아!'

카티는 속으로 이렇게 실망감을 토로했다.

딱히 내색은 안 했지만 실보플레의 심정도 마찬가지였다.

일주일 뒤인 6월 19일.

하라간의 혼인식이 드디어 5일 앞으로 다가왔다. 군나르 왕국의 수도 전체가 큰 경사를 맞아 축제 분위기에 휩싸였다.

어지간한 범죄를 저지른 자들은 대부분 감옥에서 풀려났다.

"기쁜 일이 생겼으니 죄를 지은 자들에게도 자비를 베풀라."

군나르는 모처럼 이런 하명을 내렸다.

그 한마디에 감옥 문이 활짝 열렸다. 수많은 사람들이 혜택을 받았다.

물론 마이림의 잔당들에게는 자비의 손길이 미치지 않았다. 정치범이나 죄질이 나쁜 자들도 이번 특별 석방에서 제외되었다.

어쨌거나 거리엔 활기가 넘쳤다. 사람들은 집집마다 알록달록한 장식을 매달고 축제 분위기를 즐겼다. 왕궁의 재정 대신 카팁은 왕궁 창고를 개방해 백성들에게 곡식을 나눠 주었다. 각지의 상인들은 국혼을 맞아 크게 한몫 챙기려고 부산을 떨었다. 지방에서 올라온 상인들이 여관을 차지하면서 왕궁 주변의 유동 인구도 크게 증가했다. 그렇게 사람이 모이자 돈이 돌았다.

칙칙한 복장에 얼굴이 곱상한 미소년도 어제 막 수도에 들어온 외지인 가운데 한 명이었다.

키는 160 센티미터

머리카락은 꼬불꼬불 웨이브가 진 밤색 단발

피부는 눈처럼 하얗고, 나이는 대략 17세에서 20세 사이로 짐작되었다. 착하고 순진해 보이는 이 미소년은 왕궁 서문에서 15 킬로미터가량 떨어진 여관에 짐을 풀었다.

원래 이 여관은 하라간의 혼인식을 맞아 빈방 없이 꽉 찬 상태였다. 하지만 미소년이 제법 큰돈을 제시하자 여관 주인은 선뜻 본인의 방을 숙소로 내주었다.

오후 5시.

미소년이 방에서 나왔다. 등에 보따리를 짊어진 차림이었다.

복도를 청소하던 여관 주인이 아는 체를 했다.

"어이쿠, 손님.. 어디 가십니까?"

"……그렇소."

단발머리 미소년은 회피하듯 주인을 지나쳤다.

"물건을 사러 시장을 가는 겁니까? 그럼 내가 좋은 가게를 소개시켜 줄 수 있는데."

여관 주인은 이 허름한 옷차림의 미소년이 제법 부자라고 짐작했다.

'그러니까 며칠 숙박비로 그렇게 큰돈을 선뜻 내밀었겠지.'

여관 주인은 나름 기대를 품고 미소년을 바라보았다.

한데 상대의 반응이 그리 신통치 않았다.

"필요 없소."

미소년은 눈도 마주치지 않고 고개부터 가로저었다.

여관 주인이 이마를 찌푸렸다.

그사이 미소년은 어느새 계단을 내려가 버렸다.

"췟! 무뚝뚝하기는."

퇴짜를 맞은 여관 주인은 어깨를 한 번 으쓱하고는 다시 청소에 집중했다.

Chapter 5

여관문을 나선 미소년은 어깨를 살짝 움츠린 채 거리를 걸었다. 아직 해가 저물지 않아 도로에 열기가 가득했다. 아지랑이가 솔솔 피어오르는 길 위로 등이 두 번 굽은 낙타가 걸었다. 낙타는 게슴츠레 눈을 뜨고 터벅터벅 소리를 냈다.

"빨리 가자, 이 게으름뱅이야."

낙타 등에 짐을 잔뜩 실은 상인들이 고삐를 잡아끌었다.

그래도 낙타는 느긋하기만 했다.

미소년은 낙타의 느긋함이 부러웠다.

"하아!"

추운 날씨도 아니건만 미소년은 한숨과 함께 옷깃을 바싹 여몄다.

몸이 춥지는 않았다.

대신 마음이 추웠다.

미소년의 정체는 실보플레.

그룬드의 약혼녀인 실보플레가 남장 차림으로 군나르 왕궁 바로 앞에 나타났다. 실보플레는 빠르게 발걸음을 놀려 왕궁으로 향했다.

이글거리는 석양이 왕궁 성벽을 붉게 물들였다. 교대 시간이 되자 성벽 위의 나팔수가 길게 뿔피리를 불었다.

처척!

왕궁 서문을 지키는 수비병들이 발걸음을 척척 맞춰 교대식을 거행했다. 근무를 마친 수비병들이 절도 있게 물러나고, 새 수비병들이 성벽에 쫙 늘어섰다.

"와아!"

"멋있다."

왕궁 앞을 오가던 백성들은 각이 딱딱 맞는 교대식을 구경하며 감탄했다.

실보플레도 구경꾼들 사이에 섞여서 성벽 위의 수비병 교대식을 지켜보았다.

'이제 5일 뒤가 혼인식이지? 그 전에 왕궁 안에 침투해야 해.'

실보플레는 앞니로 입술을 질겅 씹었다.

'작년에 그 사건만 없었어도 왕궁 침투가 한결 수월했을 텐데.'

토브욘 왕국은 군나르 왕국에 다수의 첩자들을 파견해 조직을 만들어 두었다. 만약 실보플레가 그 조직을 활용할 수만 있었다면 비교적 쉽게 일이 진행되었을 것이다.

하지만 작년 10월 폐사원 전투가 벌어진 이후로 토브욘의 첩자 조직은 거의 궤멸되다시피 했다. 그나마 소수의 조직원이 남긴 했지만, 그들에게 함부로 접근하기는 힘들었다. 혹시 그들 주변에 군나르 왕국의 감시가 붙어 있을 수 있기 때문이었다.

'후우우! 어려워.'

실보플레는 속으로 한숨을 삼켰다. 그러곤 다시 성벽 위를 올려다보았다.

'그래도 혼자서라도 해내야지. 저 안 어딘가에 갇혀 계실 가림 왕자님을 찾아서 그분의 명예를 지켜드려야 해.'

실보플레의 눈이 결의로 빛났다.

하지만 그 빛은 나타났던 것보다 더 빠르게 사라졌다. 실보플레는 옷깃을 한 번 더 여미고는 등을 돌렸다.

'오늘 밤 저 안에 침투한다.'

마침내 실보플레의 결심이 섰다.

어제 군나르 왕국 수도에 도착한 실보플레는 몇 가지 침투 경로를 탐색해 두었다.

요리사 보조

연회 행사 보조

무희

외국의 사신 일행

실보플레는 종이에 적어 놓은 내용을 곰곰이 살펴보았다.

이 가운데 '외국의 사신 일행'은 가장 먼저 X표를 쳤다. 대부분의 사신들은 이미 왕궁에 들어간 상태였기 때문이다.

이어서 '무희'에도 X를 표시했다.

실보플레는 자신의 가슴을 내려다보고는 쓴웃음을 지었다.

어느 왕국이나 그렇겠지만, 이곳 군나르 왕국의 무희들은 유독 관능적이었다. 가슴이 깊게 파인 옷을 입은 무희들을 발견하고, 그 무희들의 육감적인 몸매를 목격한 실보플레는 이내 고개를 가로저을 수밖에 없었다.

'난 가슴이 절벽이라 무희는 안 돼.'

결국 실보플레에게 남은 선택지는 '요리사 보조', 혹은 '연회 행사 보조'였다.

물론 군나르나 하라간이 직접 참석하는 중요한 연회에 외부인이 끼어들 여지는 없었다.

'그런 중요 자리는 군나르 왕궁 직속 요리사와 시녀들이 담당할 테지.'

실보플레는 이렇게 판단했다.

'하지만 국혼처럼 큰 행사가 열리면 사방에 손님이 북적거릴 테고, 왕궁 직속 요리사들이 그 많은 손님들을 모두 다 챙길 수는 없게 마련이지.'

이 생각이 맞았다. 군나르 왕실에서는 일반 백성들 가운데 요리사 및 무희들을 임시로 뽑아 국혼에 투입하기로 했다.

실보플레는 그 틈을 노려 왕궁에 침투할 생각이었다.

느지막한 밤.

굳게 닫힌 왕궁 서문 앞에 긴 줄이 늘어섰다. 5일 뒤 축제에 투입될 외부인들이 한 명 한 명 검사를 받으며 왕궁에 들어가는 중이었다.

"호호호호!"

화려한 옷을 입은 무희들이 몸을 배배 꼬며 나름의 매력을 발산했다.

수비병들은 꿈쩍도 하지 않았다. 무희들의 짐을 일일이 풀어서 뒤지고, 몸도 샅샅이 수색했다. 신분패 검사도 빼놓지 않았다.

무희들 뒤에는 광대들이 하품을 하면서 차례를 기다렸다.

"어휴! 빨리 들어갔으면 좋겠네."

"그러게 말이야. 우리들도 이 왕국의 백성들인데 왜 이렇게 힘들게 만드나 몰라."

광대들은 수군수군 불평을 했다.

그 말을 들은 수비병들이 날카롭게 노려보았다.

"이크!"

광대들은 찔끔 놀라 딴청을 피웠다.

광대들 뒤에는 악사들이 늘어서서 입궐 차례를 기다렸다. 다시 그 뒤에는 행사 보조들이 줄을 지어 서 있었다. 보조들은 무희와 광대, 그리고 악사들이 갈아입을 의상을 양손에 들고 등에는 각종 도구들을 짊어진 상태였다. 그들은 남녀가 뒤섞여 있었다. 남자들은 주로 광대나 악사의 보조였고, 여자들은 무희의 보조를 맡았다.

여자 보조 가운데 소녀 한 명이 땀을 뻘뻘 흘렸다. 얼굴에 주근깨가 잔뜩 박힌 소녀였다.

"너 왜 그래? 어디 아파?"

동료가 걱정을 해 주었다.

주근깨 소녀는 잠시 망설이다가 사정을 털어놓았다.

"나, 긴장했나 봐. 화장실 가고 싶어."

"야! 그럼 빨리 갔다 와. 왕궁 안에 들어가면 어디에 화장실이 있는 줄 알고? 일단 저 안에 들어가면 함부로 돌아다닐 수도 없단 말이야. 차라리 지금 빨리 다녀와."

Chapter 6

동료의 말에 주근깨 소녀가 얼굴을 활짝 폈다.

"그지? 지금 다녀오는 것이 낫겠지?"

"그래. 내가 단장님께 말씀드릴 테니까 얼른 갔다 와. 저기, 저 뒤쪽 골목이 좀 으슥하더라. 히히히히!"

동료가 후미진 골목을 가리켰다.

주근깨 소녀는 빽 소리를 질렀다.

"얘는, 주책이야!"

말은 이렇게 타박하듯 했지만, 주근깨 소녀는 동료가 알려 준 골목을 향해 후다닥 뛰어갔다. 이런저런 장소를 가릴 수 없을 만큼 급한 까닭이었다.

수비병 한 명이 즉각 반응했다.

"뭐얏? 너 어디 가?"

무희와 광대들을 이곳에 데려온 단장도 펄쩍 뛰었다.

"야! 재 어디 가는 거야?"

주근깨의 동료가 손을 번쩍 들고 대답했다.

"화장실이요. 화장실이 굉장히 급하대요. 신성한 왕궁 안에서 쌀 수는 없잖아요."

그 말에 여기저기서 킥킥거리는 소리가 들렸다.

"어이쿠! 이 천한 년들 같으니!"

단장도 어쩔 수 없다는 듯이 손바닥으로 자신의 이마를 탁 쳤다.

수비병은 눈을 좁혀 주근깨 소녀가 사라진 골목을 주시했다.

“화장실을 간다고?”

“네. 화장실이요.”

주근깨의 동료가 힘차게 대답했다.

어두운 골목에 쏙 뛰어 들어온 주근깨 소녀는 황급히 주변을 둘러보았다. 딱히 인기척이 느껴지지는 않았다.

“에라, 모르겠다.”

소녀는 급한 마음에 엉덩이를 확 까 내리고 주저앉았다.

푸더덕!

꽉 참았던 무언가가 시원하게 쏟아져 내리는 그 순간, 주근깨 소녀는 목덜미가 따끔해지는 것을 느꼈다.

“끄어!”

소녀의 몸이 앞으로 푹 고꾸라졌다.

그와 동시에 주근깨 소녀의 등 뒤에서 실보플레가 유령처럼 등장했다.

“미안! 중요한 생리적인 순간에 기절시켜서 정말 미안해요.”

실보플레는 주근깨 소녀에게 사과를 했다.

기절한 상태에서도 주근깨 소녀의 생리 현상은 계속되었다. 하얀 엉덩이에서 무언가가 울컥울컥 쏟아졌다. 땅에 엎어져 설사를 내쏟는 흉측한 광경에 실보플레는 "우읍!" 헛구역질을 했다. 하지만 지체할 시간이 없었다. 실보플레는 치밀어 오르는 구토를 참으며 주근깨 소녀의 옷을 벗겼다. 그다음 알몸이 된 주근깨 소녀를 천에 둘둘 말아 땅바닥에 미리 그려 놓은 원 안으로 옮겼다.

후웅!

실보플레가 손가락으로 원의 테두리를 톡 건드리자 원에서 푸른 광채가 확 뿜어졌다.

이것은 공간 이동 포탈.

놀랍게도 실보플레는 간단한 낙서만으로도 공간 이동 포탈을 열 수 있는 대단한 마법 실력자였다. 왕궁 앞 으슥한 골목에서 설사 중이던 주근깨 소녀는 그렇게 영문도 모르고 먼 곳으로 보내졌다. 아마도 주근깨 소녀는 크게 당황할 것이다. 군나르 왕국 가장 북쪽의 산속 오두막에서 깨어날 테니까 말이다.

"미안해요. 다시 한 번 사과할게요."

실보플레는 주근깨 소녀에게 미안한 마음을 전한 뒤, 재빨리 옷을 갈아입었다.

그때 저벅저벅 발소리가 들렸다.

'이크!'

실보플레는 서둘러 옷매무새를 가다듬고, 손으로 얼굴을 톡톡 찍었다.

스르륵

실보플레의 얼굴이 어느새 주근깨 소녀처럼 변했다. 실보플레는 손끝으로 머리도 톡톡 두드렸다. 환한 빛이 실보플레의 머리카락에 스며들면서 머리카락도 주근깨 소녀의 것처럼 똑같이 변했다. 실보플레는 마지막으로 몸매를 맞췄다.

딱 그 타이밍에 수비병이 골목을 돌아 모습을 드러냈다.

"왜 이렇게 늦어지나?"

수비병은 날카로운 눈으로 실보플레는 관찰했다.

당황한 실보플레가 손으로 머리카락을 가다듬었다.

"죄, 죄송합니다. 제가 배가 많이 아파서요."

수비병은 주근깨 소녀로 변장한 실보플레를 쓰윽 훑어본 다음, 그 뒤를 넘겨다보았다.

실보플레의 뒤에는 배탈의 흔적이 역력하게 퍼져 있었다. 고약한 냄새와 함께 따끈따끈하게 김이 올라오는 그 흔적은, 배아 아프지 않은 사람이라면 결코 만들어 낼 수 없는 결과물이었다.

"우욱!"

수비병이 반사적으로 헛구역질을 했다.

'아우 참!'

실보플레는 자신이 싼 것이 아님에도 불구하고 무척이나 부끄러웠다. 태어나서 이렇게 부끄러웠던 적이 또 있나 싶어 눈물이 날 지경이었다.

그 마음도 모르고 수비병이 실보플레에게 화를 냈다.

"넌 도대체 저녁에 뭘 먹은 거냐? 다 끝났으면 어서 가."

"저걸 치우지도 않고 그냥 가요?"

얼굴이 홍당무가 된 실보플레가 수비병에게 되물었다.

수비병이 코를 막고 짜증을 부렸다.

"아, 시간 없으니까 빨리 합류해."

"넷!"

실보플레는 양손으로 볼을 감싸고 후다닥 달려갔다.

수비병이 마지막으로 골목을 휙 둘러보았다. 공간 이동 포탈이 열렸던 흔적은 어디에도 남지 않았다. 의심할 만한 정황도 보이지 않았다. 그저 한 무더기의 황갈색 변 덩어리가 그 존재감을 드러낼 뿐이었다.

"우우욱! 냄새 한번 지독하네."

수비병은 고개를 절레절레 흔들며 성문 앞으로 되돌아왔다.

주근깨 소녀로 변장한 실보플레는 부끄러워서 고개를 푹

숙였다. 그 모습이 지극히 자연스러워서 딱히 의심할 구석이 없었다.

수비병은 실보플레에 대한 의구심을 완전히 접었다.

검문검색은 밤이 깊도록 계속되었다. 무희에 이어 광대들이 일일이 옷을 벗고 몸수색을 마쳤다. 광대들이 성문 안으로 들어가자 이어서 악사들이 차례로 검문을 통과했다. 그렇게 한 명 한 명 지나서 마침내 실보플레의 순서가 되었다.

"신분패."

선임 수비병이 실보플레에게 손을 내밀었다.

실보플레는 주근깨 소녀의 주머니를 뒤져서 신분을 증명하는 패를 건네주었다.

그사이 또 다른 수비병들이 실보플레의 몸을 더듬었다. 사내의 손이 실보플레의 가슴으로 쑥 들어왔다.

Chapter 7

"아앗!"

실보플레는 순간적으로 상대에게 전격계 마법을 퍼부을 뻔했다. 하지만 막중한 임무를 떠올리며 꾹 참았다.

가슴을 더듬던 손이 아래로 쑥 내려갔다.

"으핫!"

실보플레는 한 번 더 기겁했다.

앞에서 동료들이 몸수색을 당하는 장면을 미리 보지 않았다면, 실보플레는 정말 무의식중에 반사적으로 마법을 난사했을 것이다.

군나르 왕국에서 무희와 광대는 신분이 낮았다. 무희와 광대를 보조하는 행사 보조들은 더더욱 천대를 받았다. 왕궁의 수비병들이 그런 천한 이들을 잘 대해 줄 이유가 없었다. 수비병의 손이 사타구니로 파고든 순간, 실보플레는 하마터면 울음을 터뜨릴 뻔했다.

"털이 보송보송하네?"

몸수색을 하던 수비병이 실보플레의 엉덩이를 툭 쳤다.

"꺄앗!"

실보플레는 두 주먹 불끈 쥐고 파르르 떨었다.

"뭐야? 너 기분 나쁘냐?"

수비병이 뒤에서 실보플레의 어깨를 잡았다.

'아차!'

실보플레는 머리에 찬물을 뒤집어쓴 기분이었다.

옆에서 지켜보던 단장이 후다닥 달려와 수비병에게 꾸벅 머리를 숙였다.

"어이쿠! 나으리. 아닙니다. 이 아이가 아직 어리고 처녀라서 놀랐을 뿐입니다. 결코 기분이 나빠서 한 행동이 아니니 부디 용서해 주십시오."

단장은 본인만 머리를 숙인 것이 아니라 실보플레의 머리도 붙잡아 억지로 꾸벅 숙이게 만들었다.

실보플레의 입술이 가늘게 떨렸다.

"그래?"

수비병은 실보플레의 턱을 잡아 위로 치켜들었다.

실보플레는 분노를 억지로 누그러뜨렸다. 대신 눈에 두려움을 담았다.

가늘게 흔들리는 실보플레의 눈을 바라보면서 수비병은 고개를 끄덕였다.

"좋아. 들어가."

마침내 입궐 허락이 떨어졌다.

"휴우우! 나으리, 감사합니다."

단장이 수비병에게 허리를 90도로 숙였다.

"감사합니다."

실보플레도 덩달아 허리를 숙였다.

성문 안으로 들어가자마자 꽉 막힌 벽이 나왔다. 그 벽을 빙 돌아 우회하자 탁 트인 왕궁 전경이 눈에 들어왔다. 일정한 간격으로 타오르고 있는 횃불을 보자 실보플레는 비로소 '내가 드디어 적진 한복판에 침투했구나!' 라는 실감이 났다.

또 다른 수비병이 기다렸다는 듯이 실보플레 일행을 맞았다.

"숙소로 안내할 것이니 나를 따라오너라. 내 미리 경고하지만, 너희들은 숙소에서 한 발자국도 벗어나면 안 된다. 내 인솔 없이 멋대로 돌아다니다가 걸리면 그 자리에서 목이 잘리게 될 것이다. 특히 저 안쪽으로는 얼씬도 하지 마라."

수비병이 가리킨 곳에는 조금 전 실보플레가 통과한 성벽보다 1.5배는 더 높은 성벽이 가로막고 있었다. 그리고 그 성벽 안에는 또 다른 성벽이 보였다.

'군나르 왕궁이 모두 아홉 겹의 성벽으로 둘러싸여 있다고 했지?'

실보플레는 그룬드로부터 들은 정보를 되새겼다.

'현재 나는 서문을 통해 9번 성벽을 통과했어. 그리고 아마도 가림 왕자님은 저 한참 안쪽에 갇혀 계실 거야.'

실보플레는 이제 겨우 9번 관문을 통과했을 뿐이었다. 이곳에 침투한 목적을 달성하려면 아직도 갈 길이 멀었다.

'기운 내자. 난 할 수 있어. 난 할 수 있다고.'

실보플레는 마음속으로 전의를 다졌다.

그때 주근깨 소녀의 동료가 실보플레에게 다가왔다.

"잘 쌌어?"

"네?"

실보플레가 당황했다.

말을 걸었던 주근깨 소녀의 동료도 덩달아 당황했다.

"네라니? 너 왜 갑자기 존대를 하고 그래?"

"아니, 왕궁 안에 들어오니 긴장이 되어서 그래. 난 또 누구라고."

실보플레는 임기응변을 발휘했다.

다행히 상대는 의심하는 눈치가 아니었다.

"그랬구나. 사실 나도 좀 긴장돼. 그나저나 배 아픈 건 어때? 쫙 빼니까 시원해?"

실보플레는 속으로 '이 여자, 참 주책없구나.' 라고 생각했다. 하지만 이런 생각을 겉으로 드러낼 수는 없었다.

"으응…… 시원해."

"히히히!"

주근깨 소녀의 동료가 스스럼없이 실보플레의 팔짱을 꼈다.

"헤헤헤!"

실보플레는 아무렇지도 않은 척 상대의 행동을 받아 주

었다. 그러면서 실보플레는 바짝 정신을 차렸다.

'이 여자가 그 주근깨와 무척 친한가 보구나. 정체가 들키지 않도록 조심해야겠다.'

이런 생각을 하는 사이 실보플레 일행은 숙소에 도착했다.

인솔을 마친 수비병이 한 번 더 경고를 해 주었다.

"이 건물이 앞으로 5일간 너희가 사용할 장소다. 다시 한 번 경고하지만, 너희는 이 건물 밖으로 벗어날 수 없다. 예외는 절대 없으니 함부로 행동하여 목이 잘리는 일이 없도록 하라."

"물론입니다. 절대 벗어나지 않겠습니다."

단장이 머리를 굽실거렸다.

"좋아."

수비병은 이 한마디를 남기고 사라졌다.

"휘유우~"

"아이고! 이제야 살 것 같네."

무희와 악사, 광대들은 그제야 긴장을 풀었다. 무희들은 딱딱하게 굳었던 얼굴을 손으로 마사지해서 풀었다. 악사들과 광대들은 목을 빙글 돌리며 숙소에 들어갔다.

단장이 서열에 따라 방을 배정해 주었다. 실보플레는 팔짱을 끼고 있던 여자와 한방을 쓰게 되었다.

"히히히! 우리가 한방이래."

여자가 실보플레에게 웃음을 날렸다.

"헤헤, 좋다."

실보플레도 마주 웃어 주었다.

Chapter 8

밤이 깊어 새벽 3시가 되었다.

'이제 움직여야지.'

실보플레는 유령처럼 침대에서 일어났다. 어둠 속에서 룸메이트의 코 고는 소리가 가볍게 들렸다. 실보플레는 룸메이트의 코끝을 손가락으로 톡 찍었다. 실보플레의 손끝에서 피어오른 은은한 빛이 룸메이트의 얼굴에 스며들었다.

수면 마법 발동.

이제 내일 아침까지 룸메이트가 잠에서 깰 염려는 없었다.

실보플레는 칙칙한 색깔의 옷으로 갈아입은 뒤, 가만히 마법 캐스팅을 했다.

파앗!

갑자기 빛이 번쩍하면서 실보플레가 방 안에서 사라졌

다. 실보플레의 주특기 가운데 하나인 공간 점프 마법이 발휘되는 순간이었다.

번쩍!

번쩍!

번쩍!

희미한 빛이 세 번 연달아 터졌다. 그때마다 실보플레는 수백 미터씩 쭉쭉 공간을 뛰어넘으며 군나르 왕궁 깊숙한 곳으로 파고들었다.

외궁 수비병들의 실력으로는 실보플레의 움직임을 눈치챌 수 없었다. 실보플레는 그렇게 8번 성벽에 도달해 단숨에 성벽을 돌파했다.

'여기서부터는 조심해야 해.'

그룬드가 제공한 정보에 따르면, 군나르 왕궁의 9번 성벽과 8번 성벽 사이는 비교적 쉽게 돌파가 가능했다. 다시 말해서 이 영역은 붉은 점이 그리 많지 않았다.

하지만 8번 성벽 안쪽부터는 붉은 점이 촘촘하게 깔려 있어서 조심스러웠다. 실보플레는 성벽 밑 그늘에서 잠시 숨을 돌렸다.

'여기서부터는 그냥 다녀선 안 돼.'

딱!

실보플레가 손가락을 튕기자 그녀의 몸이 투명하게 변했

다. 인비져빌러티(Invisibility: 투명화) 마법이 발휘된 것이다.

그 상태에서 실보플레는 다시 공간 점프를 시도했다.

희미하게 빛이 터지고, 실보플레가 바닥에 안착한 순간, 근처에서 잠복 중이던 검은 그림자가 불쑥 튀어나왔다.

그림자의 정체는 군나르 직할 호위대 소속 솔샤르였다.

"이상하다? 방금 이 근처에서 뭔가 마나의 흐름이 요동쳤는데?"

호위 무사는 날카로운 눈으로 주변을 살폈다.

딱히 눈에 띄는 것은 없었다. 결국 호위 무사는 처음 은신했던 자리로 돌아갔다.

'휴우! 들킬 뻔했네.'

실보플레는 바닥에 납죽 엎드린 채 가슴을 쓸어내렸다.

만약 실보플레의 반응이 조금만 늦었거나, 몸이 투명화되어 있지 않았다면 꼼짝없이 상대에게 들킬 뻔했다. 호위대 무사도 실보플레를 발견하지 못했지만, 실보플레도 잠복 중이던 호위대 무사를 인지하지 못했다.

'여긴 분명 붉은 점이 없는 위치인데, 그룬드 전하의 정보가 다 맞는 것은 아니야. 좀 더 조심해야겠어.'

실보플레는 뛰는 가슴을 간신히 억누른 다음 다시 움직였다. 이번엔 공간을 점프하지 않고 조심조심 기어갔다.

그렇게 한참을 진행한 뒤에야 실보플레는 다시 공간 점프를 시도했다.

번쩍!

번개가 치듯 빠르게 빛이 나타났다가 사라졌다. 실보플레는 점프를 마치자마자 땅바닥에 납죽 엎드렸다.

다행히 이번엔 아무도 나타나지 않았다.

'휘유, 들키지 않았구나.'

실보플레는 그 자리에서 속으로 100을 셌다. 그다음 그룬드가 준 구리 반지를 손가락으로 쓰다듬었다. 실보플레의 마정석에서 출발한 마나가 구리 반지 속으로 급격히 몰려들었다. 실보플레는 최대한 많은 양의 마나를 반지에 주입했다.

어느 순간 반지가 부르르 진동했다. 블러드 서치 마법이 발휘 중이라는 의미였다.

그룬드는 실보플레가 한 번에 3 킬로미터 반경을 탐색할 것이라 예상했지만, 사실 실보플레는 그보다 훨씬 더 넓은 5 킬로미터 반경을 탐색해 냈다. 그룬드는 실보플레의 마법 실력이 본인에게 거의 육박할 것이라 짐작했지만, 사실 마법 실력만 따지만 실보플레는 이미 그룬드를 뛰어넘었다. 실보플레는 몸이 투명한 상태에서 무려 5 킬로미터 반경을 샅샅이 스캔했다.

'휴우, 여긴 없구나.'

이 근처에선 가림의 흔적이 발견되지 않았다.

번쩍!

실보플레는 또다시 공간 점프 마법으로 위치를 이동했다. 자신감이 붙은 실보플레는 좀 더 과감하게 움직이기 시작했다.

'좀 있으면 새벽이 밝아 올 거야. 그 전에 가림 왕자님을 찾아야 해.'

8번 성벽과 7번 성벽 사이의 공간을 빙 둘러 탐색한 뒤, 실보플레는 붉은 점이 밀집되지 않은 곳을 골라 7번 성벽을 돌파했다.

7번 안쪽은 바깥쪽과 그 느낌이 사뭇 달랐다.

'와!'

실보플레가 눈을 동그랗게 떴다.

한눈에 다 올려다볼 수도 없는 거대한 조각상!

으리으리한 건축물!

잘 꾸며진 환경!

'사막의 미개인들이라고 얕볼 것이 아니구나! 군나르 왕국의 건축 기술은 우리 토브욘 왕국보다 훨씬 더 발전했어.'

실보플레는 잠시 감탄을 하다가 다시 구리 반지에 마나

를 불어 넣었다. 블러드 서치 마법이 주변을 샅샅이 탐색했다.

실보플레가 탐색을 시작하기 여섯 시간 전.

"어라?"

하라간이 검을 휘두르다 말고 고개를 갸웃했다.

하라간은 늘 새벽 3시에 일어나 검술 훈련을 하곤 했는데, 최근에는 저녁 9시부터 자정까지도 검을 잡았다.

마나의 벽 4단계를 돌파한 지금, 하라간에게 검을 직접 휘두르는 훈련은 아무런 의미가 없었다. 그래도 하라간은 검을 손에서 떼어 놓지 못했다.

'이걸 놓으면 나태해질 것 같아. 내가, 내가 아니게 될 것 같아.'

성인식 이후로 하라간은 수많은 유혹에 시달렸다.

[게으르면 어때? 세상에 내 적수는 없어.]

[난 이미 완성되었어. 더 이상 노력할 필요가 없다고.]

[검을 놓고 쉬자. 여자를 불러 실컷 즐기자. 그래도 돼. 난 그럴 자격이 있다고.]

이런 음성들이 하라간의 마음속에서 울려 퍼졌다.

그때마다 하라간은 지독하게 검에 집착했다. 나태해지려는 마음을 끊으려고, 게으름에서 탈피하려고, 더더욱 미친 듯이 검을 휘둘렀다.

그렇게 오롯이 검에 천착하는 것만이 나태를 벗어던질 수 있는 유일한 길이었다. 하라간은 과거보다 몇 배는 더 열심히 검에 매달렸다.

검! 검! 검! 검!

오로지 검!

하라간의 눈에는 오직 검만 보였다.

집중력이 높아질수록 하라간의 감각도 더욱 크게 확장되었다. 왕궁을 넘어 수도를 뒤덮을 정도로 하라간의 감각은 넓고 치밀하게 분포되었다.

그 감각에 실보플레가 걸렸다.

처음에 하라간은 대수롭지 않게 넘겼다. 실보플레는 왕궁 주변을 맴도는 수만 명의 백성들 가운데 한 명이었다. 하라간의 감각은 실보플레를 이미 인식하고 있었지만, 특별히 의미를 두지는 않았다.

그런 실보플레가 으슥한 밤에 서문 앞에 나타났다.

때마침 광대 패거리에서 보조 업무를 맡은 주근깨 소녀가 대열에서 이탈해서 외진 골목으로 뛰어 들어갔다. 그곳에서 주근깨 소녀는 하의를 까서 내리고 볼일을 보았다. 그러다 갑자기 앞으로 팩 고꾸라졌다.

주근깨 소녀의 등 뒤에서 실보플레가 신비하게 나타났

다. 실보플레는 대뜸 상대의 옷부터 벗겼다.

매일 밤 왕궁 주변에선 별의별 사건들이 다 벌어진다. 하라간은 노상강도에 신경을 쓸 만큼 한가하지 않았다.

하지만 실보플레가 둥근 원을 손가락으로 톡 건드려 포탈을 만들어 내는 순간, 하라간은 검술 훈련을 멈출 수밖에 없었다.

"어라?"

하라간의 눈이 진한 호기심을 머금었다.

제6화

전리품

Chapter 1

"이건 완전히 새로운 방식인데? 아무런 마법 도구도 없이 저렇게 쉽게 포탈을 열 수 있나?"

하라간이 실보플레의 마법에 관심을 보였다.

룬드 왕국의 공주 아이다도 나름 뛰어난 마법사였다. 그러나 마법 물품의 도움 없이 저렇게 쉽게 공간 이동 포탈을 열지는 못했다. 하라간은 흥미진진한 얼굴로 실보플레의 다음 행동을 주시했다. 넓게 퍼진 하라간의 감각이 서문 밖 실보플레에게 집중되었다.

실보플레가 주근깨 소녀로 변장했다.

하라간은 마치 실보플레가 눈앞에 있는 것처럼 말을 걸

었다.

"옳거니! 마땅히 그래야지. 공간 이동 포탈을 자유롭게 여는 대마법사가 고작 노상강도라면 말이 안 되지. 자! 이제 어쩔 셈이냐? 주근깨 소녀로 변장해서 왕궁에 침투할 생각이냐?"

물론 실보플레는 하라간의 질문을 듣지 못했다. 지금 하라간이 자신의 행동을 지켜보고 있다는 사실도 알지 못했다.

하라간의 예상이 딱 맞았다. 실보플레는 주근깨 소녀로 위장해 왕궁에 들어왔다. 이어서 당당하게 숙소까지 배정받았다.

하라간은 묵묵히 그 모습을 관찰했다.

시간이 흘러 밤 12시 10분이 되었다. 한동안 룸메이트와 수다를 떨던 실보플레가 긴 하품과 함께 잠이 들었다.

"쳇! 저 수상한 마법사 때문에 오늘 검술 훈련을 망쳤네. 그냥 지켜만 보다가 벌써 세 시간이 지났잖아?"

하라간도 침대에 누웠다. 잠을 자는 와중에도 하라간의 감각은 그대로 유지되었다.

새벽 3시.

원래 이 시각이면 하라간은 잠에서 깨어 새벽 검술훈련을 시작한다. 그런데 실보플레도 마치 짜 맞추기라도 한 것처럼 새벽 3시에 일어났다.

"오오! 이제 뭔가 시작하려나?"

하라간은 새벽 검술 훈련도 건너뛰었다. 대신 침대에 걸터앉아 실보플레에게 감각을 집중했다.

번쩍!

실보플레가 갑자기 사라졌다.

하라간이 깜짝 놀랐다.

"뭐야?"

왕궁 전체에 넓게 퍼진 하라간의 감각은 재빨리 실보플레를 추적했다. 놀랍게도 실보플레는 사라진 곳으로부터 500 미터나 떨어진 곳에 나타났다.

"와아! 공간 이동 포탈을 사용하지 않고도 이렇게 넓은 공간을 뛰어넘을 수 있단 말이야? 이거 대단한걸!"

하라간은 진심으로 상대에게 감탄했다.

그사이 실보플레는 연달아 공간을 점프하며 점점 더 궁 안쪽으로 파고들었다.

그러다 중간에 한 번 실보플레의 행적이 발각당할 뻔했다. 하지만 그녀는 무사히 위기를 넘기고 점점 더 배짱 좋게 군나르 왕궁을 헤집고 다녔다. 가끔씩 실보플레는 점프를 멈추고 한 자리에 우뚝 서서 무언가를 탐색하기도 했다.

하라간의 확장된 감각은 투명하게 변한 실보플레를 한순

간도 놓치지 않았다.

"하하하! 정말 재미난 녀석일세. 우리 군나르 왕궁의 수비병 배치를 훤히 꿰뚫고 있나 봐. 그렇지 않고서야 이렇게 쏙쏙 피해 다니지는 못하지."

하라간은 저 희한한 마법사가 점점 더 마음에 들었다.

그사이 실보플레는 7번 성벽과 6번 성벽을 차례로 타 넘었다. 그다음 밖에서부터 샅샅이 훑으며 내궁 방향으로 파고들었다.

마침내 5번 성벽도 돌파.

이어서 4번 성벽 돌파.

실보플레의 성벽 돌파 시간은 점점 더 단축되었다. 그도 그럴 것이, 가장 바깥쪽의 9번 성벽과 8번 성벽 사이는 공간이 굉장히 넓지만, 안으로 파고들수록 탐색해야 할 공간이 줄어들었다. 그러니 성벽을 넘는 시간이 점점 더 짧아질 수밖에.

4번 성벽의 안쪽 공간을 모두 탐색한 뒤, 실보플레는 시각을 살폈다.

어느새 새벽 5시가 넘었다.

"어떻게 하지? 오늘은 여기까지만 할까?"

밤새 적진을 돌아다니느라 실보플레는 많이 지쳤다. 게다가 날이 밝으면 투명화 마법도 무력화될 가능성이 컸다.

물론 가만히 움직이지 않으면 투명하게 변한 실보플레를 알아볼 사람은 드물 것이다. 하지만 막상 그녀가 움직이기 시작하면 주변 공기가 스르륵 요동칠 테고, 그 움직임이 포착될 가능성은 다분했다. 실보플레는 바로 그 점을 걱정했다.

“이제 3번, 2번, 1번 성벽만 남았구나! 아쉽지만 이건 내일로 미룰 수밖에 없겠어.”

실보플레가 3번 성벽 앞에서 등을 돌렸다.

멀리서 감각을 통해 그 모습을 지켜보던 하라간이 침대에서 일어섰다.

“그건 곤란하지. 이대로 그냥 돌아가 버리면 아쉽잖아.”

하라간은 직접 상대를 마중 나가기로 결심했다. 모처럼 만난 흥미진진한 상대를 그냥 돌려보낼 수는 없었다.

휘익!

하라간이 창문 밖으로 뛰어내렸다.

마이림의 궁전 —지금은 하라간의 친전이 되어 버린— 정원을 지키던 호위대 소속 무사 3명이 잠복을 풀고 샤사삭 달려 나왔다. 그들은 하라간의 얼굴을 확인하고는 즉각 무릎을 꿇었다.

“하라간 님!”

“이 야심한 시각에 무슨 일이십니까?”

"혹시 저희에게 명령하실 일이 있으십니까?"

호위대 무사들은 절도가 넘쳤다.

하지만 하라간은 그들을 상대하지 않았다.

"귀찮으니까 그냥 모른 체해라."

이 말만 남기고 휘익 담장을 넘었다. 하라간의 동작이 어찌나 빨랐던지 호위 무사들은 눈으로 좇지도 못했다.

"어엉? 하라간 님께서 어디로 가셨지?"

"헉! 이거 큰일 났다. 하라간 님의 호위에 실패하면 우린 호위대장님께 박살 날 거야."

"비상이야, 비상!"

호위 무사 셋은 후다닥 친전 밖으로 뛰쳐나갔다. 그렇다고 비상 호각을 불 수도 없었다. "귀찮게 만들지 말라."는 하라간의 엄명 때문이었다.

"빨리 하라간 님을 찾아."

"일을 크게 벌이지 말고, 우리끼리 그분을 찾아야 해."

"아이고! 새벽 5시에 이게 웬 난리람!"

호위 무사들은 하라간의 돌출 행동 때문에 속이 타들어갔다. 그들의 마음을 아는지 모르는지, 하라간은 눈 깜짝할 사이에 건물과 성벽을 뛰어넘어 실보플레에게 접근했다.

그 즈음 실보플레는 몇 번의 공간 점프를 통해 7번 성벽 밖으로 빠져나가는 중이었다. 그런 실보플레의 등 뒤에 하라간이 따라붙었다.

"이봐."

하라간이 멀리서 실보플레에게 말을 걸었다.

"넷?"

깜짝 놀란 실보플레가 자신도 모르게 대답했다.

저 먼 거리에서 누군가 달려오는 모습이 실보플레의 시야에 잡혔다. 처음에 실보플레는 멍하게 눈만 깜빡거렸다.

"저게 뭐지?"

실보플레의 상식에 따르면, 사람은 저렇게 빠르게 달릴 수 없었다. 독수리나 매도 저토록 빠르지는 않았다. 저 먼 곳에 누군가 등장했다 싶은 순간, 상대는 이미 성벽과 건물을 뛰어넘어 실보플레의 코앞에 도착해 버렸다. 그것도 몸이 투명한 실보플레를 향해 정확하게 일직선으로 달려왔다.

후와아앙—!

하라간이 한 줄기 질풍이 되어 실보플레의 앞에 뚝 떨어졌다.

"아악!"

실보플레는 소스라치게 비명을 질렀다.

그보다 한발 앞서 하라간의 검이 수평으로 뻗었다.

실보플레는 그 검의 궤적을 끝까지 보지 못했다. 그녀가 멍하게 서 있는 사이 하라간의 검이 끝까지 휘둘러졌고, 바로 이어서 실보플레의 몸에 매달린 마법 단추 4개가 열여섯 조각으로 쪼개져 떨어져 나갔다.

이 단추들은 실보플레의 영상을 찍어서 그룬드와 카티에게 전송하는 마법 물품들이었다. 하라간은 등장과 동시에 실보플레의 몸 주변을 훑었고, 마나의 흐름이 유독 뭉쳐 있는 곳을 몇 군데 발견했다.

'예전에 토브욘의 사신이 사용하던 그 마법 물품이구나.'

하라간은 마법 단추의 용도를 깨닫자마자 검을 휘둘러 정보를 차단해 버렸다.

Chapter 2

"아악!"

실보플레가 비명을 질렀다. 그녀는 하라간의 검이 본인의 목을 향해 날아온 것으로 착각했다. 위기를 느낀 실보플레가 반사적으로 공간 점프를 시도했다.

번쩍!

빛의 섬멸과 함께 실보플레의 모습이 갑자기 사라졌다.

하지만 하라간은 이미 주변에 거미줄처럼 촘촘하게 감각을 깔아 놓은 상태였다. 눈앞에서 사라진 실보플레가 350미터 오른쪽에 나타난 순간, 하라간의 몸은 이미 그곳에 도착해 있었다.

"꺄아악!"

실보플레가 또다시 자지러져라 비명을 질렀다. 분명 그녀는 하라간을 떨쳐 버리기 위해 공간을 뛰어넘었는데, 여전히 하라간이 앞을 가로막았다. 그러니 놀랄 수밖에. 실보플레는 가슴이 벌렁벌렁 뛰고 등골이 오싹했다.

"쫓아오지 마!"

실보플레는 그 짧은 와중에 반사적으로 공격을 쳐 냈다. 실보플레의 손끝에 벼락의 기운이 빠르게 몰려든다 싶더니, 어느새 한 줄기 창의 형태를 갖추며 하라간의 목젖을 강타했다.

벼락이 하라간을 후려치고 잠시 후, 꽈릉! 하고 우렛소리가 들렸다. 그사이 실보플레는 뒤도 돌아보지 않고 500미터 후방으로 다시 공간 점프를 했다.

"후훗!"

하라간은 날아드는 벼락을 검으로 쳐 냈다.

원래 벼락은 물리적 실체가 없기에 검으로 쳐 내는 것이 불가능하다. 하지만 하라간의 검은 오롯이 마음으로 이루어진 검이었다. 그렇기에 형체가 없이 에너지만 존재하는 마법도 쳐 내는 것이 가능했다. 가볍게 검을 휘둘러 상대의 공격을 해소한 뒤, 하라간은 실보플레가 이동할 지점을 정확하게 예측하여 따라붙었다.

"꺄아아아악!"

실보플레는 더더욱 소스라치게 놀랐다. 이건 놀란 정도를 넘어서 패닉, 그 자체였다.

실보플레의 양손에 모인 전기의 기운이 다시 창의 형상이 되어 하라간을 두드렸다.

꽈릉! 꽈릉! 꽈릉! 꽈릉!

연달아 뻗은 네 줄기의 벼락은 사람의 눈으로는 따라가지 못할 만큼 신속했다.

그래도 하라간에게 통하지는 않았다. 하라간은 네 줄기 벼락을 검으로 일일이 쳐 낸 다음, 다시 실보플레에게 다가섰다.

"꺄아악! 저리 가! 으허헝! 나 무서워!"

실보플레는 발작하듯 손을 휘저었다. 어찌나 놀랐던지 이미 그녀의 인비져빌러티 마법이 어느새 풀려 버렸다.

하라간은 비로소 상대의 얼굴을 확인했다.

"어라? 아직 어리네."

하라간이 피식 웃었다. 사실 19세인 실보플레보다 하라간이 한 살 더 어렸지만, 하라간은 그 점을 인식하지 못했다.

한편 실보플레는 하라간의 외모를 제대로 살필 겨를이 없었다. 그녀는 그저 기겁을 하며 다시 벼락을 떨어뜨리고 도망칠 뿐이었다.

실보플레의 공격을 또다시 튕겨 낸 다음, 하라간은 어느새 실보플레의 코앞으로 다가와 어깨로 상대의 옆구리를 들이받았다.

"끄악!"

실보플레의 몸이 허공에서 바나나처럼 둥글게 휘었다. 그 직후 실보플레는 20미터 밖으로 튕겨 나가 우당탕 나뒹굴었다.

시끄러운 싸움이 벌어지자 주변에 잠복해 있던 호위 무사들과 수비병들이 우르르 달려왔다.

"앗! 하라간 님!"

호위 무사들은 하라간을 알아보고는 곧바로 무릎을 꿇었다.

"충! 성!"

"하라간 님을 뵙습니다."

뒤늦게 달려온 수비병들도 창대를 땅에 찍어 세우고 곧장 고개를 숙였다.

"크윽! 아파."

실보플레가 비틀거리며 일어섰다. 하라간과 충돌한 옆구리가 덜덜 떨릴 정도로 시큰거렸다. 두 다리가 후들거려 제대로 서 있기도 힘들었다.

그 와중에도 실보플레는 수비병들의 외침을 들었다.

"뭣? 하라간이라고? 당신이 바로 그 하라간?"

실보플레는 비로소 하라간의 얼굴을 똑바로 보게 되었다.

"아니, 어떻게!"

가장 먼저 실보플레의 머리에 든 생각은, '아니, 세상에 어떻게 이렇게 생긴 사람이 존재할 수 있지?' 였다.

토브욘 왕국의 고위층들은 최근 마법 영상을 통해 하라간의 얼굴을 보았다. 하나 실보플레는 이번이 처음이었다. 하라간이 어찌나 아름다웠던지, 실보플레는 잠시 이곳이 어디인지, 지금 자신이 어떤 상황에 처했는지 잊어버렸다. 그 정도로 하라간의 미모는 충격적이었다.

게다가 하라간의 몸매나 옷차림도 쇼킹했다. 하늘하늘 속이 비치는 상의를 반쯤 풀어헤친 모습과, 그 속에 드러난 섬세한 잔근육과 매끄러운 살결! 상의 사이로 살짝 드러난 분홍빛 유두까지!

'뭐, 이런!'

실보플레는 말문이 막혔다. 우락부락한 토브욘 남자들과 180도 다른 하라간의 모습에 부끄럽기도 하고, 가슴이 콩닥콩닥 뛰었다.

하라간이 실보플레를 향해 빙그레 웃었다.

“자! 이제 포기하시지. 내가 그쪽한테 궁금한 것이 많아. 그러니 순순히 항복하지 그래.”

“크읏!”

하라간의 말에 실보플레가 정신을 차렸다. 어느새 주변은 군나르 왕국의 호위 무사들로 포위된 상태였다. 수비병들의 수도 점점 늘어나는 중이었다.

‘난 이제 죽었다!’

실보플레는 눈앞이 캄캄했다. 그런데 이 긴박한 와중에도 하라간의 아름다운 얼굴이 자꾸 눈에 밟히니 미치고 팔짝 뛸 일이었다.

힐끗!

실보플레가 하라간의 얼굴을 곁눈질했다.

‘헉!’

그러다 하라간과 시선이 마주치자 실보플레는 기겁을 하며 다시 고개를 돌렸다. 그다음 머리를 좌우로 흔들어 정신을 가다듬고는 주변을 빠르게 살폈다.

‘공간 점프로 이 포위망을 뛰어넘을 수 있을까?’

지금 실보플레가 위치한 곳은 8번 성벽과 9번 성벽 사이의 큰길가였다. 여기서 최대한 마력을 압축해서 공간 점프를 하면 군나르 외성 벽 밖으로 탈출할 수 있을 것 같기도 했다.

Chapter 3

'후읍!'

실보플레는 남몰래 숨을 들이쉬었다. 그다음 전력을 다해 공간 점프를 시도했다.

그것도 그냥 공간 점프만 한 것이 아니었다. 라이트닝 샤워(Lightning Shower: 번개 샤워)도 함께 발휘했다. 하늘로부터 수십 줄기의 벼락을 동시에 내리꽂는 전격계 상위 마법이 군나르 왕궁에 작렬했다.

번쩍! 번쩍! 번쩍! 번쩍! 번쩍!

무수한 뇌기가 하늘에서 땅을 향해 일직선으로 떨어졌다. 시퍼런 불똥이 사방으로 튀었다. 온 세상이 갑자기 환하게 밝아져 사람들의 시각을 마비시켰다.

"크악!"

몇몇 재수 없는 수비병들은 라이트닝 샤워에 직격을 당

해 큰 부상을 입었다.

실보플레는 그 틈을 노려 무려 2.5 킬로미터를 단숨에 점프했다.

실보플레가 서 있던 곳으로부터 2.5 킬로미터 서쪽에 위치한 외성 벽 위로 번쩍!

다행히 군나르 왕국의 호위 무사들은 라이트닝 샤워에 놀라 실보플레의 행적을 뒤쫓지 못했다. 실보플레는 9번 성벽 위에 가까스로 안착했다. 그다음 마지막 한 방울 남은 마나까지 쥐어짜 한 번 더 서쪽으로 공간 점프를 시도했다.

번쩍!

또다시 섬광이 명멸했다.

'드디어 탈출에 성공했다!'

실보플레가 속으로 만세를 부르려는 순간,

콱!

쇠갈고리처럼 단단한 무언가가 실보플레의 목을 움켜쥐었다.

"케엑!"

실보플레는 공간 점프를 하다 말고 비명을 토했다.

이미 그녀의 몸뚱어리 일부는 400 미터 서쪽으로 이동하던 중이었는데, 목이 붙잡히자 그녀의 몸이 수십 미터에 걸쳐서 엿가락처럼 쭈우욱 늘어났다가 다시 성벽 위로 되돌아왔다.

“케엑! 켁!”

실보플레의 목에서 마른기침과 함께 피가 터졌다. 공간 점프 마법이 강제로 저지당하면서 마나가 역류한 탓이다.

“그냥 가려고?”

실보플레의 귀에 웅웅거리는 목소리가 들렸다. 그녀가 가까스로 눈을 뜨자 그 앞에 하라간의 모습이 보였다.

높은 성벽 위에 우뚝 서서 실보플레의 목을 붙잡고 서 있는 하라간은 여전히 그림처럼 아름다웠다. 하지만 실보플레는 더 이상 하라간이 아름답다고 생각하지 못했다.

“으어어!”

실보플레는 하라간이 무서웠다. 너무나 무서워서 입이 제대로 다물어지지도 않았다. 실보플레는 자신도 모르게 오줌을 지렸다.

하라간이 실보플레의 목을 바짝 잡아당겼다.

“이제 얌전히 나를 따라와.”

하라간의 속삭임이 실보플레의 귀로 천둥처럼 파고들었다.

그때였다.

“그 아이를 놓아주어라!”

하라간의 머리 위에서 분노한 음성이 들렸다. 허스키한 톤의 중년 여인의 음성이었다.

하라간이 고개를 들었다. 허공 30미터 높이에 웬 여인이 둥둥 떠 있는 광경이 보였다. 끝이 구부러진 까만 마법 모자를 쓰고, 쥐색 로브를 몸에 걸친 중년 여인이었다.

"스승님!"

실보플레가 쥐어짜듯 소리쳤다.

"네 스승이라고?"

하라간이 하얗게 이를 드러냈다.

하라간의 머리 위에 떠 있는 중년 여인, 즉 카티가 다시 입을 열어 경고했다.

"그 아이를 놓아주라고 말했다."

카티의 음성은 날카로운 칼로 얼음을 긁어 대는 듯 차갑고 껄끄러웠다. 카티의 외모는 고작 40대 후반으로 보이지만, 실제 그녀의 나이는 100세에 육박했다. 그 연륜에서 뿜어지는 기세가 사뭇 대단했다.

물론 하라간에게는 통하지 않았다.

"싫은데."

"뭣?"

"포로로 잡은 녀석을 내가 왜 놓아주어야 하지?"

하라간이 카티를 올려다보며 이죽거렸다.

카티의 입술이 위로 말려 올라가 송곳니를 드러내었다.

"왜 놓아주어야 하냐고? 놓아주지 않으면 네가 죽을 테니까!"

카티의 으르렁거림이 채 끝나기도 전, 엄청난 중력이 하라간을 짓눌렀다. 콰득! 소리와 함께 하라간이 서 있던 성벽이 그대로 함몰되어 저 밑바닥으로 처박혔다.

그렇게 단숨에 하라간을 짓눌러 버리는 와중에도 카티는 실보플레를 철저하게 보호했다. 하라간이 밑으로 꺼지는 것과 달리, 하라간 손에 붙잡힌 실보플레에게는 중력이 반대 방향으로 걸려 허공으로 둥실 떠올랐다. 실보플레의 몸 주변에 둥글게 보호막도 생겨났다.

중력을 자유자재로 조정하는 것이 카티의 권능!

토브욘 왕국 마법 타워에서 4대 현자로 꼽히는 카티의 능력이 먼 남쪽 군나르 왕궁 성벽에서 발휘되었다.

카티는 원래 이곳에 나타나면 안 되는 사람이었다. 그룬드가 카티에게 몇 번이나 반복해서 강조했다. 요나스의 감시가 철저하니 절대 마법 타워를 떠나지 말라고, 실보플레를 쫓아가면 안 된다고 그룬드는 몇 차례나 윽박질렀다.

카티가 그룬드의 경고를 무시했다. 그녀에게 있어서 실보플레는 세상 그 무엇과도 바꿀 수 없는 보물이었다. 그런 카티가 실보플레를 적진 한복판에 혼자 보낼 리 없었다. 카티는 뒷일을 생각하지 않고 군나르 왕국 수도로 연결된 공간 이동 포탈을 열었고, 그 포탈 안으로 들어가 실보플레의 뒤를 바짝 쫓았다.

만약 실보플레가 임무를 제대로 완수할 것처럼 보이면 카티는 그냥 토브욘 왕국으로 되돌아갈 생각이었다.

하지만 조금 전 실보플레의 몸에 부착시켜 놓은 마법 단추가 박살 났다.

"안 돼!"

제자의 위기를 감지한 카티는 곧장 군나르 왕궁으로 날아왔다. 그러곤 중력 마법으로 하라간을 성벽과 함께 함몰시키고 제자를 구했다.

아니, 구한 것처럼 보였다.

역중력에 의해 허공으로 둥실 떠오르던 실보플레가 멈칫거리다가 더 이상 올라오지 않았다. 대신 무너지는 성벽의 잔해 속에서 하라간이 솟구쳤다.

"우리 왕궁을 난장판으로 만들어 놓고 그냥 도망치면 섭섭하지."

하라간은 검으로 둥근 원을 그려 카티의 마법을 잘랐다. 카티가 구현한 마법이 제아무리 현묘하고 수준이 높다고 하더라도 마나의 흐름이 끊기면 제대로 유지될 수 없었다.

"아니! 어떻게?"

카티가 화들짝 놀랐다. 검으로 마법을 끊어 버릴 수 있다는 이야기를 카티는 들어 본 적이 없었다.

“이이익! 이놈!”

카티가 손바닥을 다시 들어 아래로 짓누르는 시늉을 했다.

쿠앙!

마치 허공에서 투명한 거인이 거대한 손바닥으로 성벽을 내리치는 듯, 더 큰 중력이 발생하여 하라간의 주변 30 미터 반경을 지하 1 미터 깊이로 짓뭉개 버렸다.

하라간이 또다시 검으로 둥근 원을 그렸다.

이번에도 어김없이 마나의 흐름이 끊겼다. 카티의 중력 마법은 황당할 정도로 쉽게 와해되었다. 피범벅이 되어 땅속에 처박혀야 할 하라간이 아무렇지도 않게 허공으로 솟구쳤다.

푸슉—!

오히려 하라간의 검 끝에서 솟구친 우윳빛 광채가 카티의 몸을 강타했다. 이 순백의 광채는 눈 깜짝할 사이에 카티의 복부를 뚫고 하늘 높이 날아갔다.

카티는 그 빛을 눈으로 보고도 피하지 못했다. 마법 캐스팅을 발휘하려고 했으나, 그때는 이미 빛이 복부에 파고든 상태였다. 카티가 몸 주위에 서둘러 쉴드(Shield: 방패) 마법을 쳤다. 하나 이 또한 소용없었다. 순백의 우윳빛 광채는 카티의 쉴드를 수수깡 부수듯 관통한 뒤 카티의 복부에 기어이 어른 주먹만 한 구멍을 뚫어 놓았다.

"커헉!"

허공에서 카티가 추락했다.

Chapter 4

"끄아아—."

카티가 허공에서 맥없이 떨어졌다.

"아, 안 돼!"

하라간에게 붙잡힌 실보플레가 비명을 질렀다.

제자의 목소리에 카티가 다시 정신을 차렸다.

"크윽! 이노옴!"

카티는 역중력 마법으로 추락하는 속도를 가까스로 늦추고는, 하라간을 향해 오브(Orb)를 겨눴다. 카티의 흙색 오브로부터 땅의 기운이 뭉클 솟구쳤다. 그 기운들이 꽉꽉 뭉쳐서 형체를 갖추더니 하라간을 그대로 덮쳤다. 강한 중력장이 걸려 있는 이 진흙 뭉치는 어느새 5 미터 크기의 골렘의 형태가 되어 있었다.

꾸아아아앙!

진흙의 골렘이 하라간을 향해 포효를 터뜨렸다.

이건 그냥 덩치만 큰 일반 골렘이 아니었다. 카티의 중력 마법과 결합되어 주변 사물을 모조리 끌어들여 흡수하는 특수 골렘이었다.

연해 1층 레벨의 마물들은 이 골렘 근처에만 다가가도 와락 찌그러지고 후드득 딸려가 찐득찐득한 골렘의 몸속으로 파묻히기 일쑤였다. 연해 2층 레벨의 마물도 골렘과 몇 번 부딪친 뒤에는 힘이 빠져 비틀거렸다. 심지어 그보다 더 강한 마물들도 카티의 골렘과 제대로 싸우지 못했다. 무엇이든 끌어당기는 강력한 중력장 때문이었다.

솔샤르가 아닌 일반 사람들은 감히 골렘 근처에 접근도 하지 못했다. 중력의 방향이 마구 뒤틀린 이 골렘 근처에서 사람들은 갑자기 허공으로 훽 치솟고, 옆으로 붕붕 날아다니다가 결국 골렘의 몸속으로 파묻혀 질식사했다.

'네놈도 예외는 아니다.'

카티는 이렇게 자신했다.

'최소한 하라간이 골렘과 맞서 싸우다가 비틀거리기는 할 테고, 그사이 실보플레를 구출할 기회를 얻을 게야.'

카티는 이 생각도 했다.

그런데 웬걸?

하라간은 골렘 주변에 형성된 강력한 중력장의 영향을 전혀 받지 않았다. 대신 주변 성벽은 왜곡된 중력장의 영향을 받았다.

꾸우웅! 쿠르르르릉!

군나르 왕궁의 9번 외성 벽이 꿀렁꿀렁 뒤틀리다가 통째로 허물어졌다. 무너진 벽돌들이 이상한 방향으로 마구 날아다녔다. 세상이 일그러지는 듯한 변괴의 와중에도 하라간은 아무렇지도 않게 검을 뻗었다.

뒤틀린 중력장이 단숨에 뚝 끊겼다. 허공을 날아다니던 벽돌들이 다시 땅으로 후두둑 낙하했다. 요란한 소리와 함께 뿌연 흙먼지가 높이 치솟았다.

퓨슛!

흙먼지 사이를 뚫고 솟구친 우윳빛 광채가 카티의 복부에 두 번째 구멍을 뚫어 놓았다.

"쿨럭!"

카티는 입에서 검붉은 핏물을 뿜었다.

"아아악! 스승님!"

실보플레는 목이 찢어져라 비명을 질렀다.

크게 출렁거리던 중력장은 어느새 잠잠하게 가라앉았다. 카티의 골렘은 머리부터 사타구니까지 그대로 두 쪽 나서 무너진 성벽 옆에 나뒹굴었다. 5 미터 크기의 거대 골렘이 허물어진 모습이 실로 믿기지 않았다.

카티의 입장에서도 이건 있을 수 없는 일이었다. 끈끈하기 이를 데 없는 카티의 진흙 골렘은 절대 둘로 나뉠 수 없는 구조였다. 미세한 진흙 알갱이 하나하나가 강력한 중력의 기운을 품고 있기에, 무언가에 의해 나뉜다고 해도 금세 다시 달라붙게 마련이었다.

이런 성질 때문에 저 무시무시한 북해의 군주 토브욘도 카티의 진흙 골렘을 얼려서 멈출 수는 있어도 둘로 쪼개 버리는 것은 불가능했다.

"그런데 어떻게 이런 일이!"

카티는 추락하는 와중에도 이 질문부터 던졌다. 그만큼 카티가 받은 정신적 충격이 대단했다.

"안 돼요, 스승님! 아아악, 제발 죽지 마세요."

실보플레가 고래고래 악을 썼다.

"끄으응!"

카티가 한 번 더 정신을 차렸다. 거의 땅바닥까지 추락하던 카티가 휘익 몸을 뒤집었다. 무슨 생각을 했는지 하라간은 검을 등 뒤로 돌려 뒷짐을 지고는 카티의 회복을 가만히 지켜보았다.

카티가 무너진 성벽에 발을 디디고 일어섰다. 머리카락은 온통 산발을 하고, 입술 주변에 피 칠갑을 한 카티의 모습은 꿈에 나올까 두려울 정도로 으스스했다.

"그…… 아이를 풀어 줘!"

카티는 치명상을 입은 상태에서도 실보플레만 걱정했다.

"흑! 스승님!"

실보플레는 가슴이 울컥했다.

'나 때문이야. 어리석은 내가 나쁜 남자를 짝사랑한 탓에 스승님이 저렇게 되셨어. 흐흐흑! 스승님, 제발 도망치세요. 어리석은 제자는 내버려 두고 스승님이라도 도망치세요.'

실보플레는 이렇게 외치고 싶었다. 하지만 목이 메어 말이 나오지 않았다.

"그 아이를 풀어 줘."

카티가 한 번 더 말을 내뱉었다.

입술을 열 때마다 카티의 목구멍에선 피가 흘러나왔다. 등짝이 으스러질 듯 쑤셨고 두 다리가 휘청거려 서 있는 것도 힘들었다. 하지만 카티는 하라간을 향해 오브를 겨누고는 죽을힘을 다해 버텼다. 그녀는 어떻게든 실보플레를 구해 주고 싶었다. 자신이 이 자리에서 처참하게 죽는 한이 있더라도 실보플레만 구할 수 있다면 여한이 없었다.

카티를 바라보는 하라간의 표정이 사뭇 진지해졌다.

'스승님!'

지금 하라간이 보고 있는 것은 카티가 아니었다. 피투성이가 된 그녀의 얼굴 위로 존경하는 옛 스승 카일 백작이

겹쳐 보였다.

카티가 발악하듯 다시 외쳤다.

“그 아이를 당장 풀어 주라고 했다. 그렇지 않으면 넌 죽게 될 것이다.”

빈말이 아닌 듯, 하라간을 향해 겨눈 카티의 오브가 발갛게 달아오르기 시작했다.

ㅊㅊㅊㅊㅊ—

카티의 온몸에서 실타래처럼 마나가 풀려 나왔다. 카티의 심장 부위에 박혀 있는 마정석이 힘차게 맥동하면서 그 속에 잠들어 있던 마물을 깨웠다.

카티의 팔다리가 흐물흐물 늘어져 길게 자라났다. 카티의 등과 배에서도 다리가 길게 자라 뱀처럼 꾸불텅꾸불텅 요동쳤다.

Chapter 5

수천 개의 빨판이 매달린 8개의 다리!

그 8개의 다리보다 두 배는 더 긴 2개의 추가 다리!

“으응? 문어 다리가 10개? 그럼 데카포스인가?”

하라간이 고개를 갸웃했다.

데카포스는 연해 2층 레벨의 마물이었다. 저렇게 뛰어난 마법사가 고작 데카포스와 결합했을 것 같지는 않았다.

또 한 가지 의문.

대부분의 데카포스는 다리가 10개이고 몸통이 붉은빛을 띠었다. 그런데 카티의 마물은 다리는 10개가 맞지만 몸 전체가 붉지 않고 푸르스름하게 빛났다.

"저건 뭐지?"

마물 도감에서도 보지 못한 특이한 마물의 등장에 하라간은 호기심을 느꼈다.

그렇게 하라간이 기다려 주는 사이 카티의 마물이 완전히 세상에 그 모습을 드러냈다. 마물은 등장과 함께 긴 포효를 내질렀다.

그 포효가 신호라도 되는 듯, 마물 주변 공기가 갑자기 쩌저적! 얼어붙어 그대로 응결되었다. 처음엔 공기 속 수분이 얼어 결정을 이루는 정도에서 시작했지만, 이내 그 얼음덩어리의 크기가 성인 남자 크기로 부풀었다. 하라간이 눈을 한 번 더 깜빡이자 얼음덩이는 커다란 저택과 비견될 정도로 거대하게 변했다.

이건 흡사 얼음 바위!

아니, 조금 더 시간이 흐르자 바위의 수준을 넘어서 거대한 빙하가 하라간의 머리 위에 형성되었다. 허공에 둥실 떠

오른 빙하는 하라간을 향해 그대로 내리꽂혔다.

쿠콰콰콰콰!

그런 빙하가 하나가 아니었다. 카티의 몸에 돋아난 10개의 다리가 각각 한 개씩의 빙하를 만들어 내어 하라간의 머리 위에서 낙하시켰다.

쿠콰콰—! 콰콰콰콰—! 콰콰콰콰콰!

연달아 떨어지는 빙하에 파묻혀 하라간은 보이지도 않았다. 그렇게 끊임없이 빙하가 쏟아지는 와중에도 실보플레의 몸 주위엔 둥근 보호막에 돋아나 철저하게 보호했다. 빙하도 가급적 실보플레에게는 충격을 주지 않는 방향에서만 내리꽂혔다.

카티가 결합한 이 마물의 정체는 왑타포스!

빙하의 권능을 가진 왑타와 문어를 닮은 마물 데카포스가 결합되어 만들어진 이 독특한 마물은, 해구 2층과 3층 사이에 발을 걸친 종이었다.

왑타포스는 대부분 왑타보다 강했다. 왑타의 레벨이 해구 2층. 그러니까 왑타포스는 해구 2층 레벨은 확실히 넘어섰다.

그렇다고 왑타포스를 해구 3층으로 분류하기는 조금 모자랐다.

왑타포스와 결합한 솔샤르도 거의 없어서 이 독특한 마

물에 대한 정보도 거의 알려지지 않았다. 군나르 왕국에서 가장 박식한 칼리프 대학사도 왑타포스에 대해서는 알지 못했다.

그런 특이한 마물이 카티의 몸을 통해 모습을 드러낸 것이다.

"헉! 헉! 헉! 헉! 그러게 실보플레를 놓아주라고 경고하지 않았더냐. 헉헉!"

10개의 빙하를 한 번에 내리꽂은 뒤, 카티는 양손으로 무릎을 쥐고 헐떡였다. 카티의 입에선 계속 피가 흐르고 검붉은 내장 조각이 쏟아졌다.

심각한 부상을 입은 상태에서도 카티는 오직 제자만 걱정했다.

"실보플레! 헉헉! 어서 이곳을 빠져나가자. 헉헉!"

"스승님!"

풀풀 날리는 얼음 가루 사이에서 실보플레의 안타까운 음성이 들렸다. 바로 뒤이어 하라간의 목소리도 뒤따랐다.

"생김새는 데카포스와 비슷한데, 공격은 왑타와 닮았군."

"허억?"

카티가 두 눈을 부릅떴다. 그녀는 하라간이 멀쩡할 것이라 생각하지 않았다. 10개의 빙하를 무방비 상태로 얻어맞고도 무사할 수 있는 사람은 없기 때문이다.

하라간이 뿌연 얼음 가루를 헤치고 나왔다. 실보플레도 하라간에게 목덜미가 붙잡혀 질질 끌려왔다.

"으으읏!"

카티가 어금니를 꽉 물었다.

더 이상 카티에게는 하라간을 공격할 방법도, 그럴 힘도 남아 있지 않았다. 그렇다고 여기서 주저앉을 수는 없었다. 적의 손에 붙잡힌 제자를 보자 카티의 눈이 홱 돌아갔다.

"이노옴! 그 손 놓지 못할까!"

카티가 잡아 죽일 듯이 하라간을 노려보았다.

막상 눈은 부라렸지만, 사실 카티는 지금 가만히 서 있는 것도 힘들었다. 그저 두 손으로 무릎을 붙잡고 간신히 버틸 뿐이었다.

카티의 마물 왑타포스도 당장 공격을 재개하기 불가능했다. 왑타포스의 최대 공격력은 왑타보다 10배 가까이 강하지만, 일단 10개의 빙하를 한꺼번에 소환하여 적을 공격하고 나면 최소 한 시간 이상 회복 시간이 필요했다.

카티도 이 약점을 잘 알고 있었다. 하여 카티는 평소에 절대 5개 이상의 빙하를 한 번에 사용하지 않았다.

그런데 조금 전 카티는 왑타포스의 모든 전력을 한꺼번에 개방했다.

'눈곱만큼이라도 전력을 아껴 두었다가는 이자를 꺾지 못한다.'

카티는 이렇게 판단했다.

그 판단이 옳았다. 하라간은 전력을 아끼면서 상대할 수 있는 자가 아니었다.

하지만 역설적으로 그 판단은 틀렸다. 하라간은 카티가 전력을 다 쏟아 부어도 감당할 수 없는 괴물 중의 괴물이었다.

"크흐! 대체 어디서 이런 자가!"

카티의 눈이 암울하게 물들었다.

반면 카티를 대하는 하라간의 눈빛은 그리 적대적이지 않았다. 카티는 저 새파랗게 젊은 놈이 왜 자신을 호의적으로 쳐다보는지 이해하지 못했다.

"후우."

하라간이 가볍게 한숨을 내쉬었다.

그 순간 카티의 시야에서 하라간의 모습이 싹 사라졌다.

마치 실보플레가 공간 점프를 한 듯이 번쩍!

"헉!"

하라간이 시야에서 사라진 것과 동시에 카티의 입에서 헛바람이 새어 나왔다. 위태위태하던 카티의 몸이 앞으로 픽 고꾸라졌다.

스르륵 무너지는 카티의 등 뒤에서 하라간이 신비롭게 나타났다.

"스승님!"

실보플레가 깜짝 놀라 소리쳤다.

다행히 카티는 땅바닥에 거칠게 쓰러지지 않았다. 하라간이 검을 겨누자, 그 검에서 흘러나온 기운이 카티의 몸을 칭칭 휘감아 부드럽게 떠받쳤다.

기절한 카티가 허공에 스륵 떠올랐다.

하라간의 검에서 풀려나온 기운은 15 미터 떨어진 곳에 주저앉아 있던 실보플레의 몸뚱어리도 칭칭 휘감았다.

"아악!"

실보플레가 비명을 질렀다.

이건 실보플레가 지레 겁을 먹고 지른 비명이었다. 검의 기운은 생각보다 아프지 않았다. 날카롭지도 않았다. 검의 기운은 마치 거미줄을 촘촘히 엮어 천을 짠 것처럼 말랑말랑하고 매끄러웠다. 넓게 펼쳐진 그 기운이 실보플레를 가볍게 감싸 허공으로 들었다.

카티에 이어서 실보플레도 허공에 둥실 떠올랐다.

하라간이 무너진 성벽 안으로 다시 돌아왔다.

카티와 실보플레는 눈에 보이지도 않고 만질 수도 없는 검의 기운에 묶인 채 하라간의 등 뒤 2 미터 높이로 떠올라

질질 끌려 들어왔다.

"비상! 비상! 적이 침투했다."

"비상! 비상!"

사방에서 호위 무사들이 메뚜기처럼 날아들었다.

"하라간 님!"

"괜찮으십니까? 하라간 님!"

게브의 환관들도 부랴부랴 의관을 차려입고 호각을 불면서 외성 벽 서문에 집결했다. 그보다 한발 앞서 하라간의 친위대원들이 모습을 보였다.

호들갑을 떠는 부하들과 달리 하라간은 침착했다.

"시끄럽게 굴 것 없다."

요란스러운 신하들을 향해 하라간이 손을 내저었다.

오른쪽엔 카티.

왼쪽엔 실보플레.

하라간은 그저 이 2명의 전리품(?)을 얻은 것이 만족스러울 따름이었다.

Chapter 6

"나이 든 여자는 토브욘 왕국의 현자 카티인 것 같습니다. 생김새나 사용한 마법을 살펴보면 그렇게 추정됩니다."

게브의 정보통인 게브 5호가 이렇게 의견을 내었다.

하라간이 되물었다.

"현자 카티?"

"네, 하라간 님. 토브욘 왕국을 지탱하는 뿌리는 마법입니다. 그리고 그 마법을 집대성한 곳이 바로 타워라고 할 수 있습니다."

"그건 나도 알아."

"토브욘의 타워는 4명의 뛰어난 마법사들이 이끌고 있는데, 이 4명을 현자라고 부릅니다."

게브 5호의 설명에 하라간이 눈을 반짝 빛냈다.

"호오! 그렇다면 이 여자가 그 4명 가운데 하나란 말이야?"

"확실하진 않습니다. 솔직히 저희 게브의 정보력은 왕국 내부에만 집중되어 있고, 타국의 정보는 상대적으로 빈약한 편이라 자신 있게 답을 드리기 어렵습니다. 송구하옵니다."

게브 5호는 솔직하게 대답했다.

그 말이 사실이었다. 군나르 왕국은 최근 몇십 년간 외부에 눈을 돌릴 여력이 없었다. 자연히 정보도 부족하고 첩보 능력도 저하되었다.

"이제부터라도 타국의 정보를 차곡차곡 모으면 되지. 그럼 이 여자는 카티 현자라고 치고, 이 어린 여자는 누구지? 나이에 비해 마법 실력이 상당히 뛰어나던데."

"사람이 포탈의 도움 없이 공간을 뛰어넘을 수 있다는 이야기는 저도 처음 들어 보았습니다. 게다가 전격계 마법사는 지극히 희귀한 편입니다. 그런데 이 어린 소녀가 공간 마법과 전격계 마법을 동시에 발휘했다니, 저는 말을 듣고도 제 귀를 의심했습니다."

게브 5호는 실보플레를 아주 높이 평가했다.

하라간도 게브 5호의 말에 동의했다.

"그러게 말이야. 혹시 정보 없어? 토브욘 왕국에 공간 마법과 전격계 마법을 동시에 사용하는 마법사가 있다는 소리, 들은 적 없냐고?"

"송구하옵니다, 하라간 님. 제 지식이 짧아 그런 이야기는 듣지 못했습니다."

"거참. 이 소녀가 저 나이 든 마법사를 스승이라고 부르던데."

하라간은 실보플레와 카티를 번갈아 가며 지목했다.

"하라간 님의 말씀대로라면 이 소녀는 카티 현자의 수제자인 것 같습니다. 그런데 카티는 중력 마법의 대가인데,

그 제자는 전격계 마법이라니! 뭔가 석연치가 않습니다. 후우우."

게브 5호가 무겁게 한숨을 쉬었다.

하라간이 화제를 돌렸다.

"그나저나 포로로 잡은 가림 왕자는 어떻게 되었지?"

말을 하면서 하라간은 눈을 찡긋했다. 그다음 카티의 옆에 놓아 둔 마법 단추 하나를 손가락으로 가리켰다.

게브 5호는 눈치가 빨랐다. 그는 토브욘의 왕자 가림이 이미 죽었다는 사실을 알고 있었지만, 하라간의 말에 장단을 맞춰 주었다.

"혹시 몰라서 가림을 다른 감방으로 옮겨 놓았습니다."

하라간은 게브 5호의 순발력이 마음에 들었다. 하여 빙그레 웃으며 질문을 계속했다.

"아르네 왕국의 성전과 협의는 끝났나?"

"현재 조건을 협의 중입니다. 혹시 이와 관련하여 따로 하명하실 것이 있으십니까?"

"일단 닷새만 더 기다려 보자고. 북해의 야만인들이 우리에게 배상을 제대로 하고 용서를 빈다면 가림을 성전에 넘기지 않고 풀어 줄 수도 있지. 하지만 닷새 뒤까지 아무런 반응이 없으면 가림을 성전으로 이송해서 종교 재판에 넘겨야지. 그럼 아마 북해 녀석들이 뒷목을 잡고 쓰러질 거야. 일국의 왕자가 종교 재판을 받고 교수형에 처해진다? 세상에 이런 망신이 어디 있겠어? 하하하!"

하라간은 누군가 들으란 듯이 과장되게 비웃어 주었다. 그러곤 약간 목소리를 낮춰 게브 5호에게 속삭였다.

"그러니까 성전과 협상을 잘해 두라고. 이번 종교 재판을 통해 확실하게 토브욘 녀석들의 얼굴에 똥칠을 해 줘야 해. 어설프게 가림만 재판을 받고 끝나 버리면 곤란하다고. 최소한 북해 야만인들의 군주인 토브욘도 끌고 들어가서 가림과 함께 개망신을 주어야 할 것이야. 성전의 사도들이 이 점을 약속하지 않으면 절대 가림을 넘기지 마. 하지만 만약 성전에서 북해의 군주를 망신 주겠다고 대답하면, 당장에라도 가림을 넘기라고."

하라간의 의도는 명백했다.

'군나르 왕국의 목적은 종교 재판을 통해 가림을 교수형에 처하는 것이 아니다. 재판장에서 북해의 제왕 토브욘을 거론하게끔 만들어 완전히 개망신을 시키겠다.'

하라간의 말을 풀어서 설명하면 이와 같았다.

이곳 북부에서 아홉 군주의 지위는 절대적이었다. 비록 상대가 적대국의 군주라고 해도, 군주를 직접적으로 모욕주는 경우는 없었다.

그런데 하라간은 토브욘을 직접 겨냥했다.

말을 들으면서 게브 5호의 안색이 하얗게 질렸다. 하지만 이제 와서 하라간의 말에 어깃장을 놓을 수도 없었다. 게브 5호는 눈을 질끈 감고 대답했다.

"물론입니다. 성전과 협상을 잘 마무리 지어 하라간 님의 뜻이 이루어지도록 하겠습니다."

"그래. 북해의 야만인들은 감히 우리 군나르 왕국을 침범하여 신인의 사원을 박살 낸 가증스러운 놈들이야. 이 기회에 그 야만인들에게 똑똑히 보여 줄 필요가 있어. 우리 군나르 왕국을 건드리면 어떻게 되는지! 북해의 제왕이 어떤 개망신을 당하는지 똑똑히 보여 줄 필요가 있다고. 하하하! 아마 닷새 후면 토브욘 왕국 전체가 뒤집어질걸? 가림 왕자가 아니라 자신들의 군주가 재판을 받는 셈이 될 테니까 말이야. 아하하하하!"

하라간은 시원하게 웃었다. 이젠 목소리를 낮추지도 않았다. 마치 누가 들으라는 듯이 크고 또렷하게 말했다.

'들어라! 내 이야기를 듣고 분노해라. 치욕을 참지 말고 또다시 우리 군나르 왕국을 침범해 들어와라. 그럼 내가 네 놈들을 깡그리 붙잡아 씨를 말려 주마. 할아버님을 위해서! 우리 군나르 왕국을 위해서!'

이것이 하라간의 의도였다.

이건 그리 오래 고민해서 만든 계책이 아니었다. 카티의 몸에서 마법 단추를 발견하자 하라간의 뇌에 즉흥적으로 계획이 떠올랐을 뿐이다. 다행히 게브 5호는 장단을 잘 맞춰 주었다. 하라간은 호수에 미끼 하나 던져 보는 심정으로 말을 내뱉었다.

토브욘 왕국이 그 미끼를 물었다.

"이런 썅! 썅! 썅!"

그룬드는 미친 듯이 화를 냈다. 곰 같은 체격의 그룬드가 얼굴이 시뻘게지도록 화를 내자 잠자리 시중을 들던 금발의 시녀 2명이 무서워서 바들바들 떨었다.

그룬드는 시녀들에게도 짜증을 부렸다.

"꺼져. 이 창녀들아. 죽여 버리기 전에 당장 꺼지라고."

"꺄악!"

"살려 주세요."

그룬드가 던진 베개에 얻어맞은 두 시녀는 발가벗은 차림으로 침실에서 도망쳤다.

"에이 썅!"

그러고도 화가 풀리지 않은 그룬드는 문을 향해 꽃병을 집어 던졌다. 와장창 병이 깨지고 꽃잎이 흩날렸다.

제7화
성혼

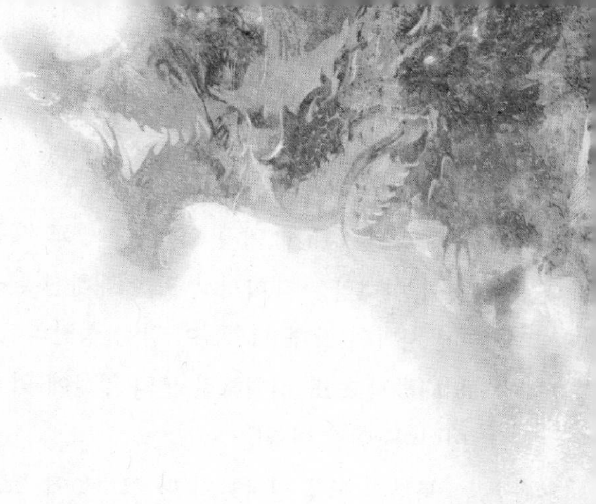

Chapter 1

“이 병신 같은 실보플레! 가림을 암살하라는 명령 하나 이행하지 못하고 잡혀?”

처음에 그룬드는 임무를 실패한 실보플레에게 화를 냈다.

“이런 병신 같은 카티! 감히 내 말을 어기고 군나르 왕국으로 들어가? 갔으면 실보플레나 잘 돕든가. 놈들에게 붙잡혀 버리면 어쩌라는 거야? 이런 썅!”

이어서 약속을 어기고 군나르 왕국에 가 버린 카티를 욕했다.

하지만 조금 시간이 흐르자 화가 가라앉았다. 대신 그룬드의 가슴이 싸해졌다.

"크흐헝! 대체 이걸 어쩌지? 종교 재판이 가림을 노린 것이 아니라 위대하시고 또 위대하신 분을 노린 것이었다니! 사막의 땅개 새끼들이 감히 성전의 사도들과 협잡하여 위대하시고 또 위대하신 분의 얼굴에 먹칠을 하려 들다니! 아아아! 이걸 어째!"

북부의 모든 왕국들이 다 그렇듯이, 토브욘 왕국에서 군주의 위치는 절대적인 신앙과 다름없었다. 왕국 전체를 다 합쳐도, 왕국 모든 백성들과 귀족들, 왕족들을 다 더해도 토브욘 단 한 사람의 가치에 미치지 못했다.

그런 위대하신 분이 공개적으로 망신을 당하게 생겼다.

아마 많은 수의 토브욘 백성들이 치욕을 참지 못하고 자결을 할 것이다. 수많은 귀족과 왕족들이 들고 일어나 군나르 왕국과 성전을 상대로 전쟁을 선포할 것이다.

"전쟁? 좋지. 군나르 왕국의 개새끼들을 쳐 죽일 수만 있다면 내 기꺼이 앞장서겠어."

그룬드는 이렇게 뇌까렸다.

"하지만 그 전에 나부터 죽겠지. 군나르 왕국을 상대로 전쟁을 선포하기도 전에 토브욘의 왕족과 귀족들이 내 목을 베려고 할 거야. 감히 위대하시고 또 위대하신 분의 명예를 더럽혔다는 이유로 날 죽이려고 들 거라고. 크아악!

이 미친 사막의 땅개 놈들!"

그룬드가 갑자기 발광했다. 그는 이런 최악의 사태를 만든 군나르 놈들이 찢어 죽이고 싶을 정도로 미웠다. 이번 일의 빌미를 제공한 가림 왕자는 더더욱 죽여 버리고 싶었다.

"크아악! 이 개새끼들아. 난 결코 혼자 죽지 않는다. 가림, 이 멍청한 개자식! 실보플레, 이 무능한 식충이! 카티, 이 더러운 배신자! 카스트렌, 사악한 마귀할멈! 요나스, 이 박쥐 같은 새끼! 하라간, 이 창녀 같은 놈! 내가 죽을 때 죽더라도 이 여섯 연놈들만큼은 반드시 지옥에 함께 데려간다. 다 덤벼! 다 덤비라고, 이 개새끼들아! 나 그룬드야. 나 그룬드라고. 난 결코 쉽게 죽지 않아. 죽을 때 죽더라도 네 놈들을 다 데려갈 거다. 우아아아아아아아아—악!"

그룬드는 허공에 주먹질을 했다. 자신의 머리카락도 마구 쥐어뜯었다.

한동안 미치광이가 되어 발광하던 그룬드가 결국 방을 나섰다. 분노가 가시자 그 자리에 두려움이 돋아났다.

"일단 몸을 피해야지. 카티가 움직였으니 요나스과 카스트렌이 뒷조사에 나설 거야. 그리고 닷새 뒷면 종교 재판이 열리겠지? 그 즉시 난 죽을 거야. 그러니 지금 즉시 여기를 떠야 해. 요나스에 의해 구금을 당하기 전에 즉시 사라져야 한다고. 그래야 뒷일을 도모할 수 있지."

결국 그룬드가 선택한 길은 도주였다.

이른 새벽.

그룬드는 감쪽같이 사라졌다.

그룬드가 자리를 피할 즈음, 요나스와 카스트렌이 비상 호출을 받고 위치룸에 모였다.

4명의 현자 가운데 한 명인 사투가 두 사람을 맞았다.

"사투 현자, 이 이른 아침에 무슨 일로 비상 호출을 한 거요?"

요나스가 짜증 섞인 목소리로 이유를 물었다.

잠을 설친 카스트렌도 표정이 좋지 않았다.

"저걸 좀 보십시오."

사투가 다급히 영상을 가리켰다.

위치룸 정면의 푸른 크리스털엔 긴박한 영상이 돌아갔다.

요나스가 눈을 비비며 영상에 집중했다.

"저게 뭐요? 설마 카티 현자?"

"설마 카티 현자가 자리를 이탈했단 말인가?"

카스트렌이 주먹을 불끈 쥐었다.

사투가 고개를 끄덕였다.

"그렇습니다. 지금으로부터 4시간 전, 카티가 공간 이동 포탈을 몰래 열고 군나르 왕국으로 넘어갔습니다."

요나스가 버럭 화를 냈다.

"아니, 그걸 막는 것이 사투 현자의 임무가 아니오. 막진 못하더라도 최소한 그 즉시 우리에게 알려 조치를 취했어야지."

"맞아. 요나스 적자의 말대로 이건 사투 현자의 실수야. 카티 현자가 왜 군나르 왕국에 갔겠어? 그룬드를 위해 가림 왕자를 암살하려고 간 거잖아. 4시간이면 이미 가림은 죽었을 수도 있다고."

카스트렌도 도끼눈을 떴다.

사투가 고개를 가로저었다.

"제가 카티 현자를 놓친 것은 인정합니다. 카티가 여러 겹의 마법으로 감시망을 피한 탓에 그만 놓쳐 버렸습니다. 하지만 두 분이 걱정하시는 일은 일어나지 않았습니다. 이 영상을 보십시오. 제가 카티의 몸에 부착된 마법 단추의 신호를 중간에 가로챈 영상입니다."

군나르 왕국에 침투하기 전, 카티는 마법 단추를 착용했다. 그러곤 마법 단추에 찍힌 영상이 그룬드에게 전달되도록 조치를 취했다. 만에 하나 실보플레와 카티가 임무에 실패했을 때, 그룬드가 미리 알고 대책을 세울 수 있도록 배려한 것이다.

그런데 사투가 그룬드에게 배달되는 영상을 중간에 가로챘다. 사투가 가리킨 크리스털 화면엔 카티와 하라간의 전투가 진행 중이었다.

"영상이 흐려서 잘 보이지도 않잖아."

요나스가 투덜거렸다.

그의 말마따나 영상의 질은 최악이었다. 카티가 연달아 중력 마법을 사용한 탓에 흙먼지가 짙게 휘날렸다. 이어서 빙하까지 소환해 내리찍자 거의 알아볼 수 있는 장면이 없었다.

게다가 이 마법 단추는 카티의 등 뒤만 비춰 주었다.

4시간 전, 카티는 군나르 왕국으로 이동하기에 앞서 4개의 마법 단추를 착용했다.

그런데 하라간이 카티와 맞닥뜨리자마자 3개의 단추를 잘라 버렸다. 대신 등에 부착된 마법 단추 하나만 일부러 남겨 두었다.

덕분에 그룬드는 카티의 등 뒤 영상만 실컷 보았다.

사투와 요나스, 카스트렌 2왕비도 그룬드와 마찬가지였다.

대신 목소리는 잘 들렸다.

우르릉, 우르릉, 우렛소리가 들렸다. 성벽이 끼이익 뒤틀리는 소리도 잘 들렸다. 뿌연 흙먼지 사이로 실보플레의 애타는 목소리도 들렸다.

요나스와 카스트렌은 영상 대신 소리에 집중했다.

Chapter 2

짧은 전투 끝에 카티가 제압을 당했다.

"아니! 중력 마법의 대가인 카티 현자가 이렇게 빨리 제압당했다고?"

요나스가 눈을 크게 떴다.

"그녀가 대체 누구와 싸운 것이지? 설마 사막의 군주 군나르가 직접 움직였나?"

카스트렌은 조심스럽게 군나르를 거론했다.

사투가 카스트렌의 말에 동의했다.

"중간중간 하라간의 이름이 들리기는 했습니다만, 제 생각에도 군나르가 직접 나선 것 같습니다. 그렇지 않으면 카티 현자가 이렇게 빨리 무너질 리 없습니다."

그렇게 끝난 줄 알았던 영상이 잠시 후 계속되었다. 크리스털 화면이 온통 새까만 가운데 이번에도 목소리만 들렸다.

하라간과 게브 5호가 나누는 대화였다.

요나스와 카스트렌, 그리고 사투는 귀를 쫑긋 세우고 대화의 내용을 엿들었다. 그러다 하라간의 입에서 토브욘이 거론되자 모두의 안색이 새하얗게 질렸다.

"크윽!"

요나스는 두 주먹을 불끈 쥐었다.

"끄으응!"

카스트렌은 입술을 꽉 깨물어 피가 터졌다.

사투는 어쩔 줄 몰라 "신인이시여! 신인이시여!"만 중얼거렸다.

그사이 하라간이 또 입을 열었다.

"북해의 야만인들은 감히 우리 군나르 왕국을 침범하여 신인의 사원을 박살 낸 가증스러운 놈들이야. 이 기회에 그 야만인들에게 똑똑히 보여 줄 필요가 있어. 우리 군나르 왕국을 건드리면 어떻게 되는지! 북해의 제왕이 어떤 개망신을 당하는지 똑똑히 보여 줄 필요가 있다고. 하하하! 아마 닷새 후면 토브욘 왕국 전체가 뒤집어질걸? 가림 왕자가 아니라 자신들의 군주가 재판을 받는 셈이 될 테니까 말이야. 아하하하하!"

하라간의 통쾌한 웃음소리를 끝으로 더 이상 영상이 수신되지 않았다.

"이런 미친!"

요나스가 볼을 푸들푸들 떨었다.

"전쟁이다! 전쟁! 감히 위대하시고 또 위대하신 분을 종교 재판대에 세우려고 들다니! 그런 짓을 하고도 네놈들이 무사할 것 같더냐? 군나르 왕국? 성전? 다 불태워 버릴 것이니라."

카스트렌의 두 눈에서 시퍼런 불똥이 튀었다.

"맞습니다. 놈들에게 우리 북해인들의 무서움을 보여 주어야 합니다. 이런 치욕을 참을 수는 없습니다. 놈들은 넘어서는 안 될 선을 넘었습니다."

사투가 맞장구를 쳤다.

세 사람의 의견이 하나로 모아졌다. 세 사람의 시선도 하나로 모였다. 셋이 입을 모아 함께 외쳤다.

"그 전에 할 일이 있지."

한목소리로 이 말을 한 뒤, 요나스가 먼저 입을 열었다.

"역적 그룬드부터 처리해야지."

요나스는 그룬드의 이름 앞에 '역적'이라는 꼬리표를 붙였다.

사투가 힘차게 주억거렸다.

"요나스 님의 말씀이 맞습니다. 군나르와 전쟁을 벌이기 전에 이번 사태를 일으킨 주범부터 재판대에 세워 죄를 물어야 합니다."

"그룬드! 당장 그룬드를 잡아와! 토브욘 왕국 2왕비의 이름으로 위치룸 회의를 소집한다. 회의 목적은 그룬드 처형!"

카스트렌도 앙칼지게 외쳤다.

그 즈음 그룬드는 수도에서 벗어나 북쪽 자작나무 숲으로 도망치고 있었다.

"카악, 퉤!"

숲 속 새하얀 눈 위에 가래침을 한 번 뱉은 뒤, 그룬드는 발걸음을 멈추고 뒤를 한 번 돌아보았다.

저 멀리 구름을 뚫고 솟은 타워가 보였다. 그룬드는 하늘을 떠받친 것처럼 보이는 초고층의 마천루를 향해 손을 뻗었다.

"크윽! 저걸 이 손에 쥘 수 있었는데. 저 아름다운 건축물이 거의 다 내 손에 들어왔는데!"

원래 손에 쥐었다가 놓친 보석이 더 아름다워 보이는 법이다. 그룬드의 눈에는 저 타워가 세상 모든 권력과 부가 집약된 결정체처럼 보였다.

"멍청이 가림, 실패자 실보플레, 배신자 카티, 개자식 요나스, 망할 년 카스트렌, 그리고 남자창녀 하라간! 두고 보아라. 이 6명을 찢어 죽이고 난 뒤, 나는 반드시 저 마법 타워를 손에 넣을 것이다. 저건 내 거야. 아무에게도 빼앗기지 않아. 세상 그 누구에게도 빼앗기지 않아. 씨팔! 퉤에!"

그룬드는 가래침을 한 번 더 뱉었다. 그다음 자작나무 숲 은밀한 곳에 숨겨 둔 포탈을 찾았다.

그동안 그룬드가 이곳 자작나무 숲 속 온천을 자주 찾은 이유는 바로 이 포탈 때문이었다. 그룬드는 허허벌판이나 다름없는 자작나무 숲에 은밀한 은신처를 하나 마련한 다음, 그곳에 공간 이동 포탈과 비상식량, 그리고 비자금을 숨겨 두었다.

평소 그룬드가 온천을 즐기는 척한 것은 모두 위장일 뿐, 실제로 그는 온천에 들를 때마다 자작나무 숲 속 은신처에 들려 비자금의 양을 더 늘리고 포탈을 점검했다.

이 철저한 준비성이 위기 상황에서 빛을 발했다.

눈으로 덮인 동굴 속, 포탈 앞에 서서 그룬드는 낮게 신세 한탄을 했다.

"하아아! 내 비록 만일의 사태를 대비하여 이곳을 준비하기는 했지만, 실제로 이 포탈을 사용하게 될 줄은 몰랐구나. 거의 다 성공했는데. 그동안 12명의 형제를 독살하고, 이제 요나스 한 명만 남았는데, 옥좌 바로 앞에서 내 꿈이 무너지다니! 하아아아!"

한숨에 반응이라도 하듯 둥그런 포탈 테두리에 푸른빛이

차올랐다.

지이이이잉!

마침내 공간 이동 포탈이 완전히 열렸다.

그룬드는 금괴와 보석을 담은 배낭을 등에 멨다. 비상식량 주머니도 옆구리에 착용했다.

"이제 가야지. 일단 내가 살아야 복수도 할 수 있고, 권력도 되찾을 수 있으니 지금은 자리를 떠야지."

그룬드가 공간 이동 포탈에 한 발을 들이밀었다.

이 포탈이 연결된 곳은 요르겐 왕국 남쪽 부쿤 대산맥이었다.

"요나스와 카스트렌은 집요하지. 그 씹어먹을 연놈들은 내가 북부 그 어느 곳에 숨더라도 끝까지 추적할 거야."

그룬드는 부쿤 대산맥에서 더 남쪽으로 남하해 남부인들이 쌓은 장벽을 넘을 요량이었다.

"크크큿! 하지만 내가 장벽을 넘어 남부로 넘어갈 줄은 몰랐겠지? 크크크크! 두고 보아라. 이 그룬드! 남부의 나약한 인간들을 짓밟고 그들의 왕으로 우뚝 설 것이다. 그리고 다시 북해로 돌아와 여섯 원수들의 목을 벨 것이니라. 크하하하하!"

그룬드는 미친 사람처럼 웃다가 포탈 속으로 뛰어들었다.

푸른빛이 넘실넘실 뻗어 동굴 안을 환하게 밝혔다.

직후, 콰쾅! 소리와 함께 공간 이동 포탈이 완전히 박살났다. 나중에 요나스의 부하들이 이곳을 발견하더라도 그룬드가 어느 장소로 공간 이동했는지 알 길은 없었다. 그룬드를 추적할 단 하나의 단서도 남지 않았다.

북해의 풍운아 그룬드는 그렇게 푸른빛에 휩싸여 먼 남쪽 부쿤 대산맥으로 넘어갔다.

4일 뒤.

요나스와 카스트렌은 중대 결단을 내렸다.

처음에 두 사람은 "아르네의 성전에서 종교 재판이 열리기 전에 군나르 왕국을 기습 공격하여 판을 뒤집어 버리자."라고 합의했다.

하지만 군나르 왕국과 전면전을 벌이는 것은 왕비와 왕자가 마음대로 결정할 사안이 아니었다. 이건 군주의 결재가 필요했다.

북해의 제왕 토브욘은 최근 마법 타워 최상층부에 틀어박혀 밖으로 나오지 않았다. 왕국의 정무에도 일절 관여하지 않았다.

그 탓에 토브욘 왕국의 크고 작은 일들은 위치룸 회의를 통해 결정되곤 했다. 2왕비인 카스트렌과 적자 요나스가 회의를 주도했다. 두 사람은 일단 회의를 통해 의견을 모은 다음, 토브욘에게 전면전을 벌일 것을 건의했다.

위대하시고 또 위대하신 분의 명예를 위해 군나르 왕국과 전면전을 벌이고자 합니다. 윤허하여 주소서.

이것이 카스트렌이 토브욘에게 올린 내용이었다.

Chapter 3

얼마 지나지 않아 토브욘의 회신이 내려왔다.

노(No.)

이 짧은 한 음절이 카스트렌과 요나스를 절망케 만들었다. 토브욘은 그 어떤 부연 설명도 덧붙이지 않았다. 카스트렌과 요나스는 갈피를 잡지 못하고 방에 틀어박혔다.

6월 23일.

어영부영하는 사이 사흘이 지났다. 하라간과 게브 5호

사이의 대화가 사실이라면 이제 이틀 뒤면 종교 재판이 열릴 것이다.

"그 전에 어떻게든 사태를 수습해야지."

카스트렌은 고위 왕족과 현자들을 다시 위치룸에 모았다. 그들 사이에서 장장 다섯 시간에 걸친 긴 격론이 벌어졌다.

'군나르 왕국과 전면전은 안 된다. 그렇지만 위대하시고 또 위대하신 분의 명예는 반드시 지켜져야 한다.'

이것이 회의 참석자들이 내린 결론이었다.

이제 방법은 하나밖에 없었다.

쫘악!

요나스가 사람들이 보는 앞에서 스스로 따귀를 때렸다.

"크아아, 젠장! 우리 위대한 북해의 전사들이 사막의 땅개들에게 머리를 숙여야 하다니!"

뢴로트가 씩씩 콧김을 뿜었다.

"이게 모두 그룬드 때문이야. 그 자식은 이제 내 형이 아니야. 감히 위대하시고 또 위대하신 분의 이름에 먹칠을 한 원수라고."

짜증이 치민 요나스가 뢴로트에게 버럭 소리를 질렀다.

"누가 그걸 몰라? 그러니까 뢴로트. 네가 그룬드를 찾아. 그 역적 놈을 찾아서 이곳으로 끌고 오라고, 시간이 몇

년이 걸려도 좋으니까 꼭 찾아야 할 거야."

요나스의 입술이 거칠게 움직였다.

그 기세에 눌려 뢴로트는 찍소리도 하지 못했다. 괜히 끼어들었다가 혹만 붙인 셈이었다.

그 날 밤.

토브욘 왕국의 사신이 군나르 왕국을 방문했다. 이번엔 먼저처럼 요란하게 나타나지 않았다. 사신 혼자 마력함에서 내려 조용히 협상을 시도했다.

대전으로 들어오기 전, 토브욘의 사신은 미리 준비해 온 요나스의 피를 사용하여 블러드 서치 마법을 전개했다. 가림 왕자가 갇힌 곳을 찾기 위해서 3일 전 실보플레가 사용했던 바로 그 탐색 마법이었다.

"혹시 모르니까 한번 시도나 해 봐. 진짜로 놈들이 가림을 억류하고 있는지 살펴보라고."

사신을 군나르 왕국에 파견하기 전, 요나스는 이렇게 주문했다.

물론 블러드 서치 마법이 성공한다는 보장은 없었다. 만약 가림이 갇힌 장소가 대전에서 멀리 떨어져 있다면 아무 징후도 포착되지 않을 것이다.

'그래도 최소한 확인은 한번 해 볼 필요가 있지.'

의심이 많은 요나스는 이렇게 생각했다.

토브욘의 사신은 대전으로 향하는 길목에서 블러드 서치 마법을 남몰래 전개했다. 토브욘 왕가의 피가 마나의 자극을 받아 안개처럼 흩어졌다. 그리고 잠시 후, 기적처럼 반응이 보였다.

'있다!'

토브욘의 사신이 부르르 몸서리를 쳤다.

'생각보다 가까운 곳이구나! 저기에 가림 왕자님이 억류되어 계셔.'

사신은 이렇게 생각했다.

실제로 블러드 서치 마법에 반응한 사람은 가림이 아니었다. 얼마 전 하라간의 명령에 의해 납치된 데인 왕자가 요나스의 피에 반응했다.

하지만 토브욘의 사신은 이 반응이 가림 왕자의 것이라고 믿을 수밖에 없었다.

'진짜로 가림 왕자가 군나르 놈들에게 생포되었구나. 젠장!'

토브욘의 사신은 절망했다. 이제 방법은 하나였다. 군나르 왕국에 고개를 숙이고 사과하는 수밖에 없었다. 그래야 종교 재판이 막아진다.

토브욘의 사신은 어두운 안색으로 대전에 들었다.

하라간은 최소한의 대신들만 배석시킨 상태에서 사신을

맞았다. 왕궁 대학사 칼리프와 재정 대신 카텁이 하라간의 곁을 지켰다.

토브욘의 사신은 말을 길게 끌지 않았다.

적절한 배상금.

정중한 사과.

하라간이 카텁을 통해 토브욘 왕국에 요구했던 두 가지가 모두 이루어졌다. 그 반대급부로 토브욘 왕국의 사신이 요구한 것은 한 가지였다.

"그럼 이제 가림 왕자님을 석방해 주시는 것입니까?"

하라간은 대뜸 고개를 가로저었다.

"그럴 순 없지. 지금 배상은 가림 왕자를 종교 재판에 넘기지 않는 조건으로 받은 거야. 그쪽에서 가림을 원하면 추가 협상을 하자고."

"휴우, 그건 곤란합니다."

사신도 고개를 가로저었다.

이번 배상도 정말 어렵게 내린 결정이었다. 만약에 군주 토브욘의 명예가 걸린 사건이 아니었다면 토브욘 왕국 사람들은 목에 칼이 들어와도 배상하지 않았을 것이다. 군나르 왕국에 사과하는 일 따위도 절대 없었을 것이다.

그런데 이 상황에서 가림 왕자의 석방을 위해 또다시 배상하고 또 사과한다?

이건 도저히 받아들일 수 없는 조건이었다.

"하라간 님, 재협상은 어려울 것입니다. 차라리 귀국에서 가림 왕자님을 평생 돌봐 주시기 바랍니다. 우리는 가림 왕자님을 포기하겠습니다."

사신은 이 말을 남기고 서둘러 마력함으로 돌아갔다.

뒤에 남은 하라간이 하얗게 웃었다.

"어차피 가림을 돌려보낼 수도 없는걸. 그는 이미 내가 잡아먹었어."

하라간은 아무에게도 들리지 않는 조그만 목소리로 이렇게 중얼거렸다. 잡아먹었다는 말을 할 때 하라간의 입 안에 군침이 살짝 감돌았다.

6월 24일.

하라간의 성혼일을 맞아 군나르 왕국 전체가 들썩였다. 전날 밤부터 시작된 대규모 축제는 사람들의 마음을 들뜨게 만들었다.

대신들이 줄지어 입궐해 하라간의 성혼 장면을 지켜보았다. 지방의 힘 있는 토후들도 수도로 올라와 하라간의 성혼식에 참석했다.

군나르는 아침부터 연거푸 술잔을 들었다.

독의 제왕인 군나르가 술에 취할 리 없지만, 그래도 술을 마시는 분위기를 조성할 수는 있었다. 군주가 술잔을 들자 대신들도 술잔을 입에서 떼지 못했다.

늘 바르게만 살아온 칼리프도 모처럼 불콰하게 취했다.

"어허허허!"

칼리프는 하라간의 신하이기도 했지만 다른 한편으론 학문을 가르친 스승이었다. 그런 하라간이 훌륭한 군주의 재목으로 자라나 성혼을 한다고 생각하자 절로 흥이 났다.

아바는 칼리프보다 더 취했다.

"아이고, 대사제님. 제 잔도 받으셔야지요."

"그다음은 제 차례입니다."

여러 대신들은 물론이고 지방에서 올라온 토후들까지 아바를 둘러싸고 술잔을 채워 주었다. 왕세자빈인 클레이아의 후견인이 바로 아바이기 때문이다. 권력에 민감한 자들은 벌써부터 아바의 등 뒤에 후광이 보인다는 말을 떠들어댔다.

클레이아의 부친인 슘레이르도 흠뻑 취할 수밖에 없었다.

그나마 아바와 슘레이르는 절제를 알았다. 그들은 술잔을 받아 마시는 와중에도 군나르의 눈치를 살폈고, 몸가짐을 겸손하게 가다듬었다.

두웅—!

웃통을 벗은 근육질의 고수(북을 두드리는 병사)가 큰 북을 울렸다. 음파가 동심원을 그리며 길게 진동했다.

드디어 새신랑의 등장이다.

"위대하시고 또 위대하신 분의 모든 과업을 이어받으실 분, 하라간 님께서 등장하십니다."

뱀 머리 장식을 이마에 두른 수석 환관이 목청을 높였다.

대신들과 토후들이 일제히 자리에서 일어나 하라간을 맞을 준비를 했다.

Chapter 4

길게 드리운 휘장 뒤에서 하라간이 나타났다.

"오오오!"

사람들이 탄성을 흘렸다.

"하라간 님을 뵙습니다."

대신들이 먼저 무릎을 꿇었다.

"하라간 님을 뵙습니다."

바로 이어서 토후들이 그 대열에 동참했다.

하라간은 희고 검은 줄무늬가 세로로 교차된 의복을 입고 그 위에 황금 칼라시리스를 두른 차림이었다. 줄무늬 의복은 통풍이 잘되는 리넨(아마) 재질로 지었는데, 품이 넓어 입으면 시원했다. 하라간은 활동이 자유롭고 넉넉한 의상을 선호했다.

하라간은 유리에 금속을 녹여 붙여 만든 칠보관을 머리에 썼고, 팔목에도 칠보 팔찌를 착용해서 일관성을 드러내었다.

사람들은 하라간의 손에 들린 2개의 지팡이에도 눈길을 주었다.

지팡이 가운데 하나는 검은 바탕에 금색 줄무늬가 새겨진 종류였다. 나머지 하나는 하얀 바탕에 커다란 핑크빛 다이아몬드가 박힌 지팡이였다. 하라간은 이 지팡이들을 X자로 교차해 가슴 높이로 들었다.

과거 하라간이 처음 대신들 앞에 섰을 때는 검은 바탕에 은색 줄무늬가 새겨진 지팡이를 들었었다. 그런데 지금은 줄무늬의 색깔이 금색으로 바뀌었다.

하라간의 신분이 한 단계 상승했다는 의미였다. 지금까지 군나르 왕국에서 금색 줄무늬 지팡이를 들 수 있는 사람은 군나르 단 한 명이었다. 그런데 지금은 하라간에게도 황금 띠 지팡이가 허용되었다.

실제로도 최근 대전 회의는 군나르가 아니라 하라간이 주관했다. 외국의 사신을 영접하거나 협상하는 일도 하라간이 대신 나섰다. 군나르는 권력의 상당 부분을 하라간에게 넘겨주는 중이었다.

대신들과 토후들에 이어서 그 부인과 딸들이 반응을 보였다.

"오오오! 저분이 바로 하라간 님이시구나!"

"와아!"

고관댁 부인과 딸들은 연회장에 직접 들어오지는 못했다. 대신 뒤쪽에 따로 마련된 자리에 착석했다. 그러다 하라간이 금빛 융단 위를 걷기 시작하자 뒤늦게 일어서서 까치발을 들고 하라간의 모습을 엿보았다.

"어쩜! 남자가 어떻게 저렇게 생기실 수가 있지?"

"그러게 말이야. 클레이아 님은 복도 많으시지."

귀부인들이 이렇게 수군거렸다.

금빛 융단 위를 걸어온 하라간이 단상에 올라 군나르 앞에 무릎을 꿇었다.

군나르는 하라간을 흐뭇하게 내려다보았다.

두웅—!

고수가 또다시 북을 울렸다.

수석 환관이 목청을 높였다.

"하라간 님의 배필이 되실 분, 클레이아 님께서 등장하십니다."

길게 늘어진 휘장 뒤에서 클레이아가 모습을 보였다.

클레이아는 은은한 베이지색의 튜닉(어깨끈이 있는 통옷)을 입고 어깨에 황금색 숄을 둘렀다. 머리엔 하라간의 것보다 크기가 조금 작은 칠보관을 썼고, 팔에도 동일한 모양의 칠보 팔찌를 착용했다.

클레이아는 발목에도 칠보 발찌를 착용했는데, 얇은 발찌 2개를 겹쳐서 각 발목마다 한 쌍씩 끼운 덕분에 발걸음을 옮길 때마다 짤랑짤랑 소리가 났다.

클레이아도 하라간처럼 양손에 지팡이를 들었다. 그중 한쪽은 검은 바탕에 은색 줄무늬가 새겨진 것이었고, 다른 하나는 하얀 바탕에 붉은 루비가 박힌 지팡이었다. 이곳 사막지대에서 붉은 루비는 다산을 의미했다. 하여 군나르 왕국의 새신부들은 결혼식 때 루비 장식을 꼭 착용했다.

'어멋!'

군중의 시선이 집중되자 클레이아의 눈이 살짝 흔들렸다. 클레이아는 하라간처럼 당당하지 못했다. 이쉬타르처럼 기품이 넘치거나 베레니케처럼 카리스마가 강한 여인도 아니었다.

불안하게 흔들리는 클레이아의 눈에 하라간이 들어왔다. 저 앞 단상 위에 무릎을 꿇은 하라간이 클레이아를 돌아보았다.

[그대로 나만 보고 오시오.]

클레이아의 머릿속에 하라간의 음성이 울렸다.

[네?]

클레이아가 반문했다.

하라간은 다시 말해 주었다.

[군중을 보지 말고, 그냥 내 눈만 보고 걸어오면 되오. 아무 걱정 말고.]

'아무 걱정 말라고?'

이 한마디가 어찌나 든든하게 들리던지!

어찌나 황홀하게 들리던지!

클레이아의 뺨이 발그레 물들었다.

'그래. 난 하라간 님의 배필이야.'

클레이아가 고개를 반짝 들었다. 그러자 마법처럼 하라간만 보였다. 주변 배경은 싹 사라지고, 오로지 하라간만이 클레이아의 동공에 꽉 찼다.

클레이아는 더 이상 두려워하지 않았다. 멈칫거리지도 않고 황금 융단 위를 당당히 걸어 단상에 올랐다.

하라간이 자리에서 일어나 신부를 맞았다.

클레이아가 하라간 옆에 나란히 섰다.

군나르는 한 쌍의 신랑 신부를 가만히 바라보았다.

두웅—!

또다시 북이 울렸다.

하라간과 클레이아가 동시에 무릎을 굽혀 군나르 앞에 머리를 숙였다.

군나르는 신랑 신부에게 가까이 다가와 양손을 그들의 머리 위에 얹었다. 군나르의 입술이 가볍게 달싹거렸다. 살아서 드래곤이 되신 신인, 욘 아르네 솔샤르에게 하라간—클레이아 부부의 축복을 빌어 주는 의식이 시작되었다.

군나르의 축수가 진행되는 동안 대신들과 토후들은 숨도 제대로 쉬지 못했다. 군나르의 몸에서 흘러넘치는 강대한 마력이 온 사방을 휘어 감은 까닭이다.

신비롭고 장엄한 축수가 마침내 끝이 나고, 군나르의 입에서 굵은 음성이 흘러나왔다.

"이것으로 나 군나르 아르네 솔샤르는 하라간 아르네 솔샤르와 클레이아 슐레이르 솔샤르의 성혼을 선포하노라."

이 한마디에 많은 사람들이 얼어붙었다.

'헉!'

'지금 위대하시고 또 위대하신 분께서 뭐라고 하셨지?'

'아르네? 지금 아르네라고 하셨어?'

북부에서 성인식을 치르고 마물과 결합하면 이름 뒤에 '솔샤르' 라는 호칭을 붙일 수 있다. 여기엔 남녀의 구별도 없고 신분의 차이도 두지 않았다. 비록 신분이 미천할지라도 마물과 결합하면 무조건 솔샤르의 대접을 받았다.

이와 달리 '아르네'라는 호칭은 아무나 사용할 수 없었다. 오직 북부의 아홉 군주, 그리고 곧 군주의 자리를 물려받을 단 한 명의 후계자만이 이 영광스러운 호칭의 사용이 가능했다.

조금 전 군나르는 하라간을 "하라간 아르네 솔샤르"라는 긴 이름으로 불렀다. 이것은 하라간에게 곧 군주의 자리를 물려준다는 선포나 다름없었다. 군나르 왕국의 명칭을 하라간 왕국으로 변경하겠다는 뜻에 다름 아니었다.

제8화

노먼의 죽음

Chapter 1

군나르가 하라간을 "하라간 아르네 솔샤르"라고 불렀다. 이건 앞으로 3년 이내에 하라간에게 군주의 자리를 물려주겠다는 뜻이었다.

"내 이렇게 될 줄 알았지."

몇몇 선견지명이 있는 대신들은 이렇게 중얼거렸다.

하지만 대부분의 대신들은 충격을 받은 듯했다. 연회장 여기저기서 크고 작은 웅성거림이 들렸다.

군나르로부터 하라간으로.

권력의 이양은 이미 정해진 바였다. 단지 그 시기만이 문제였는데, 의외로 1, 2년 안에, 늦어도 3년 안에 하라간이 새 군주로 올라설 것 같았다.

“하라간 님이라면 성군이 되실 게야. 우리 왕국을 북부 최강으로 이끌어 주실 것이야. 헐헐헐헐!”

칼리프는 환하게 웃었다.

반면 카텝과 아바는 웃지 못했다. 진득한 피 냄새를 맡았기 때문이다.

‘위대하시고 또 위대하신 분께서 그냥 군주의 자리를 물려주실 리 없어. 그 전에 잔가지들을 모두 쳐 내고 대신들의 기를 완전히 꺾어 놓으신 다음 하라간 님께 왕좌를 물려주실 게야.’

‘이거 3년 안에 피바람이 불게 생겼네.’

만약 3년 안에 피바람이 분다면, 그 첫 번째 목표는 하라간의 처가인 슐레이르의 가문이 될 가능성이 높았다. 혹은 클레이아의 후견인인 아바가 그보다 한발 앞서 좌천될 수도 있었다.

‘위험하다! 슐레이르와 머리를 맞대고 바짝 엎드려야겠어. 그렇지 않으면 이 목이 둘로 분리될지 몰라.’

아바는 위험을 직감했다. 아바의 주름진 손이 무의식중에 자신의 목을 쓰다듬었다.

슐레이르도 현명한 사람이었다.

‘이거 큰일이구나! 조만간 아바 님을 만나서 조언을 구

해야겠어. 자칫하다간 우리 가문이 몽땅 멸족을 당하고 오직 클레이아 왕세자빈님만 남을 수도 있어.'

슐레이르는 술이 확 깨는 것을 느꼈다.

복잡한 심정의 아비와 달리 클레이아는 마냥 행복했다. 하라간을 슬쩍슬쩍 곁눈질하는 클레이아의 얼굴이 잘 익은 복숭앗빛으로 물들었다.

클레이아의 이런 단순한 면이 오히려 복이 되었다.

'허허허! 증손주 며느리가 하라간에게 푹 빠졌나 보구나. 좋구나! 좋은 일이야.'

군나르는 클레이아를 흐뭇하게 바라보았다.

조금 전까지만 해도 군나르는 '하라간에게 군주의 자리를 물려주기 전에 처가 쪽을 내가 정리를 해 줘야겠지? 나중에 하라간이 정치를 할 때 부담이 되지 않도록 이 할아비가 미리 손을 써 주어야겠어.' 라는 무시무시한 생각을 했다. 군나르는 하라간을 위해서라면 기꺼이 악역을 맡을 사람이었다.

그런데 클레이아의 단순한 모습을 보자 독한 생각이 좀 누그러들었다.

'일단 이 아이의 성품을 좀 더 지켜보자. 장차 왕비가 될 아이가 처가를 먼저 챙긴다 싶으면 그때 칼을 휘둘러도 늦지 않겠지.'

군나르는 잠시 유예 기간을 두기로 마음을 고쳐먹었다. 슐레이르와 아바의 목덜미에 접근했던 죽음의 숨결이 다시 살짝 멀어졌다.

하라간이 성혼을 올리는 그 시각.

남부 연합 카롤 왕국에서는 큰 사건이 벌어졌다. 왕궁 정문 앞에 나무판으로 만든 단상이 하나 세워졌고, 그 주위에 구름 같은 인파가 모여들었다.

단상 위에는 낡은 삼베옷을 입은 노인이 무릎을 꿇고 고개를 떨구었다.

노인의 정체는 노먼 공작.

사자왕 메로베가 카롤 왕국을 다스리던 시절 노먼 공작은 왕국의 크고 작은 일을 챙기던 제1 권력자였다.

그런 노먼 공작이 4년 전 고령의 나이를 이유로 정치권에서 물러났다. 바야크 장벽으로 파병 나갔던 루잉 백작이 솔샤르의 침공에 맞서 싸우다가 실종된 바로 그 시점이었다.

비록 은퇴는 했어도 노먼 공작은 백성들의 존경을 받았다. 사자왕 메로베도 종종 노먼을 불러 지혜를 빌리곤 했다.

하지만 어느 순간부터 노먼이 왕궁에 입궐하는 횟수가 줄어들기 시작했다. 메로베의 병세가 악화되면서 왕궁의 권력은 줄리앙 왕세자에게 넘어갔다.

줄리앙은 노먼을 찾지 않았다. 대신 국경을 수비하던 보투르 후작이 수도로 올라와 재상의 자리에 앉았다.

보투르는 마나의 벽 1단계를 돌파한 뛰어난 검수였다. 루잉 백작이 실종된 이후, 보투르 후작과 검을 맞댈 자격이 있는 검수는 왕궁 근위기사단장인 기온 백작뿐이었다. 그런데 기온 백작은 메로베 왕의 곁만 지킬 뿐 세력을 갖추지는 못했다.

노먼이 은퇴하고 루잉이 사라진 지금 카롤 왕국에서 보투르를 견제할 사람은 전무했다. 게다가 보투르 후작은 수완 좋게도 루잉이 육성한 왕국 최강의 기사단마저 흡수했다.

그렇게 시간이 흘러 사자왕 메로베가 승하했다.

보투르는 줄리앙 왕세자를 대신하여 사자왕의 장례식을 주관하였으며, 새로운 내각 구성에 앞장섰다. 당연히 새 내각은 보투르의 심복들로 채워졌다.

이제 줄리앙이 할 수 있는 일은 아무것도 없었다. 신하들이 모두 보투르의 심복들이라 딱히 의논할 사람도 없었다. 심지어 보투르는 왕위에 오른 줄리앙 주변의 시종과 시녀들을 모두 자신의 사람으로 갈아 치웠다.

줄리앙이 누구를 만나는지, 무엇을 먹었는지, 아침에 몇

시에 기상했는지.

이런 소소한 정보들이 모두 보투르의 귀에 들어갔다. 줄리앙은 꼼짝도 못 하고 허수아비 왕이 되었다.

줄리앙의 곁을 지키는 기온 백작도 할 수 있는 일이 없기는 마찬가지였다.

보투르는 근위기사의 숫자를 대폭 줄여 버렸다.

기온 백작이 크게 화가 나서 따지려고 했으나, 보투르는 "왕명에 따른 일이다."라는 말로 회피해 버렸다. 기온 백작이 줄리앙 왕에게 사실 여부를 물었다.

"그건…… 내가 내린 명령이 맞소."

줄리앙은 우물쭈물하다가 그냥 고개를 끄덕였다. 옆에서 고리 눈을 하고 노려보는 보투르 때문이었다.

'왕께서 근위기사의 수를 줄이라고 하셨다니! 허어어!'

크게 실망한 기온은 말없이 검을 거두었다.

보투르의 횡포는 거기서 그치지 않았다. 그는 근위기사단을 야금야금 줄이다가 결국 기온 백작 단 한 명만 남겨 놓았다.

이제 줄리앙의 곁에는 기온 단 한 사람만 남았다. 그 기온도 줄리앙에게 크게 실망하여 충성심이 예전 같지 않았다.

권력의 정점에 선 보투르가 가장 먼저 한 일은 노먼 공작의 탄핵이었다.

"늙은 노먼 공작이 망령이 나서 왕을 능멸하였다. 여러 사람이 보는 앞에서 왕이 무능력하다고 폄하하였다."

보투르는 이렇게 주장했다. 그리고 그 증인으로 대담하게도 줄리앙을 지목했다.

줄리앙은 이미 보투르에게 약점이 잡힌 상태였다. 수많은 신하들이 보는 앞에서 줄리앙은 노먼에 대한 탄핵을 마지못해 승인했다.

새롭게 왕궁에 들어온 보투르의 심복들이 벌 떼처럼 달려들어 노먼 공작을 성토했다. 수많은 상소문이 올라와 노먼을 벌하라고 주장했다. 보투르도 은근슬쩍 줄리앙에게 압박을 넣었다.

결국 줄리앙이 그 압박에 굴복했다.

6월 23일.

보투르는 정식 재판을 통해 노먼의 참수형을 결정했다.

"노먼뿐 아니라 그의 가문 남자들을 모두 죽이고, 여자들은 노예로 삼으며, 노먼 가문이 보유한 재산은 그의 죄를 밝힌 공신에게 배분한다."

재판장에서 보투르는 이런 판결문을 낭독했다.

"아아!"

왕의 자격으로 재판에 배석한 줄리앙이 두 눈을 질끈 감았다.

"병신."

그런 줄리앙을 향해 보투르가 이렇게 중얼거렸다.

줄리앙의 귀에도 이 욕이 똑똑히 들렸다. 하지만 줄리앙은 아무 소리도 하지 못했다. 왕국 제일의 검수인 보투르에게 죽을까 봐 겁이 났기 때문이다.

Chapter 2

이튿날인 6월 24일.

보투르는 왕국 정문 앞에 단상을 세우고 늙은 노먼을 그 위에 꿇어 앉혔다.

"백성들이 보는 앞에서 노먼의 목을 쳐야 해. 그래야 어리석은 백성들이 이 카롤 왕국이 누구의 것인지 확실하게 알게 되겠지."

보투르는 대전에서 이런 말을 입에 담았다.

신하들 가운데 그 누구도 보투르의 망언에 반박하지 않았다. 오히려 낄낄거리며 보투르에게 아부를 떨었다.

노먼의 처형 시각이 되자 보투르는 성벽에 나갔다. 줄리앙을 비롯한 신하들도 보투르의 뒤를 쫓았다. 솔직히 줄리앙은 노먼이 참형을 당하는 장면을 보고 싶지 않았다. 하나 보투르가 눈을 부라리자 어쩔 수 없이 따라나섰다.

성벽에 오르자 단상이 내려다보였다. 단상 위에 홀로 무릎을 꿇고 있는 노먼 공작의 모습도 눈에 들어왔다.

배불뚝이 재판관이 노먼을 손가락질하며 그동안 노먼이 저지른 죄를 낱낱이 읊었다. 대부분은 날조된 내용이었다.

노먼은 묵묵히 그 말을 들었다.

노먼은 표정 하나 변하지 않았다. 고문을 받아 피투성이가 된 노먼의 얼굴이 너무 평온하여 오히려 재판관이 진땀을 흘렸다.

손수건으로 땀을 훔친 재판관이 성벽 위를 올려다보았다.

고급스러운 털옷을 입은 보투르가 손으로 목을 긋는 시늉을 했다.

재판관이 노먼에게 호통을 쳤다.

"죄인 노먼은 본 재판관이 읊은 죄목을 시인하는가? 죄인은 어서 답하라."

노먼이 물끄러미 재판관을 쳐다보았다.

재판관이 찔끔했다.

단상을 둘러싼 백성들이 야유를 보냈다.

"우우우우—! 거짓말 마라. 노먼 공작님은 그럴 분이 아니시다."

"이 더러운 놈들. 네놈들이 노먼 공작님께 누명을 씌운 것이다."

백성들의 항의에 병사들이 나섰다. 보투르의 명을 받은 병사들은 백성들을 창으로 위협하고 봉으로 후려쳤다.

재판관이 다시 악을 썼다.

"죄인 노먼! 죄목을 인정하는가?"

마침내 노먼이 입을 열었다.

"맞네. 자네 말대로 내가 죄인이지. 선왕께서 일구신 이 왕국을 이 꼴로 만든 내가 죄인이지."

"옳거니! 죄인이 죄를 인정했다. 이제 참형에 처하라."

배불뚝이 재판관은 서둘러 처형 절차를 진행했다. 노먼이 죄를 인정한 것이 아님을 잘 알지만, 일단 이렇게라도 덮을 요량이었다.

노먼이 허허롭게 웃었다.

"어허허, 이보게. 자네도 메로베 선왕 폐하의 은혜를 입은 사람이 아닌가. 장차 죽어서 폐하를 어찌 뵈려고 이러나?"

"윽!"

그 말에 재판관의 말문이 막혔다. 양심에 찔린 재판관은 노먼과 눈도 마주치지 못했다. 그저 바쁘게 손짓을 하여 참형관을 부를 뿐이었다.

얼굴에 가죽 복면을 뒤집어쓴 참형관이 말의 목을 자를

때나 사용할 법한 거대한 검을 끌고 단상에 올라왔다.

"우우우우우—!"

"꺼져라, 이 나쁜 놈들아."

백성들의 야유가 증폭되었다.

참형관은 야유를 귓등으로 흘리고는, 노먼 공작의 뒷목에 묵직한 검을 올려놓았다.

"크흑!"

줄리앙이 차마 그 모습을 보지 못하고 고개를 돌렸다.

"폐하, 똑똑히 보셔야지요."

보투르가 줄리앙의 턱을 손으로 붙잡아 강제로 고개를 돌렸다. 줄리앙은 눈물범벅이 되어 노먼을 바라보았다. 그 모습이 추하고 용렬했다.

때마침 노먼이 고개를 돌려 성벽 위를 올려다보았다. 노먼과 줄리앙의 시선이 허공에서 마주쳤다.

'노먼 공작, 미안하오! 으흐흑!'

줄리앙이 입술을 달싹여 이렇게 중얼거렸다. 줄리앙은 자신의 진심을 노먼에게 전달하고 싶었다.

노먼도 마주 입술을 달싹였다.

'줄리앙, 이 머저리! 네가 이 나라를 망쳤다.'

입술 모양만 보아도 노먼이 무슨 말을 하는지 잘 보였다. 줄리앙은 머리에 찬물을 뒤집어쓴 듯 부르르 몸서리를 쳤다.

"크크크크큭!"

보투르가 잇새로 웃음을 터뜨렸다. 노먼의 입술 움직임을 보투르도 본 것이다.

"폐하, 저것 보십시오. 늙은 노먼은 끝까지 폐하를 능멸하고 있습니다. 그는 폐하가 머저리 같아서 이 나라를 망쳤다고 하는군요. 그러니 제게 고마워하십시오. 저런 역적을 붙잡아 처형한 제가 바로 폐하의 공신 아닙니까? 그러니 노먼 공작의 재산은 제가 차지하겠습니다. 제가 공신이니 마땅히 노먼의 재산은 모두 제게 하사하셔야 맞지요. 자! 이제 하이라이트 장면입니다. 역적 노먼의 목이 잘리는 모습을 폐하의 두 눈으로 똑똑히 보시죠."

"으으읏! 무엄하다."

줄리앙이 무의미한 저항을 했다.

보투르는 눈물범벅이 된 줄리앙의 얼굴을 꽉 붙잡아 끌어당겼다.

"똑똑히 보시라니까요. 4년 전, 루잉을 죽음으로 몰아넣으실 때는 그의 모습을 잘도 보시던 분이 이제 와서 왜 갑자기 착한 척을 하고 지랄이십니까? 크크크큿!"

"큭!"

루잉의 이름이 거론되자 줄리앙은 꿀 먹은 벙어리가 되었다. 보투르는 줄리앙의 얼굴을 꽉 움켜쥐고 고개를 돌리지 못하도록 만들었다.

신하들 가운데 아무도 보투르의 행동을 저지하지 않았다. 오히려 줄리앙의 등 뒤에서 키득거리는 소리가 나왔다.

줄리앙의 곁에는 기온 백작도 없었다. 최근 기온 백작은 병이 걸렸다는 핑계를 대고 왕궁 밖으로 나가 버렸다.

'크으윽! 누가 나 좀 살려 줘. 누가 나 좀 살려 달라고!'

줄리앙은 속으로 이렇게 절규했다.

휘익!

단상 위에서 바람 소리가 들렸다. 참형관의 검이 하늘로 치켜 올라갔다가 빠르게 낙하하는 소리였다.

뎅겅, 단숨에 목이 잘렸다. 노먼의 늙은 머리통은 허공에서 세 바퀴를 핑그르르 돌다가 단상 위에 데굴데굴 굴러떨어졌다.

공교롭게도 노먼의 부릅뜬 눈이 줄리앙을 노려보았다.

"으헉!"

줄리앙이 소스라치게 놀랐다.

보투르가 줄리앙의 얼굴을 꽉 붙잡고 그의 귓가에 속삭였다.

"크흐흐! 이제 이 카롤 왕국은 내 것이다. 줄리앙, 네가 가진 모든 것이 다 내 것이야. 크흐흐흐!"

보투르는 줄리앙에게 존대도 하지 않았다.

"아으으으으! 아으으으!"

줄리앙은 울먹울먹 입술만 떨어 댔다.

같은 시각, 먼 북부 군나르 왕국에선 하라간의 성혼을 축하하는 축제가 시작되었다. 괭괭괭괭괭! 경쾌한 음악이 군나르 왕궁을 떠들썩하게 만들었다.

"우우우우우—!"

카롤 왕국에선 백성들의 야유가 왕궁 정문 앞을 떠들썩하게 뒤흔들었다.

〈다음 권에 계속〉

DREAMBOOKS

DREAMBOOKS